死媒蝶（しばいちょう）

森村誠一

集英社文庫

死媒蝶　目次

死媒蝶

出稼ぎ隠れん坊

1

「さあ、今度はお父(ど)が鬼だ。坊(ぼん)、早く隠れろ」

父に言われて子供は隠れ場所を物色しはじめた。あちらのものかげ、こちらの片隅、いずれも満足な場所ではない。

「もういいかい」

「まあだだよ」

「もういいかい」

「まあだだよ」

子供の声がしだいに遠ざかっていく。

「あなた。いまよ。いまのうちに行って」

妻が、別間に隠しておいた荷物を取り出した。

「どこへ隠れたんだ？」

「きっと奥の納戸のあたりよ」

「おれがいなくなったのを知ったら、後で泣くだろうなあ」

「しかたがないわよ。さあ早く出かけて。せっかく隠れている間に」

妻に急かされて、男は靴を履いた。荷物を手にして戸口に立つと、

「それじゃあ留守の間のことは頼むよ。おふくろも体に気をつけて」

「おまえも気をつけろや」

「暮れには帰って来られるわね」

「うん、土産をたくさんもって帰って来るよ」

男は、振り分けにしたスーツケースを肩に揺すり上げると、おもいきって、戸口から、外へ出た。そのとき遠方からうながすように「もういいよ」という幼い声が届いた。

男の足は、一瞬ためらったが、わが子の声から耳を背けるように首を振って歩きだした。

男は、子供に別れを告げるのが辛く、隠れん坊をしている間に出稼ぎに行かなければならない身を悲しくおもった。しかし出稼ぎをしなければ、機械化された農業経営と、都会とほとんど変りないまでに向上した農家の消費生活を維持していけない。

このあたりは日本でも有数の出稼ぎ地帯だが、以前の下層貧農層の口べらし的な出稼

ぎとは、メカニズムが変ってきている。零細農業者のお家芸であった出稼ぎも、昭和三十年代後半から二ヘクタール以上の中農にも波及した。いまや農家の経営規模にかかわらず、都市化の洗礼をうけた農家の生活様式を維持するために、出稼ぎは絶対必要不可欠になっていた。

しかも農作業の機械化は、作業期間を短縮させ、出稼ぎを長期化させている。零細農業者を中心に六か月以上の長期出稼ぎが増加の一途をたどり、農閑期を利用した季節的出稼ぎが通年出稼ぎに定着しつつある。従来は、農業収入に対する補助的役割だった出稼ぎ収入が、その位置を逆転してしまった。

妻に年の暮れには帰ると言ったが、男は、おそらく来年の四月ごろまで帰れないことを知っている。妻もよく承知しながら、せめて年末までの別れと無理にでも自分の心を納得させないことには、家族が別れて暮らすあまりの長さの重圧に押されて、耐えられなくなってしまうのである。

「今度帰って来るときには、子供が顔を忘れているだろう」

男は、バス停への道を急ぎながらつぶやいた。妻も老母も、父の姿を探してむずかるであろう子供をなんとかなだめるために送って来ない。

妻は昨夜、体内から避妊具を抜去した。それが男が帰ってくるまでの〝貞操帯〟になる。なんとも哀しい貞操帯であった。

2

「まあ、お姉さん！」と言ったなり、白神左紀子は、久しぶりに会う姉の真佐子の痛々しいばかりの窶れぶりに、しばらく絶句してしまった。

県都の、ある地方銀行に勤めていたころの姉は、美人の産地の多いこの地方でも人目を惹く美貌で、その銀行の「ミス」に選ばれた。この地方の女性独特の色白の愛くるしい顔に若さと明るさがあふれていた。

それが結婚してまだ何年もしないうちに、顔から艶が失われ、切れ長のキリッとしていた目が放散している。表情だけでなく全身に疲労が貼りついていた。二日つづけて同じものを着なかったベストドレッサーの姉が、終戦後の復員者のような身なりをしている。

姉は、数年前、勤め先のグループとハイキングに行った。その行先の山村でいまの夫、大槻敏明に出会ったのである。大槻は、年々過疎化の一途をたどる郷里の村の再生に情熱を燃やしていた。

貧寒な土地にしがみついて、一年の大半を苛酷な作業に励んでも報われることの少ない農業に見切りをつけ、若者たちがどんどん郷里を捨てていくのに対して、大槻は、農作業の徹底的な集約化、協業化による農村の近代化を呼びかけていた。

大槻の村は一ヘクタール未満の零細農家が多く、収益が乏しいので兼業収入を求めて休耕する者が多い。これが未利用地を開田し、一戸あたりの耕地を拡大すれば、休耕率は少なくなる。農業のあるべき姿は、大規模機械化営農以外にないという信念の下に、理想的な新しい村づくりに夢を託していたのである。

高度経済成長政策の怒濤のような圧力に抗して、必死に農村を守り立てようとしている大槻の姿は、姉のハートを激しくとらえた。町へ出ればいくらでも手軽に生きていく方途が得られるのに、父祖の地に留まって大型近代農業の花を開こうとしている若い農夫の姿に、安手の文化的生活に去勢されてしまったような都会の若者ばかりを見ていた真佐子は、魂が震えるような共感をおぼえたのだ。

大槻の村の自然が豊かで美しかったことも彼女の共感に拍車をかけた。この美しい自然の中で、愛する人と新しい村づくりに励めたなら、どんなに幸せな人生だろう――と彼女は自分の描いた薔薇色のビジョンに酔った。そしてその陶酔のまま、親の反対を押しきって、大槻と結婚したのである。

だが真佐子のビジョンは速やかに消えた。大槻の呼びかけに応えて村に残る若者も当初は何人かいた。だが、彼らには真佐子のように共鳴して、生活を共にしようとする若い異性は現われなかった。どんな壮大なビジョンや崇高な理念をもっていても、若者にとって、配偶者が得られないということは致命的であった。

数少ない同志は、晩年に聞く知己の訃報のようにあいついで、脱落していった。これに追い打ちをかけたのが、米の生産過剰による減反政策である。もともと大槻の村は、大型機械による協業化には、経営規模が中途半端であった。未利用地の開拓にも限界がある。

皮肉なことに機械化営農の旗印の下に買い入れた耕耘機、動力噴霧機、稲刈機、動力脱穀機、乾燥機などの月賦返済金が、農業収入だけでは賄えなくなった。

「村から出るな、出稼ぎに行ったら、百姓の負けだ」と最後まで出稼ぎを拒んでいた大槻も、月賦の重圧についに抗しきれなくなった。大槻の出稼ぎは、彼の新しい村づくりのビジョンが全面降伏の白旗を掲げたことを意味していた。

このころ太一が生まれた。だが大槻は、まだ全面降伏をしたとはおもっていなかったらしい。出稼ぎで多少の現金収入を得ると、村へ帰って来て、また農事に励んだ。

しかし、彼の出稼ぎ期間は長期化しつつあった。それが彼の追いつめられている証拠であった。

折から東京、大阪の大商社や不動産業者が大規模な土地買収をはじめた。べつにこのあたりにハイウェーが入るという噂は聞いていないが、観光的な見地からの将来性を見越して、先行投資をしているのであろう。とにかくいまの日本ではどんな土地でも買っておけば、まちがいない。

大手資本は、まず町や村当局の頬を札束で叩(たた)き、町村ぐるみ方式で一括して買い占めていく。札束の魅力の前に、農民たちは先祖の血と汗の沁(し)みついた土地を手放して郷里を捨てて行った。

大槻は、度重なる勧誘にもかかわらず土地を離さなかった。農民が土地を離すことは、兵士が武装解除するようなものだと言った。武器さえ手放さなければ、いつかは反撃できる機会があると考えていた。だがその武器はすでに錆(さ)びついて役に立たなくなっていたのだ。

大槻の長期出稼ぎ中、彼の老母と乳のみ子をかかえた真佐子だけでは、従来の耕地を維持できなくなっていた。

ビジョンの喪失は、速やかに恋の陶酔を醒(さ)まし、苛酷な現実に否応(いやおう)もなく直面させた。真佐子は急速に老け込んでいった。

「お姉さん、いったいどうしたのよ」

突然の姉の訪れとその変貌ぶりに左紀子はまだよく対応できない。

「ごめんなさいね、突然こんな所へ呼び出して。お父さん、お母さん元気？」

「あら、まだ家の方へは行ってなかったの？」

左紀子は、姉がてっきり市内にある実家の方へ寄ってから来たものとおもっていた。ついい少し前に突然勤め先に姉から電話がきて、会社の近くのこの喫茶店へ呼び出されたのである。姉の突然の訪れを訝りながらも、会社の方へ来たらと言ったのだが、なるほどこの服装では、会社へ来られないだろうとおもった。

「とても顔を合わせられないわよ」

真佐子は、力なく笑った。はっきりした目鼻立ちは、窶れてはいても、かつての美貌を残している。むしろ生活の苦労が、以前にはなかった濃い陰翳を刻んで、化粧と服装を改めれば、以前よりも美しくなるかもしれない。

店内の男たちの視線も、自分より姉の方により多く注がれていることに、左紀子は軽い嫉妬すらおぼえていた。

「そんなこと、まだ言ってるの。お父さんもお母さんももうちっとも怒ってなんかいないわよ。いつもお姉さんの話ばかりなのよ。今日はタアちゃんは連れて来なかったの」

「すぐ帰るつもりだから、一人で来たの。お姑ちゃんが見ていてくれるわ」

「あら、それじゃあ泊っていかないの?」

左紀子はびっくりした。日帰りできる距離ではあるが、姉が市へ出て来たのは、実に数年ぶりなのである。

「ごめんなさいね。今日は左紀ちゃんに会いに来たのよ」

「私に?　いったい改まって何なのよ」

「実は大槻のことなの」

「ああ、お義兄さんのこと聞かなかったけどお元気？」

「それが……」と言いかけて、真佐子は言葉を詰まらせた。左紀子は、義兄の身になにか起きたのを悟った。聞くのがなんとなく恐ろしく、黙って姉の言葉の先を待っていると、

「大槻が行方不明になっちゃったのよ」

「行方不明？　それどういうこと」

「去年の十月末に東京方面へ出稼ぎに行ったまま消息が絶えちゃったの」

「まあ」左紀子は咄嗟になんと言ってよいものか、言葉がつづかない。

「年末には帰って来ると言って出たのよ」

「消息が絶えたって、出かけて行ってから、いっぺんも便りがないの？」

左紀子は、ようやく言葉を押し出した。

「去年の十二月の初めに来た手紙が最後だったわ。それまで、月に二回は必ず手紙をくれたのに」

真佐子は声がうるみかける。心細さに押しつぶされそうであった。いまは四月の半ばである。

「お姉さん、しっかりしてよ。お姉さんがそんなにメソメソしていたら、タアちゃんやお姑ちゃんが可哀想だわよ」

「ごめんなさい。左紀ちゃんに会ったものだから、つい気持が弛んで」

姉は慌てて目頭を指で押えた。

「きっとお仕事忙しくてお手紙書くひまがないのよ。それで最後の手紙はどんなことを書いてきたの？」

「都内の建設現場で働いているけど、あまり賃金がよくないので、近く仕事を変えるつもりだと書いてあったわ。仕事の都合で正月には帰れなくなるかもしれないが、辛抱してくれって」

「それじゃあ心配ないじゃないの」

「でもこれまで四か月も音沙汰がなかったことは、まったくないのよ。私心配で心配で」

「お姉さんのほうから手紙は出したんでしょう」

「居所になっていた山谷という所の旅館に出したんだけど、宛名人居所不明で差し戻されてきたわ」

「山谷といえば、日雇い労働者の宿屋が集まっている所ね。きっと宿屋を変えたのよ」

「変えたのなら変えたって必ず言ってくるわ。あの人、いったいどうなっちゃったのかしら」

真佐子は、いても立ってもいられないように身をよじった。

「お姉さん、これは聞きにくいことだけど、お義兄さんに、他の女性ができたような気配はなかった？」

左紀子は、残酷かとおもったが、おもいきって聞いてみた。

「あの人に、他の女？　まさか！」

姉は、そんな可能性はおもってもいなかった様子である。

「絶対にないとは言いきれないでしょう。お義兄さんだってまだ十分若いし、お姉さんと何か月も別れて暮らしているんだから」

「そんなお金ないはずよ」

「お金の問題じゃないわよ。男と女が出会ったら……」

左紀子は、自分のほうが姉より年上のような口をきいていた。

「そうだわ、その可能性もあったわね。でも私はとにかく、太一まで捨てて行くかしら？」

「逆上したら、わからないわよ」

「私のほうが逆上しそうだわ。左紀ちゃん、それで今日はおねがいがあってきたのよ」

真佐子は、少し姿勢を改めて言った。

「なんとなく他人行儀な言い方だわね、お姉さんらしくもない。なにかしら？　私にできるならなんでもするわ」

「少しお金を貸して欲しいの」

「いいわよ、あんまりないけど、どのくらい要るの？」

「助かったわ、とりあえず二十万ほど貸してもらえないかしら。東京へ行って働いてすぐ返すわ」

「お姉さん、東京へ行くの？」

左紀子はびっくりして質ねた。

「ええ、そのつもりよ。もう家は私が働かなければ、一家心中をしなければならないほど追いつめられているのよ」

「でも、お姉さんまで東京へ出なくても、その気になればこの町でいくらでも勤め口は探せるでしょ」

「東京なら、働きながら、あの人を探せるわ」

「太一ちゃんはどうするのよ」

「お姑ちゃんが面倒みてくれるわ」

「お姉さんよく考えてよ。タアちゃん孤児になっちゃうのよ」

「孤児だなんて。東京へ行っていちおう生活の目処がついたら、太一とお姑ちゃんを呼ぶわよ」

「お仕事の心当たりはあるの？」

「ええ、高校時代のお友達が働いている所なの」

「どんな所？」

真佐子の表情に逡巡が揺れた。

「夜のお勤めね」

「夜の勤めといっても、そんないかがわしい場所じゃないのよ。赤坂の一流のクラブよ。お客も一流の人ばかりだそうだわ」

「私、お姉さんにそんな所で働いてもらいたくないわ」

左紀子の瞼を父の顔がよぎった。往年、県警の鬼刑事といわれた父が、姉の意図を聞いたら、飛び上がって怒るだろう。

「それは左紀ちゃんの偏見よ。夜の勤めだって立派な仕事だわ。サービスって、機械では絶対につくれないものでしょう。それにとてもいいお給料くれるのよ。普通のお勤めの五倍から十倍ぐらいにはなるというのよ」

「だからいやなのよ。まともなお勤めでそんなにお給料くれるはずないもの。お義兄さんが聞いたら絶対反対するわ」

「しないわ」

真佐子は、これまでとはちがうピシリとした口調で言った。

「反対しない？」

「しないわよ。いまの大槻家の家計は、それほど追いつめられているの。たとえあの人が無事にどこかで働いていたとしても、もう土木工事や穴掘り作業の出稼ぎでは、どうにもならないところまできてるのよ。あの人、はっきり言って負けたのよ。だから逃げたのかもしれない」

「まさか」

「いいえ、絶対そうだわ、あの人自分のビジョンに敗れたんだわ。その敗北感に耐えられずに逃げだしたのよ」

「お姉さんの考えすぎよ」

「左紀ちゃん、なんにも言わずに二十万円貸してちょうだい。私、もう決めているのよ。東京へ行きさえすれば、すぐに返せるわ。その旅費や準備やお姑ちゃんと太一の当座の生活費にどうしてもそれだけ要るの。もし左紀ちゃんが貸してくれなければ、私、売春してでも、そのお金稼ぎだすわ」

「お姉さんったら！」

左紀子は、姉の途方もない言葉に茫然（ぼうぜん）とした。

消失した墜落

1

「もう、きさまのようなやつの顔は見たくない。出て行け！」

黒河内慎平（くろごうちしんぺい）の怒声が飛んだ。

「お父さん、まあそんなにいきりたたないで」

息子の黒河内和正（かずまさ）が、外人風に肩を大仰にすくめ両手を開いて愛想笑いをした。

「おまえのようなやつから父親呼ばわりをされると胸が悪くなる。早くおれの目の前から消え失（う）せろ」

慎平の怒色はおさまらない。いやおさまるどころか和正がそこにいると、ますます怒りを煽（あお）られるようであった。

「そういう言い方ってないでしょう、なにも私は生んでくれって頼んだわけじゃありませんよ」これまで一方的に言われつづけていた和正が、初めて切り返した。

「何だと⁉　きさま親に向かってなんということを」

怒ると、頸動脈がずきずきして、いまにも破裂しそうな感じがする。最近血圧の高い慎平にとって、興奮はタブーであるが、自分でも抑えられない。

「たったいま親呼ばわりをするなと言ったそのそばから、親に向かってですか、いやはや」

「きさまってやつは」

慎平は、いきなり和正に飛びかかった。

「なにをするんです。年甲斐もない」

和正は、ややたじろぎながらも、殴りかかってきた父の手を押えた。父子は激しくもみ合った。

黒河内慎平は、中国山地の貧しい山村に生まれたが、志を立てて上京、銀行の給仕をしながら、大学を出た。大学卒業後さまざまの曲折を経て、都内に小さなパン工場を開いた。間もなく太平洋戦争が勃発すると、変り身の速い慎平は、軍部に取り入り、軍用携帯食料の開発と生産を請け負った。米兵が常用していたチューイングガムに目をつけ、麦を原料とした和製チューイングガムや、大豆からつくった人造肉などは、量産には至らなかったが、軍から讃められた彼の苦心の〝作品〟であった。

終戦になると、これまで羽ぶりのよかった軍需産業が、解体していく中で、軍の食料をそっくり手中に納めた慎平は、当時飢餓のどん底にあった人々の足元をみて食料と交換に欲しい物をむしり取った。実際、当時は食べ物は金よりも価値があった。戦後の混沌の海の中で食物だけが信じられる価値であった。

慎平は、食物と交換に、都心の土地や、焼け残った建物を片端から手に入れた。当時不動産はすべて米軍アメリカに接収されるという噂が信じられていた時勢下にあって、人々は、慎平が差し出したわずかな食料と引きかえに、間もなく「土一升金一升」のゴールデンコーナーになる土地を手放したのである。

その土地に彼は次々にビルを建て、現在東京、横浜、大阪、その他の主要都市に合計八十九棟のビルを所有し、「日本のビル王」と呼ばれている。さらにビル業を中核にして、モーテル、ホテル、遊園地、倉庫、ゴルフ場、ハイヤー会社などを派生し、「黒ビルグループ」と呼ばれる一大企業王国を築き上げた。

黒ビルグループの各本社が集められた、いわばグループのＧＨＱにあたる銀座四丁目にある第一黒ビルは、かげで「マンハッタンビル」と呼ばれている。その由来は、ニューヨーク（当時ニューアムステルダム）の初代総督ピーター・ミニュイットがマンハッタン島を原住民から二十四ドル相当の布地、ガラス玉、飾り物などのガラクタと交換したことをもじったものである。

本社ビルの敷地を当時の地主からわずか数袋の粉と交換したという噂がまことしやか

に伝えられている。

慎平は、今川に人質に取られてその屈辱に耐え、信長、秀吉と天下がたらいまわしにされるのを、じっと辛抱して待ち、ついに自らが覇者となった家康を尊敬している。彼は密かに自分を「今家康」と呼び、家康を越えるという意味で、徳川家の家紋であった三葉葵をもじって「四葉葵」をグループの紋章に用いているほどであった。

慎平は、事業運は付いていたが、子供には恵まれなかったと、自分でおもい込んでいる。最初の妻は、軍部に取り入るために、軍需物資調達関係の高級将校の娘だった。この政略というより商略結婚は成功して、軍の引き立てをうけた。

だが最初の妻は病弱で、子供にも恵まれず、戦後間もなく病死した。一説には、軍との橋渡しの役目を失った妻を慎平が虐待して、病気になっても、満足に食べ物をあたえなかったので、栄養失調で死んだという噂がある。和正は、妻と死別後、身のまわりの世話をさせていた女中に手をつけて生ませた子供である。べつに愛情があったわけではない。時のはずみで欲望のおもむくまま、強姦に近い形で関係し、ただ一回の交渉で和正を孕ませた。そのため止むを得ず、妻に直したのであるが、その後慎平の書生と密かに通じていることがわかったので、離婚した。

その後、慎平は女はつくったが、結婚はしなかった。二回の結婚で懲りたらしい。女との間に何人かの子供が生まれたが、そのほとんどは認知していない。〝女中妻〟に裏切られてから、女に対する拭い難い不信が、子供たちに継続しているのである。妻は少しも愛していなかった。愛情の一片もなかった妻に裏切られたことに、慎平の自尊心はいたく傷つけられたのである。

その母親に向ける父親の憎悪を、和正は一身に相続した形になって、もの心つくころから父に虐げられた記憶しか残っていなかった。

——父は、自分を憎んでいる——と和正は信じていた。父の和正に向ける目は、子を見る目ではなかった。

自分でも財産がどのくらいあるか見当がつかないと豪語するほどの巨富をかかえながら、和正は小遣い銭にも窮していた。慎平は、和正を実子としてではなく、「不貞を働いた女中の子」として遇しているようであった。

和正が、大学を卒業しても、子会社の倉庫会社のヒラ社員として使っていた。社員の中には、和正が、黒河内グループの御曹司であることを知らない者が多かった。

だが二年前に和正に幸運がめぐってきた。慎平が軽度の脳溢血の症状を発して倒れたのである。幸いにして症状は軽く、間もなく意識を回復したが、右半身にわずかな麻痺が残った。治療にあたった医師団は、生活様式を完全に改めないと、再発のおそれがあると、警告した。ここに慎平は、心ならずもその位置を和正に譲ってグループの総帥の椅子から下りた。

だが名目上は引退しても、慎平は依然としてグループの上皇として院政を司っていた。傘下諸企業の経営が少しでもおもわしくないと、直ちに和正を呼びつけて口汚なく罵った。

「おまえにわしが心血を注いでつくり上げた事業を譲ると決めたわけではない。いまのところ適当な人材が見当たらないから一時的におまえに預けているにすぎん。よい器が見つかれば、いつでもすげ替えられることを忘れるなよ」

慎平は、常々言っていた。それは和正にとっては脅迫と同じであった。

和正が慎平の後を継いで二年め、経済界は、世界的な新型不況に見舞われ、業績が低迷した。世界的な不況などと言っても、慎平は耳をかさない。ただひとえに和正の経営能力の欠落のせいであると激しく詰った。

何と言われようと、父の現役のころより業績が低下しているのであるから、和正は黙ってうつむいていた。それが慎平の目には、不貞腐れているように映ったらしい。父はますますいきり立ち、口汚なく罵った。

懸命に怺えていた和正だが、つい一言二言返したのがいけなかった。脳溢血の発作で脳の怒りを抑制する部分を冒されたのか、手がつけられないほど荒れ狂った。

あまりにひどい荒れように、相手は病人とわかっているつもりでいながら、つい本気にうけてしまった。売り言葉に買い言葉で、激昂した父は本気になって子につかみかかってきた。事実、慎平は「きさまのようなやつは殺してやる」と口走った。明らかに異常であった。

だが和正が父の異常を悟ったときは、遅かった。父は七十を越えた高齢とはおもえないような力で和正の首を絞めてきた。年寄りと見くびっていたところを、おもうさまのどをつかまれ、ぐいぐいと絞められた。「や、やめろ」と言ったつもりが言葉にならない。息が詰まり、目がかすんできた。和正は身の危険をおぼえた。そのとき自分の首を絞めている相手は、父ではなく、血に餓えた殺人鬼に見えた。

和正は、必死に、のどにかかった父の手を振りほどくと、全身の力で突き飛ばした。不幸なことにちょうど窓際にいた。不幸に不幸が重なり、窓は開いていた。突き飛ばされた慎平の身体は、よろめいて窓枠に当たると、まるで紙でも折ったようにあっけなく、腰の所で上体を折り、そのまま腰を支点にして窓の外へ天秤が傾くように飛び出した。

窓の外には、形ばかりの手摺があるだけで、十階下の地上までなんの緩衝物もない。

和正は、その場に茫然と立ちすくんだ。自分の行為のあまりの重大さに我を失ってしまった。窓から下を覗いて、自分のしたことの恐るべき結果を見届ける勇気もない。いや勇気もなにも、いまの和正に思考力は麻痺していた。

時間が凍結し、父も自分も致命的なカタストロフの直前で固定されている。一種の自衛意識がそのような思考の麻痺状態を惹き起こしたにちがいない。

ドアにノックの音がした。近くの部屋から騒ぎを聞きつけて、人が駆けつけてきた様子である。しかし、和正はドアを開かない。ノック自体が、彼の耳に届いていないのだ。

「会長、どうかなさいましたか」

ドアの外で声がした。慎平の執事のような役をつとめている入江稔(いりえみのる)の声である。入江は、慎平が引退してから、どこからか引っ張って来て、秘書兼下男のように使っている男である。

応答がないので、入江は勝手にドアを開いて入って来た。会長用専有区分の中の一室なので、各部屋間に錠はかかっていない。

「おや、会長はどちらへ？」

入江は手に広楕円形(こうだえんけい)の厚ぼったい葉をもった緑色の植物の鉢をもっていた。

最近、慎平が趣味で集めはじめた観葉植物らしい。

入江はこの室内にいるはずの慎平の姿がどこにも見えないので、不審の表情をした。

「落ちたんだ」

和正は、ようやく声を押しだした。だが無惨に震えていて、よく聞き取れない。

「どうかなさいましたか」

入江は聞き直した。

「そ、そこから落ちたんだ」

「あの、落ちたと言いますと、何が？」

入江はまだ事態を正確に把握していない。

「会長が落ちた。つい手に力が入りすぎて。そんなつもりはなかったんだ。本当だ。信じてくれ」

「まさか」と入江は言ったものの、和正の表情がただならないことをようやく悟った。

入江は、観葉植物をテーブルに置いて、窓辺に寄った。そして顔色を変えた。

「社長、すぐ下へ行っていただけませんか。私は、医者と救急車を呼びます。もうだめかとおもいますけど。早く！」

と立ちすくんでいる和正を叱咤（しった）するように言った。

五月二十三日午前一時ごろ、マンションから人が墜落したという入江稔の通報によって、救急車がまず駆けつけてきた。だが、彼らはすぐに引き揚げてしまった。すでに死体になっていたからではない。黒河内慎平が墜落した地点に、死体がなかったからである。

「いたずらもほどほどにしてください」

救急隊は怒って帰った。だが狐（きつね）につままれたようなのは、黒河内和正と入江稔である。

「人が落ちたというのは、確かなのですか」

救急隊の隊長が質問した。

「確かです。事故だったのです。私の見ている前で、あの窓から落ちました」

和正は、地上から十階の窓を指さした。マンション最上階の部屋である。地上からの距離は三十メートルは優にある。和正はすでにショックから立ち直っていて、自衛のための微妙な発言をしていた。

「あなたは、ここに落ちている姿を確かに見たのですか」

今度は、入江に質問が向けられた。

「いいえ。会長が落ちたと社長が言われたので窓から下を覗きましたが、暗くてなにも見えませんでした。ただこの高さではとてもたすからないとおもったのです。それでも一縷の望みをつないで、一一九番したのです」

「あなた方二人とも揃って夢でも見ていたんじゃありませんか。時間も遅いしね。あの高さから落ちた人が、生命に別状なく、自力でどこかへ行ってしまったということは考えられない。だいいちここには人の落ちた痕跡なんかまったくない」

そこはマンションの舗装された駐車場になっている。そんな所へ十階も上から人が落ちてくれれば砕けた西瓜のようになるだろう。

和正の社会的地位を考慮して、救急隊はそのまま引き返していったが、これが他の人間であったら始末書ぐらいは取られたはずである。

救急隊が去った後に医者が来た。こちらも手を空しくして帰らざるを得なかった。

〝事故〟の発生した現場は、大田区田園調布四の十×『パレ・ド・ロワイヤル』一〇〇一号室である。このマンションも慎平の傘下にあるもので、都内有数の高級住宅地の閑静な環境に一居住単位五千万円以上の超豪華ルームばかりで構成したスーパーデラックスマンションであった。

入居者も政界のボスや一流実業家、国際的スター、売れっ子弁護士などのエリートばかりである。この最上階の最も豪華で居心地よいブロックを、慎平は占拠していた。それは完成当時一億円マンションとしてマスコミの話題を集めた金で購った空間である。

寝室二、居間二、応接室一、多目的室二、その他サンルーム、食堂、キッチンなどが機能的に配置されている。居間とサンルームは、屋上庭園に面している。庭園にはリハビリテーション用の温水プールが設けられ、その周囲には盆栽や観葉植物が並べられてある。

〝事故〟の発生した場所は、東面の応接室で、窓が駐車場に向かっている。この豪奢なブロックに、慎平は、六十代の少し耳の遠い老女中と、最近雇い入れた入江稔の三人で住んでいる。脳の症状を発する前は、セックスサービスを兼ねる二十代の若いお手伝いを三人身辺においていたが、医者から性の本行為をしないまでも、性的な興奮は命取りになるおそれがあると警告されてから、若い女どもを遠ざけたのである。

「社長、これはいったいどういうことですか」

救急隊と医者が帰った後、和正と入江は顔を見合わせた。常識ではおよそ判断できないようなことが発生していた。東に面した応接間の窓は、二本引きのサッシ窓になっている。危険防止を兼ねて、窓の外側にバルコニースタイルの小さな手摺が取り付けられているが、これは外観装飾用で、実用性はない。

「会長は、確かにここから落ちたのでしょうか」

入江は改めて窓辺に立って下方を見た。夜が更けて、窓外に散らばる灯も疎らになっている。

「ここから落ちなければ、いったいどこへ行ったというんだね」

「途中でどこかに引っかかったとか、それとも屋上へ飛び上がったとか」

「そんな馬鹿な！　途中に引っかかりようがないし、万一、引っかかったと仮定しても、必ずだれかが言ってくるはずだ。またここから屋上へ飛び上がるなんて人間業じゃないよ」

灯のあらかた消えたマンションの壁は、闇の中に垂直に切り立っていて、そこを落下する物体を妨げるなにものもない。暗いが壁面の途中に引っかかっている物体もなさそうである。

「それじゃあ会長はどこへ？」

「私が聞きたいよ」

　二人は同時に背筋に冷感が走った。十階の窓から故意か過失か判然としないまでも、墜落した黒河内慎平は、地上に到達するまでの三十メートルほどの距離と瞬秒の時間のうちに忽然（こつぜん）と消え失せてしまった。超自然的な現象が発生して、彼の身体を異次元の世界にさらっていってしまったとしか考えられない怪異なアクシデントである。

「社長、とにかく手分けして屋上と、この窓の下に位置する住人に当たってみようじゃありませんか」

　入江が、この場に最も適切な提案をした。可能性はきわめて少ないが、黒河内慎平の〝移動したもよりの空間〟から探索する以外にない。屋上と、下層階の住人は少なくとも、その〝移動空間〟に隣接していることだけは確かである。

「屋上はとにかく、この時間に住人を起こすのか」

　和正がやれやれという顔をした。

「仕方がないでしょう。会長がいなくなってしまったんですから」

「いったい何と聞くつもりだね。おやじがひょっとして訪問していないか、とでも聞くのか」

「正直に、バルコニーに会長が引っかかっていないか質ねますよ」

「入江君、ちょっと待ってくれ」

　和正が改まった声を出した。

「何を待つのですか」

「この窓から転落して、途中で引っかかるということはあり得ないよ。万一引っかかったとしても、必ずわかるはずだ。こんな真夜中、そんな聞き込みで、近所を叩き起こせば、騒ぎが大きくなる。いまはわけがわからないが、おやじはどこかへ行ってしまったんだ。ぼくの立場も考えて、しばらく様子を見てくれないか」

和正は、いままでの大様な態度からは別人のように卑屈に姿勢を低くした。

「しばらく様子を見るということは、このまま手を束ねて、会長を探さないということですか」

「探さないとは言っていない。ただ無関係の第三者の耳にまで入れる必要はないと言ってるんだ。それは決して得策ではないよ」

「しかし現に会長の姿が消えてしまったのですよ。このままではすみません」

「夜が明けてからいくらでも探せる。とにかくこの場は、ぼくの立場を考えて、ぼくの言うとおりにしてくれたまえ。今後、きみの処遇については、決して悪いようには計らわないから」

和正は身を屈めるようにして、入江を説得した。和正はもともとこの入江という男が嫌いであった。どこからどのような経緯で慎平に拾われてきたのか、いつの間にか慎平の身辺に影のように貼りついて、〝慎平上皇〟の摂政のような顔をしている。

いかに動転していたとはいえ、和正は、この得体の知れない男に致命的な言葉を聞かれてしまった。慎平ともみ合い、老人とはおもえない力に、身の危険をおぼえて、振りほどいたつもりの力が余って、慎平の身体が、窓から飛び出してしまった。予期せざる重大なアクシデントに茫然自失しているところへ、入江が飛び込んで来たので、おもわず「会長が落ちた。つい手に力が入りすぎて」と口をすべらせたのだ。

救急隊には、入江は和正が突き落としたとは言わなかったが、警察が出てくれば、当然その場の状況を忠実に描写しなければならなくなる。そのとき、そんなつもりはなかったと言っても通らないかもしれない。

もし殺意が認定されれば、尊属殺人である。親殺しは、無期懲役か死刑の択一しかない。その場合、入江の証言が運命の振り分けになる。和正は、冷静に還るにしたがって、自分が入江によって死命を制せられたことを悟ったのである。入江の口さえ封じられれば、老女中などは、いないに等しい。おそらく彼女は、事件のおきたことも知らず、丸太棒のように眠っていたことだろう。

結局、和正の意見を容れて、朝まで「様子を見る」ことにした。屋上だけは二人で手分けして探したが、だれもいるはずもなかった。

間もなく長い夜が明けた。黒河内慎平は、どこからも現われて来なかった。明るい朝の光の下で観察しても、慎平が転落した窓の下に位置する各階のバルコニーや窓に、人体の引っかかった痕跡は認められなかった。もちろん地上にも人間が激突した形跡は見えない。

朝は平和そのものであり、陽の光は明るく爽やかであった。その艶やかな初夏の朝の平和に背を向けて、黒河内和正と入江稔は、深刻な額を寄せ合っていた。

「それで社長、いったいどうするつもりで？」

「ともかくこのまま様子を見るのが、いちばん賢明だとおもう」

「警察には届け出ないのですか」

「警察？　警察に何を届けるのかね。おやじが神隠しにあったとでも言うのか」

「しかし、不可解きわまる状況で姿を隠してしまったのですから」

「それはまずいよ。警察は事故として認めてくれないかもしれない。事故にはちがいないんだが、警察は疑い深いからね。おやじと私を同時に失ったら、グループはどうなる？　私にはグループと社員や家族に対して責任があるんだ」

「でもこのまま、なにもしないでいるわけにはいかないでしょう」

「もちろん手をつくして探すよ。その間おやじはリハビリテーションのために転地したとでも言っておくんだ。おやじがいなくとも、事業にはさしつかえない。入江君、たのむよ」

「警察が疑惑をもちます」

「どうして警察が疑惑をもつんだね」

「会長が突如失踪してしまったんですよ。このまま姿を現わさなかったら」

「それはそのときになってから考えればいいじゃないか。様子を見てから捜索願いを出せばよい」

「それにしても社長がおっしゃったことは本当なのですか」

「私の言ったこと？」

和正はきたなとおもった。やっぱり入江は和正の〝失言〟を聞き逃していなかった。

「たしか、つい手に力が入りすぎてとかおっしゃってましたが」

「いや、そのう、べつに私がどうこうしたわけではないのだ。おやじと話しているうちにおやじがしだいに興奮してきてね、つかみかかってきたんだ。ぼくが身体を躱したら、勢いが余って……」

「社長は、そうはおっしゃいませんでした。つい力が余って、そんなつもりはなかったと」

入江は突き刺すような視線を和正に向けた。

「だから、おやじの力が余って窓から飛び出してしまったんだ」

咄嗟ではあるが、いい言葉が出たとおもった。「余った力」は慎平の力で押し通すのだ。

「そんなつもりはなかったという言葉は、社長を主体とした力を意味しています」

「突然のことで動転していたんだ。きみ、私の父親が落ちたんだよ。いちいち言葉を選んでなんかいられない」

和正はここが正念場だとおもった。ここで少しでも自分が忸怩たる態度を見せれば、入江に生涯弱みを握られる。和正は、まっすぐに入江の目を見返した。二つの視線は刃が触れ合ったように宙に斬り結んだ。

「とにかくおやじは死んだと確かめられたわけじゃない。めったなことを言ってもらっては困るんだ。きみも、黒ビルグループの一員だ。グループの不為になるようなことはしないでくれ」

和正は、強引に押しかぶせた。入江はゆっくりとうなずいた。ともかく慎平の消息が知れないことには、動きがつかない。二人の間に和解というより、結論が出るまでの休戦条約が成立したのである。

2

五月の朝の平和は、二人の休戦にもかかわらず、間もなく破られた。三階三〇三号室の住人、山岡めぐみは、「猫の散歩」に出かけようとして、ふと戸口で異臭を嗅いだ。

室内で飼っているアビシニアンを、毎朝一定の時間、散歩させるのが、彼女の日課になっている。よその猫のように放し飼いはしていない。不衛生のうえに、他の住人から苦情が出るので、室内で飼っている。一日に一度以上散歩に連れ出してやらないと、一日中機嫌が悪い。

異臭に初めに気がついたのは、猫であった。せっかく廊下へ連れ出してやったのに、猫は低くうなって部屋の中の方へ後ずさりをする。

「まあドンちゃん、いったいどうしたのよ」

めぐみは、いつもとちがう飼い猫ドンキイの様子に、首を傾げた。いつもなら待ちかねていたように、めぐみの先を飛び出していくのである。

「今朝は、ご機嫌斜めなのね」

めぐみは、苦笑しながら歩きだした。かまわずに歩いていけば、後をついてくるだろうとたかをくくっていた。ところがドンキイは尾を巻いて、玄関の中にうずくまってしまった。

「おかしいわねえ、いったい何が気に入らないのよ」めぐみが猫をむりにでも引き出そうと身体を傾けたはずみに、鼻先をかすかにかすめた異臭があった。

「あら、どこからかガスが漏れてるのかしら」

めぐみは立ちどまって異臭の方角を探った。もし自分の家からガス漏れでもしていれば、ドンキイの散歩どころではなくなる。だが、家の中へ引き返すと、異臭は消えた。家の中からではないらしい。それに、家の中だったら、ドンキイが逃げ込まないはずである。

めぐみは再度廊下へ出ると、異臭のルートを追った。臭いはどうやら隣家の方から来ている。つき合いはないが、隣は、〝大学教授〟と聞いている。めぐみはそろそろと臭跡をたぐりながら、隣家のドアの前に到達していた。

ドアの中央下寄りにメールドロップが開口していて、今朝の新聞が咥え込まれている。ということは、そこの住人がまだ新聞を読んでいないことをしめす。

隣家のドアをやりすごすと、また異臭がうすらぐ。まちがいなく、異臭は、隣家から発している。めぐみの中で胸騒ぎが高まっている。隣人はまだ新聞を読んでいない。毎朝の日課のおかげで、めぐみはこの時間には、隣家のメールドロップから新聞が取り込まれていることを知っている。それがまだ取り込まれていないということは……猫は動物の本能からいち早く異変を感じ取ったのだ。

めぐみは、爆発しそうな不安に耐えて、念のためにメールドロップに鼻を近づけた。濃厚なガス臭が鼻に吹きつけた。屋内の奥の方から、シュウシュウという音も聞こえるようである。

「まちがいないわ」

戸口にこれだけ濃厚なガスが漏れているのであるから、内部の濃度のほどが想像できる。そしてそこにいる人の絶望的状態も。

――どうしよう?――とめぐみが立ちすくんだとき、たまたま廊下を通りかかったべつの住人が、どうかしたのかと質ねかけてきた。

異変は管理人に知らされ、管理人が保管しているマスターキイによって部屋のドアが開けられた。室内にわだかまっていたガスの塊が通路をあたえられて、どっと吹き出してきた。

濡(ぬ)れタオルで鼻孔を被(おお)って管理人が室内に飛び込み、開かれていたガスレンジの栓を閉め、すべての窓を開放した。寝室のベッドに倒れている人間の姿が目に入ったが、まずガスを追い出すのが急務である。

いちおう呼吸ができるようになったところで一一九番へ通報した。だが救急車は収容を拒んだ。すでに死体になっていたからである。死体は二体あった。救急車と交代に警察が来た。

死者は、パレ・ド・ロワイヤル三〇二号室の住人波多野精二(はたのせいじ)(四六)である。波多野は私学の名門、関央(かんおう)大学統括本部資金室長という肩書をもっている。波多野といっしょに二十代半ばと見られる女が死んでいた。男と女は、寝室のダブルベッドに並んで横たわっていた。

典型的な情死の状況である。遺書はなかった。女の身許もベッドサイドテーブルにおいてあったハンドバッグの中身から速やかに割れた。すなわち赤坂のナイトクラブ『エル・ドラド』のホステス、大槻真佐子（二八）である。

波多野は、三年前に妻と離婚して以来、パレ・ド・ロワイヤルに一人で住んでいる。統括本部という所は、初等部から大学院まである関央大学のGHQにあたる部署で、資金室は、その名前のとおり、大学の経営を賄う資金を一手に扱う。

「大学の経理のボスと、赤坂のナイトクラブのホステスの心中か。これは裏になにかありそうだな」

検視に来た一行は、鼻をうごめかした。死体は典型的なガス中毒による症状を呈しており、作為の痕跡は認められない。検視班も、犯罪を疑ったのではなく、大学の資金室長と赤坂の高級クラブのホステスという組み合わせに、猟奇的な興味を寄せたのにすぎない。心中という表面に現われた結果をいちおううけ入れて、その原因を探ろうとしたのである。

「それにしても、大学の資金室長ともなると、こんな豪勢な家に入れるのかね」

「心中相手が赤坂のクラブホステスとなると、大学の金を使い込んで身動きがつかなくなり、死んで清算をはかったという図だね」

係官たちは死者の職業から、最も類型的な情死の構図をえがいた。いちおう室内も検索されたが、べつに怪しい点もない。調べは、それぞれの勤め先へとのびた。

波多野精二は、学内で「玉ころがしの精二」とかげでいわれるほどの金づくりの名人で、大学で新たな学部を増やしたり、施設の改築や拡張をする度に、同学の卒業生や関連先から巨額の資金を集めてきた。

彼は資金ルートを通じて、関央大学のボス的存在となっていた。波多野の資金パイプは毛細血管のように、関央大学閥の政財界および社会のあらゆる分野にわたっていた。

波多野は、常日頃、電話一本で億単位の金を集められると豪語しており、大言に見合うだけの実績をあげていた。

また彼の「玉ころがし」の別名は、企業各分野を網羅するコネクションにも由来していた。実際、彼の世話で就職した卒業生は多い。就職の世話をしてもらった者は、その社をやめないかぎり、波多野に恩義を感じる。これらの卒業生が各分野で勢力を得てくると、それがそのまま波多野の玉ころがしの土壌となるのである。

女性関係はかなり派手で、心中したパートナーの勤め先の他にも、赤坂、銀座のナイトクラブやバーに噂にのぼった女性が何人もいる。波多野の別名はむしろ、そちらの方からきているという消息通もあるほどである。

大学当局側も、そのあまりに派手な私生活に眉を顰（しか）めることはあっても、資金集めにしめす絶対的な実力の前に、見て見ぬ振りをしていた。もし波多野がいなければ、大学は経理面から速やかに不自由になってしまう。

　その彼に突然死なれて、関央大学は困惑していた。やり手で、大学を金の力で操るボスだっただけに、波多野の死に哀悼をしめす者は稀である。むしろその死を喜んでいるようであった。

　だが、波多野がいなくなった後、巨大化した大学の膨大な資金需要を賄う才能は簡単には補えない。それをおもうと大学の首脳連は暗然とならざるを得なかった。

　一方、波多野の心中のパートナー大槻真佐子は、つい一か月ほど前に雑誌の求人広告に応募してエル・ドラドに入店した。一年もいれば古顔になるほど、ホステスの回転は早いが、夜の勤めは初めてとかで、まだ素人くささの残るホステスであった。

　北の方の美人の産地から来ただけあって、雪で磨いたような肌理の細い色白の肌と、陰翳を刻んだ気品のあるおもだちは、客の目を惹きつけ、短時日のうちにめきめき台頭してきていた。この調子でいけば一年以内にボーナスホステス入りは確実と見られていた。店では二十四歳と四年もサバを読んでいたが、十分その若さで通った。

　中でも特別の執心をしめしたのが、波多野精二であった。彼女が店に出てから毎夜のように通って来て指名していた。

「でも、心中するほど切羽つまった仲になっていたとはおもわなかったわ」

「それは、波多野さんはよいお客ですから、真佐子さんも大切にはしていたけれど、そこまでは行ってないとおもっていたんだけどなあ」

「真佐子さんは、死ぬ一週間ほど前、波多野さんにしつこく口説かれているんだけど、自分のタイプじゃないので、どうしてもその気になれないと言ってたのよ」

「やっぱり、波多野さんの熱意にほだされたのね」

「でも、波多野さんが自殺するなんてねえ、世の中がおもしろくてたまらないというような顔をしてらしたのにねえ」

「本当に人は見かけによらないわね」

「私なんか一度も心中をもちかけられたことないわ」

「あなたは、殺されても死なないような顔してるからだめよ」

「あら言ったわね、あなたこそ心中よりまんじゅうという顔してるくせに」

エル・ドラドの朋輩たちの無責任な言葉の中にも、二人の心中に寄せる一様の驚きがあった。

「どうも腑に落ちない」

二人の身辺を調べて帰って来た捜査員たちは釈然としない顔を見合わせた。

「波多野が大槻真佐子に熱くなっていた様子はあるのだが、どうも一方通行だったらしい」

「すると無理心中か？」

「現場にそんな痕跡は残っていなかっただろう」

「検死によってもガス中毒死であることが確かめられている。女には抵抗した様子はまったくない。これからガス自殺をするというのに、男といっしょにおとなしくベッドに入らないだろう」

「寝入ったところをガス栓を開ければ、抵抗するひまはあるまい」

「女はエル・ドラドへ来てわずか一か月だ。心中の相手としては、ずいぶん〝短期養成〟だね」

「波多野にはまったく自殺するような動機が見当たらんのだよ」

「学校の金を使い込んでにっちもさっちもいかなくなったんじゃないのか」

「ところが、そんな穴はあいていないんだ」

「帳簿上うまくごまかしているんだよ。やつの月給は三十六万だ。それであんな豪勢なマンションに入れるはずがない」

「うまくごまかしてあるんなら、なにも慌てて心中する必要もないじゃないか」

「大学の決算が迫っていたよ。それを切り抜けられる自信がなかったんだろう」

「専門の会計屋が、決算と同じ様に波多野が死んだ後検査したんだが、ボロは出てこなかったんだぜ。波多野はかなりアクの強いやつだったらしい。それが帳簿の穴を見破られるかもしれないという不安くらいで、さっさと死んじまったとは、どうもすっきりしないな」

「それにもう一つすっきりしないことがあるよ。あの二人、検視の所見では、きれいなまま死んでいたよ。中学生の心中じゃあるまいし、男と女の何たるかを知りつくした二人が、この世の名残をつくさずに死んだとは考えられないな」

「知りつくしていたから、いまさらとおもったんじゃないのか」

「女はとにかく、男はきつい執心だったというじゃないか。おれだったら、ホレた女と心中するときは、未練の残らないように、やってやってやりまくるがね」

「大丈夫、そのくらい生臭ければ、まちがっても心中なんかしないよ」

「茶化しちゃいけない。あんただってそうおもうだろう」

「うん、たしかに引っかかるところがあるね」

「すると偽装心中……」

「波多野がマンションを買った金の出所なんかも洗ってみる必要がありそうだな」

警察は二人の心中に偽装のにおいを嗅ぎ取り、死体を司法解剖に付した。解剖によって、次の諸事項が判明した。
①死因、一酸化炭素中毒。
②自他殺の別、不明。

③死亡推定時刻、五月二十三日午前零時から三時の間。
④生前の情交および死後姦淫(かんいん)の有無、認められず。
⑤死体の血液型、男A型、女AB型。
⑥その他の参考事項、男女検体ともに胃内容に多量のバルビツール酸系の睡眠薬を証明する。なお胃内容の消化状況から男は死亡三、四時間前にかなり大量の中華料理を食したと認められる。女の胃は空虚である。――

男女は死ぬ前にいっしょに食事をしていない状況であった。食事は共にしたが、女だけまったく食べなかったという可能性もあるが、共に死のうと決意した最後の晩餐(ばんさん)だから、形だけでも箸を付けるのが当然の心理であろう。

死を前にして、食欲がなかったか、あるいはあまりに少量のためすでに胃を通過してしまったことも考えられるが、それにしては男の食事量に比較してあまりにもアンバランスであった。

男は、まさにたらふく食っている。この世の食い納めの飽食と解釈しても、女の空虚な胃内容とのアンバランスを埋められない。それはそのまま情死する二人の心理のアンバランスにつながっていくのである。

ここに、自殺、他為死(たいし)両面の構えで捜査が開始された。とりあえず決定された捜査方針は、

①波多野精二のマンション購入金の出所、
②同異性関係（大槻真佐子以外の）、
③同身上調査、
④大学を中心とする人間関係、
⑤関係帳簿の再検査、
⑥大槻真佐子の身上調査、
⑦同異性関係（波多野精二以外の）、
⑧同エル・ドラドにおける人間関係、
⑨二人の前足（生前の足取り）捜査、特に波多野が食事をした中華料理店の発見、

――等である。

黒河内和正と、入江稔の間には奇妙なバランス関係が成立していた。

和正は、うろたえての失言によって、入江に弱みを握られた形になっている。また入江は雇い主を突如として失い、新たな生活の方途を和正に委ねざるを得ない。この場合、和正の弱みを手がかりに絶対的優位に立てそうであるが、弱みの本体ともいうべき慎平

が消えてしまっている。それは〝幻の弱み〟といえぬこともなかった。下手にその弱みを武器にすると、生活の基盤を失うおそれがある。

どちらも相手を意識しながら、決定的な態度を取れない中途半端な状態である。

黒河内慎平は、あの夜を境に忽然と姿を晦(くら)ましたままである。その死体すら現われない。それは理解の域を越える蒸発であった。

ともあれ、二人の〝休戦〟のおかげで、事業は、滞りなく運営されている。皮肉なことに、あの夜から、グループの諸事業は、徐々に好転の萌(きざ)しを見せはじめた。長い低迷の後にようやく萌した曙光(しょこう)であった。

慎平の「転地療養」に不審を抱いた者はいない。引退後の院政はもっぱら和正を経由して行なわれたので、社員にはもともと慎平は雲の上の存在であった。その雲が曖昧(ミステリアス)な霧になったところで、見分けはつかない。

警察も疑いをもった様子はなかった。和正は、機(おり)を見て捜索願いを出すつもりらしい。

入江は、和正から提案されたとおり「様子を見て」いた。和正は彼の静観に対して、統合事業本部付き「主査」というポストをあたえてくれた。

統合事業本部は、黒ビルグループの大本営で、主査はさしずめ参謀というところである。他にも主査は何人もいるが、悪いポストではなかった。要するにこれが〝口止め料〟である。

入江は、いま一つの疑惑を胸に温めていた。それは黒河内慎平の蒸発と同じ夜に同じマンション内に発生した心中事件である。これがどうも心理のフレームに引っかかり、疑惑の根を広げていた。

——これが慎平の蒸発とどこかで関わっているのではないだろうか？——

慎平と、心中した二人はいかなるつながりもなさそうである。偶然、このマンションを購入して入居して来た人間にすぎない。

しかし、同じ夜ということに、どうも引っかかる。警察も調べに来て、マンションの住人の間を聞き込みに歩いていたが、結局、心中と発表した。

しかし、警察の態度には一枚膜が張られているようである。単純な心中にしては、聞き込みの態度がしつこくて、粘っこい。警察も疑いを抱いているのではないだろうか。

かりに彼らの心中が偽装であったとしたらどういうことになるのか。二人が眠り込んだところを狙ってだれかがガス栓をひねった。〝生産された死体〟は、心中という衣装をつけてしまう。この殺人事件に黒河内慎平がなんらかの関わりをもったのではあるまいか。つまり、慎平が現われると、偽装心中の仕掛けが暴露してしまうとしたら……それにしてもどんな関わりをもったというのか？

心中した二人が、殺されたとしたら、いったいどんな動機によるものか。女はホステスというから情痴のもつれか。それとも男の職業である経理関係のからみか。

——そうだ。女の勤め先のエル・ドラドという赤坂のクラブへ行ってみれば、なにかわかるかもしれない——

入江は、ようやく一つの目標を見出(みいだ)した。

指名された出会い

1

姉が上京して一か月ほど後突然舞い込んだ悲報に、左紀子は茫然とした。信じられなかった。夫の行方を探し、一家の家計を立て直すために、幼な子を姑に託して一人上京した姉が、こともあろうに他の男と心中したなどという話を、素直に信じられるはずがない。

だが、連絡してきた東京の警察は、エル・ドラドに勤めていた大槻真佐子にまちがいないと言う。年齢や出身地も符合している。すべてのデータが合っている中で、左紀子はかたくなに否定しつづけていた。

姉からはその後三度手紙がきて、十万円返されてきた。勤め先の待遇もよく、初めての夜の勤めなのでだいぶ身構えて行ったのだが、さすが赤坂の一流クラブだけあって、お客も紳士ばかりだ、この分なら安心して働ける、いちおうの生活の目安がついたところで、子供と姑も呼びたい、というような文面であった。

姉としては、女の一人身の初めての東京生活で必死だったはずである。とても男と心中するほど心をべつの角度に傾ける余裕などなかったにちがいない。女は子供を残して心中などめったにしないものだ。それに一か月という期間は、心中するほど、男にのめり込むためには短すぎるのではないか。

警察はとにかく身寄りの者に来てもらいたいという。遺体の確認をして、本人ときまれば引き取らなければならない。

母は、気が抜けたようになってしまっているし、最近健康のすぐれない老いた父をそんな確認に引っ張り出すのは、酷である。父は行くと言い張ったが、左紀子が押しとどめた。

警察の死体安置室(モルグ)に保管されていた心中の片割れは、姉にまちがいなかった。警察は遺族の確認を待って荼毘(だび)に付すと言う。だが姉の遺体はすでに解剖されていて、遺族対面用に縫合されていた。警察も姉の死因に疑惑を抱いて解剖を先行させた模様である。念のために姉の心中のパートナーも見せてもらったが、左紀子のまったく知らない男であった。

「お妹さんですか、この度はどうもとんだことになりまして」

所轄署の担当刑事がおくやみをのべた。

真っ黒に日焼けした、顔と体がいかつい割に目の柔和な中年の刑事である。久保田(くぼた)清(きよし)と名乗った。

「姉は絶対に心中なんかするはずはありません。これはなにかのまちがいです」

左紀子は、遺体確認後、訴えた。

「それはまたどういうわけで?」

久保田刑事は柔和な目を向けた。左紀子は姉が上京した経緯を一部始終話した。

「なるほど、そういうご事情があったとなると、引っかかりますね」

久保田の穏やかな目の底が光って、

「ところでお姉さんのご主人の行方はわかりましたか」

「その件についてはなにも言っておりませんでした」

「すると、ご主人は奥さんが亡くなられたことをご存じないかもしれませんな」

「でも新聞やテレビに報道されましたから、ニュースをどこかで見聞きしていれば、なにか言ってくるとおもうのです」

「これまでなにも言ってきませんか」

「きません。警察の方にはなにか……」

「ありませんね。それであなたにご確認をねがったのです。ニュースを知らないということも考えられますな」

「大槻という姓はそれほど多くないし、出身地も一致しているのですから、たとえ、本人の耳目に入らずとも、人伝に知ってもいいとおもうのですけど」

「山谷のドヤ街にもぐり込んでいますと、吹きだまりですからね。たがいに身上なんか知らないし、聞くこともない。名前にしても、偽名が多くて、歴史上の人物や時の総理大臣の同姓者が多いんです。いま山谷は福田ばやりということです」

「そんな場所では、ニュースが耳に入らないということもありますね」

「それから、ニュースが目や耳に入らないような状態にあったことも考えられますよ」

「とおっしゃいますと？」

「行路病者、つまり行き倒れになったとか、事故で死んだとか、最悪の場合は人知れず殺されたような場合です」

「まあ！」

「お義兄さんは昨年末から消息が絶えたそうですね。これはあなたには申し上げ難いことだが、そのおそれが十分にあります。山谷界隈では、よくあるケースです」

「でも、行き倒れなんかになったら、家の方へ連絡がくるでしょう」

「山谷の日雇い労働者で身許を明らかにしている人は少ないですよ。落ちぶれた自分を知られたくないという意識があるんでしょうか、たいてい経歴や身上を隠しています」

「義兄は出稼ぎに行っただけで、落ちぶれたわけじゃないわ」

「アブレがつづけば、ドヤを追い出されて流浪せざるを得ません。まとまった金をつかまないうちは故郷には帰れない。地下道や駅の構内にもぐり込んで仕事を探しているうちに、本当の浮浪者に落ちていくのです。もうそのときはくにへ帰る旅費も得られない」

「どうして手紙ぐらいよこさなかったのかしら」

「たいてい手紙も出せないほど追いつめられてしまうのです。栄養失調と悪い酒で身体がボロボロになって、家族にすら姿を見せられなくなってしまう」

「身許のわからないまま、行き倒れになると、どういうことになるのですか」

「発見された区や市町村によって火葬にされて、無縁墓地に葬られます。東京の場合だと、多磨、雑司ヶ谷、八柱の都営墓地の無縁塚に葬られます。ただし……」

と久保田は言いさして、口ごもった。左紀子は目を上げて言葉の先をうながした。

「人知れず殺されて、海や人里離れた所へ投げこまれるか、埋められるかしたら、この無縁塚にもいませんよ。あとで昨年末以後管内で発見された身許不明死体の写真ファイルをごらんにいれましょう。ところで本題からそれましたが、お姉さんが上京されたのは、純粋にご主人を探すためだったのですか」

「純粋にと言いますと？」

左紀子は久保田の言葉に含みがあるように感じた。

「もしご主人を探すために上京されたのなら、あなたによこした三通の便りの中でそのことを書いてきたはずです。さしつかえなければ、いずれその便りを拝見させていただきますが、一言もご主人について書いてなかったというのは、おかしいとおもうのですがね」

「きっと初めての東京生活で義兄の行方探しにまで心が向かなかったのだとおもうのです。それだけに心中なんかするはずがありません」

「実は、まだこのことは発表していないのですが、お姉さんと、波多野精二の遺体を解剖したところ、体内から睡眠薬が検出されたのです」

「まあ睡眠薬が！」

左紀子は、その事実のもつ重大な意味を考えた。

「睡眠薬が体から出てきたからといって、直ちに偽装心中ということにはなりません。眠っているうちに死ねるように、睡眠薬を服んでから、ガス栓を開いたかもしれませんからね」

「でも睡眠薬を服まされて、ぐっすり寝込んでいれば、細工がしやすくなりますわね」

「そのとおりです。そして睡眠薬はべつべつに服むか、または服ませることができます」

「べつべつに⁉」

　左紀子は、久保田の言葉のもつ重大な示唆にハッとなった。

「そうです。我々も、二人が心中するまでの素地をつくるには、時間が不足していると考えました。いかにインスタントラヴ時代でも心中となると話はべつです。共に死病に取りつかれていて前途を悲観したとか、生活に追いつめられていたというような切迫した事情もない。我々がいままで調べたところによると、二人に死ななければならない理由は、浮かび上がらない。あなたのお話をうかがって、そのことがますますはっきりしてきました。ということは、二人は心中を偽装された。偽装ならば、いっしょに死んだとはかぎらない」

「すると、姉はべつの場所で殺されて運ばれてきたとでも」

「断定はできませんが、その可能性は考えられます。睡眠薬を服ませ、同じ成分のガスを吸わせてから、死体を同じ場所に寝かしておけば、心中に見えますからね。ドアの鍵はオートマチックですから、ドアを閉めれば、施錠されてしまいます」

「睡眠薬は、姉だけが服んでいたのですか」

「いえ、二人とも服んでいました。だからといっていっしょに服んだとはかぎりません。べつの場所で睡眠薬を服ませて眠らせてから、いっしょにしてガスを吸わせれば、細工はいっそう完璧になります。それに死体を運ぶ危険がなくなります」

「いったい、だれがそんなことを?」

「わかりません。いまそれを調べているのですが、お姉さんは、人に怨みを含まれるようなことはありませんでしたか」

「怨みもなにも、まだ一か月前に田舎から東京へ出て来たばかりです。田舎は過疎化する一方の寂しい村で、姉は義兄の出稼ぎ中、留守を守っていました」

「田舎でお姉さんに邪な想いをかけた者がいて、東京まで追いかけて来たというようなことはありませんか」

「姉が結婚して五年ほどになりますけど、その間ほとんど行き来しなかったのです。でも生きていくのに精一杯の過疎の村から、姉に邪な想いをかけて東京まで追いかけて来た人がいるなんて考えられません。それにかりにそういうことがあったとしても、どうして心中なんかを偽装する必要があったのでしょうか」

「おっしゃるとおりです。いちおう念のためにうかがったまでです。これはやはり、波多野の巻き添えを食ったと解釈すべきだろうな」

久保田は、語尾を独り言のように言ったが、左紀子がそれを捉えた。

「巻き添え? 姉は巻き添えになったのでしょうか?」

「巻き添えというのは語弊がありますね。つまり犯人の狙いは、波多野精二にあった。その狙いを隠すために、お姉さんを偽装心中の小道具に使った」

「姉は小道具にされるために殺されたのですか？」

「あなたのお話をうかがって、その疑いが濃くなりました」

「姉が可哀想だわ。なんにも悪いことをしていないのに。夫を探し、家計を立て直すために東京へ出て来たばかりの姉を、そんなむごい目にあわせるなんて。東京ってひどい所だわ。姉には今年四歳になったばかりの子供と、七十を越えた姑がいるんです。刑事さん、ぜひ犯人を探してください」

　左紀子は話しているうちに、感情が激してきた。

2

　大槻真佐子は東京で荼毘に付された。立ち会ったのは、左紀子と、久保田刑事の二人だけであった。

　左紀子は、姉の遺骨をもっていったん帰郷した。大槻家の菩提寺に遺骨を葬ると、左紀子の悲しく重くるしい役目はいったん終った。しかし後に残された者には生活があった。

　姉の遺児の太一は、まだ母が死んだことがよく理解できないらしく「おっ母が箱の中に隠れん坊ばしてる」と言って周囲の者の涙をさそった。

「この子のお父が、隠れん坊ばしてる間に、出稼ぎに行ったばって、親がいねときは、隠れん坊してるとおもいこんでるらしす」と姑が、赤く腫れた目の縁を拭った。

子供の父親の行方がさらに懸命に捜された。新聞広告や、テレビの尋ね人で呼びかけたが、反応はなかった。情報も寄せられなかった。

姉の葬儀と遺族の身の振り方などを一身に取りしきっているうちに、左紀子は一つの意志を固めていた。それは若いが故の感傷的な決意かもしれない。しかし、その意志は、一個の義務感となって、彼女の心に迫った。

「えっ東京へ出たいですって⁉」

ついにその意志を両親に表明すると、まず母親が信じられないというような表情をした。父は、娘の言葉の意味がまだ実感として迫らないらしい。

「お姉さんは、殺されたんです。私、お姉さんが働いていた所に勤めて、私なりに、お姉さんの死んだ本当の理由を探ってみたいわ」

「まあ、おまえ、なんてことを言いだすのよ。世間知らずのおまえが、東京のいかがわしい所に身を沈めて、真佐子の二の舞いを演ずるだけだよ、とんでもないことよ。私は絶対に許さない」

母は目に涙を浮かべて諫止（かんし）した。両親は真佐子が、上京して夜の勤めをしていたことを知らなかった。話せば反対されるのはわかっており、いらざる心配をかけるだけだからという姉の言葉に従って、左紀子一人の胸にたたんでおいたのである。

　両親にしてみれば、姉娘の突然の訃報すら耐え難いショックであったところに、いま妹娘が、姉の生命を奪った魔都の中の魔窟のような場所へ飛び込んで行くと言いだしたのであるから、どんなことをしても阻止しようとするのは、当然であった。

「お母さん、お姉さんは理由もなくあんなむごい目にあわされたのよ。くやしいとおもわないの」

「親だもの、人一倍くやしいよ。でもそれはおまえのすることじゃない。警察にまかせておけばいいのよ。もし真佐子が殺されたのなら、犯人はきっとおまえも狙うよ」

「お姉さんと私は似ていないわ。遺骨の引取りに行ったときも、エル・ドラドの関係者と顔を合わせなかったわ。犯人は私たちが姉妹だったことに気がつかないわよ。内部にいて探っていれば、犯人も警察には見せないシッポを出すかもしれない」

「どうしておまえがそんなことをしなければならないのよ」

「私のお姉さんが、虫ケラのように殺されたのよ。義兄さんは行方不明だし、タアちゃんは、孤児同然じゃないの」

「真佐子は、大槻家の人間です。犯人探しをしたければ、大槻家がすればいいのよ」

「タアちゃんはお母さんの孫なのよ」

「太一も大槻家の後継ぎです。いまおまえは白神家を継ぐただ一人の人間です。そんな夢みたいなことを言っていないで、早くよいお婿さんをもらって孫の顔を見せておくれな」

「私、このままではどうしてもおさまらないのよ。なにも外国へ行くわけじゃないし、警察にもちゃんと話して行くわ。危険なことは絶対にしないから行かせてちょうだい」

「そんな探偵の真似事（まねごと）をするのが危いのよ。だいいち、そんないかがわしい所に身を沈めたら、まともなお婿さんが来なくなるよ。あなたも黙っていないで、なんとか言ってください」

母は、先刻からずっと口を閉ざしている夫の方を向いて口をとがらせた。

「左紀子が行くと決めた以上、我々が諫（と）めたところで、どうにもならないだろう」

「まああなたったら」

「この娘（こ）はいつもそうだった。自分でこうと決めてから口に出す。口に出したときは、はたでなにを言ってもどうにもならない」

父親のほうが左紀子の性格をよく見届けていた。

「あなた、そんなあきらめたようなことを」

「あきらめてはいないよ。ただ私たちがどんなに反対しても、左紀子を引きとめられないよ。東京の一流のナイトクラブだから、その店自体に危険があるわけじゃあるまい。真佐子の心中相手もその店のお客だったというじゃないか。だから真佐子を偽装心中の罠にはめた犯人がいるとすれば、お客の中にいる可能性が大きい。クラブに勤めてお客を探るというのは、いい手かもしれない」

「あなたまでがそんな煽り立てるようなことを言っては困ります。左紀子の身にもしものことがあったら、どうするつもりです」

「おれも真佐子をあんな目にあわせたやつが憎いのだよ。おれがもう少し若かったら、おれが犯人探しをやりたい」

老いた父の窪んだ眼窩の底が光った。それはまぎれもなく、刑事の目であった。その身体に沁みついた職業の習性は、枯れていなかったのである。

「お父さん」

父の意外な反応に、左紀子のほうが驚いていた。彼女は母よりむしろ父の強硬な反対を予期して身構えていた。父なればこそ、左紀子が意図していることの危険がよくわかるはずであった。

「左紀子、おまえが決心したのなら、お父さんは敢えて反対しないよ。反対しても、言うことを聞くようなおまえじゃないからな。ただ、深入りをしてはいけないよ。危険だとおもったら、すぐに引き返しなさい。それから警察と連絡を密にしておくことだ。お父さんもいっしょに行って、警察によく話そう」

「まあ、あなたまでが、いったいどうしたっていうの」

母はおろおろ声をだした。

「母さん、そんなに心配することはないよ。左紀子は、おまえが考えているほどネンネエではない」

父は、真佐子の死にあたって、いっさいを取りしきった左紀子を見なおした様子である。そして左紀子の申し出に、引いた職の現役のころの情熱をよみがえらせたのであろう。

3

父母の許可はどうにか取り付けたものの、もう一つ関門が残っていた。それはエル・ドラドに入ることである。だが左紀子はこの点に関しては楽観していた。

久保田刑事から聞いたところによると、姉は、雑誌の求人広告に応募して行ったそうである。ということは、人手不足で常に求人をしているのだろう。高校時代の友人がいると言ったのは、左紀子を納得させるための嘘(うそ)であった。赤坂の一流クラブといったところで、客を呼ぶのは女である。なにか客にアピールする魅力があれば、その場で採用してくれるにちがいない。

姉にはかなわないが、左紀子も自分にかなりの自信をもっていた。勤め先でも男たちがいろいろのことを言ってアプローチして来る。街を歩いていてもよく声をかけられる。

いまの東京なんて、田舎者の寄り集まりだから、自分が田舎者だというコンプレックスをもつ必要はないだろう。

左紀子は、当たって砕けるつもりであった。常ならばとても出てこない勇気であるが、姉の命を理不尽に奪われた怒りが、左紀子を変えていた。


エル・ドラドは、赤坂見附(みつけ)に近い高層ビルの地下一階にある。このビルが黒河内慎平がオーナーの「第三黒ビル」で、全国に八十九棟もある黒ビルの中で銀座四丁目の本社ビルと並ぶ中核的ビルであった。

しかし入居者(テナント)は、資本的には黒河内と関係のない企業や、事務所が入っている。いずれも社会的に名の通ったものばかりである。

左紀子は、あらかじめ電話をして、働きたい旨を伝えると、年齢や身長、ＢＷＨを聞かれた後、一度面接をするから履歴書をもって事務所まで来てくれと言われた。彼女は断わられても、押しかけてみるつもりであったが、まずは電話での小当たりが成功した。

エル・ドラドの事務所は、第三黒ビルの四階にあった。指示された午後二時に出向くと、いかにも人事係を多年勤めてきたといった体の五十年輩の実直そうな男が応対に出て来た。事務所の中にはデスクやロッカーが機能的に並び、ごく普通のオフィスのようである。働いている人たちも、一般サラリーマンやＯＬの風体と変りない。特に女性は役所か銀行のように、妊婦服のような上っ張り(スモック)を着ている。大都会の魔窟に乗り込むような悲壮な気持でやって来た左紀子は、ごくまともなオフィスに迎え入れられて、肩すかしを食わされたような気がした。

初老の人事係は、「栄代興業株式会社、人事課長山田作造(やまださくぞう)」という名刺を差し出した。栄代興業というのが、エル・ドラドの正式社名らしい。

「あなたがお電話をくださった白神左紀子さんですか」

山田は眼鏡越しに観察の目を向けた。穏やかそうな目であるが、女を値踏みしなれた目のようである。左紀子の差し出した履歴書と見比べながら、

「ほう、秋田県からね。あちらでは固いお勤めをしておられたようですね。それがまたどうして？」

山田は詮索する目になった。

「田舎がいやになったんです。他人のプライバシーを詮索することだけを楽しみにしているような土地柄にいいかげん、うんざりしたものですから、この際おもいきって東京に出て、自分の可能性をためしてみたいと考えたのです」

左紀子は考えておいた台辞(せりふ)を言った。

「なるほど、なるほど」

山田は、左紀子の「プライバシー」云々(うんぬん)の言葉で万事のみこんだようにうなずいて、

「それでいつから来てもらえますか」

「え！　採用してくださるのですか」

左紀子はあまりに簡単にパスしたようなので、拍子抜けした。

「まあ、当分ヘルプで働いてください。とりあえず一日一万円の保証でやってもらいますが、あなたならすぐに指名が付くでしょう。飛び込みなので契約金は出せないが、固定客が多くなれば、一人前のホステスとして、指名料で稼げます。ところで衣装などは自前ですが、お持ちですかな」

山田は、左紀子のごく平凡な仕立てのスーツをジロリと見た。

「初めてなので、お店で着るような服はもっていません」

「とりあえず着る衣装は貸してあげます。働いている間に、自前の衣装をつくってください。その他美容代、タクシー代などこれまでのお勤めよりも金はかかりますが、収入はあなたの腕しだいです。私どもは一流のお客様ばかりだから、まあしっかり働いてください。詳しいことは、係の者に話させます」

それで〝面接試験〟は終った。必要書類も、面接時に提出した履歴書だけであった。

最近一般ＯＬからの転向が多いとはいえ、面接だけのいとも簡単な採用が、やはりこの仕事の特殊性を暗示していた。

ともあれ、左紀子はエル・ドラドに入った。そこは、彼女がこれまで属していた世界とは、まったくべつの次元の世界であった。勤務時間は午後七時から零時までで、六時半には店へ入って店長主宰のミーティングに出なければならない。

店長は、エル・ドラドの開店に際して三千万円でスカウトされた、この業界生えぬきの松野卓朗という男で、彼の教えをうけた〝弟子〟二百人が『松野会』というグループをつくっているそうである。

松野のミーティングにおける訓示には精神訓話のようなものはいっさいなく、すべて客を固定するための具体策ばかりであった。

「ホステスの価値は、実力ある名刺の数で決まる。一晩に五組以上の新しい客をつかめ。指名を増やすためには、なんとしても自分を印象づけなければならない。これはと目をつけた客の前では、どんなことをしても自分を相手におぼえさせろ。おいきみ。ぼくは今夜初めて店へ来たある大会社の重役だ。ぼくをつかむためのサービスをここでやってみなさい」

と自分がモデルになって、実地指導をする。

「よし、そこでぼくの目を見る。ちがう！　だめだめ、それは見るんでなくてにらんでいる。一度目を合わせてはっと伏せ、それから二、三度まばたきをしてじーっと相手の目に見入る。いいかね。愁いと艶を含んだ目なんてものは、練習によってできるようになるものなんだ。また自分に合った目線の使い方がある。出勤前に鏡を見て、よく練習するんだ。よし、そこで泣いてみて。ホステスたるもの、いつでも必要なときに泣けるように訓練しておきなさい」

「酔った振りをしてお客のズボンに少しビールをこぼすのも手だ。そして翌日、お客の会社に手みやげをもって詫びに行く。ただし、自宅へ行ってはいけない。必ず会社か、自宅以外の場所だ。服装も髪型もなるべく地味にして行くんだよ」

「盆暮には自腹を切って、贈り物をするくらいでないと、客はつかない。三度に一度くらいは奥さんにも喜ばれるような品を贈ると、効果的だ。奥さん公認になるからね。ただしあまり奥さんに認められすぎると、お客は逃げる。奥さん公認のホステスでは、客の期待がなくなってしまうからね。この辺の塩梅をうまくしなければならない」

とこんな調子に、客の心をつかむための手練手管を、たたき込む。

服装検査も厳しい。髪型、着付け、衣装の選択、化粧などを一つ一つ点検し、失点があると、給料から差引く。欠勤はもとより、遅刻、早退、客の苦情などもすべて減点材料となる。

左紀子は、夜の勤めに入る前は、それが昼の勤めよりも曖昧なように考えていた。現実に身を置いてみて、それがとんでもない錯覚であったことを知らされた。

昼ごろようやく起き出し、夕方になってからぞろぞろした着物をまとい、厚化粧をして出かけて行く夜の勤めの女性たちに、胡散くささと自堕落な職業の人間を連想したが、事実は昼の堅気の仕事よりもはるかに明確である。

商品が水物であるということは、その売手にプロとしての手練が要求される。原価せいぜい五、六百円のウイスキーを一万円くらいで売るためには、売手の腕に、訓練された熟練と、天成の色気がなければならない。それがあるからこそ、客はこの途方もない酒を飲み、夜の商売が成り立っていける。夜の商売は、一にかかって女性の腕にある。多数の上質の固定客をつかんでいる女と知れば、千万単位の金を積んでもスカウトする。何千万積み上げてもペイすればよい。単純明快な計算である。

夜の世界は、金だけがオールマイティである。すべての価値が金に換算される夜の職場では、従業員の人格とか私生活とかは問題にならない。コネや毛並や学歴もまったく通用しない。要するに、店に対する貢献度によって、従業員の価値がきまる。

この点においては比類なくフェアで、曖昧な要素の入り込む余地はない。つまり、商品が水物であるほど、売手から曖昧性が駆逐されるわけである。

したがって、この世界の勤務評定法は徹底した減点法(バッドマーク・システム)である。それはヘルプといえども容赦されない。入店してから数日めに左紀子は時間がないまま、マニキュアを怠って出勤したが、たちまち店長に見つかり、減点された。減点は、即収入に響くから、ホステスも真剣にならざるを得ない。

店は午後七時にオープンするが、客が現われるのは八時すぎからである。地方から来た客が噂を聞いて、開店と同時に入って来ることがあるが、まだ女性たちもシラケているので、雰囲気が出ない。午後九時をすぎると、ようやくゴールデンアワーというムードになってくる。

ステージを取り囲んで円形に客席が配されている店内の雰囲気は落ち着いている。頭上には数十本の百目ろうそくを模したクリスタルガラスのシャンデリヤが輝き、床は毛足の長い絨毯（じゅうたん）が敷きつめられてある。

午後九時をすぎると、シャンデリヤの光がぐんと弱められ、各テーブルにキャンドルライトが灯（とも）される。ステージには外人バンドが生演奏しており、フロアでは中年以上の紳士が、若いホステス相手にステップを踏んでいる。外人客も多い。容姿本位で採用しているホステスだけあって、客席には粒よりの女性が侍（はべ）っている。始業前の店長の特訓からは考えられない、ここにはまぎれもないハイソサエティの高雅な雰囲気があった。

客種（きゃくだね）は、店長が超一流と自負するだけあって、政財界をはじめ、芸能人、文化人の一流所ばかりのようである。いちおうメンバー制だが、それほど厳格ではない。左紀子が初めて店に出た夜に、彼女も顔を知っている政治家やスターの顔を何人か見かけた。

初めは雰囲気に圧（お）されたが、ヘルプに付いたホステスの志津（しづ）が気のいい人間で、いろいろと庇（かば）ってくれたので、速やかに馴（な）れていった。

「こういうお店に来るお客は、あまり女にもてない人が多いのよ。もてたら、なにも無理して高いお酒なんか飲まずに、女の人の所へ行っちゃうわ。どんなに無心を装っていても、必ず下心をもっているからね。固定にするには、その人たちにいつも期待をもたせてあげることよ」

と志津がホステス哲学を教えてくれた。

しかし、左紀子が見るかぎりでは、客はみな紳士で、典雅に落ち着いており、とても狼(おおかみ)の牙を隠しているとはおもえない。いずれも優しく上品で、教養に富み、ホステスとの会話と美酒の味を楽しんでいるように見えた。

「あなたは、素質がいいから、すぐに一本のホステスになれるけど、油断しちゃだめよ。一本になりたてのホステスを狙っている悪(わる)がいるからね。指名の客の勘定は、ホステスが責任もたなきゃならないでしょ。私なんか、百万ほど引っかけられてひどい目にあったことがあるのよ。そんな悪に引っかかったら、わずかな契約金なんか、吹っ飛んじゃうわよ」

志津は、自分の苦い体験談を話してくれた。エル・ドラドには百人ほどのホステスがいたが、驚いたことに、同じ店で働いていながら、べつのグループは、他の星のように遠い。ホステス同士が話をすることもほとんどない。名前も、せいぜい源氏名(げんじな)(店での名)だけで、本名はもとより、身上などを話し合うことはめったにない。

以前のように「苦界に身を沈める」といった深刻な意識はないが、自らが話題にしないかぎり、相手の身上を聞くことを不文律のタブーにしているところに、昼の勤めとはちがう切峻さが感じられる。

　志津は以前、地方病院で看護婦見習いをやっていたそうだが、あまりの薄給と重労働にいや気がさして転身したと言った。

「OLやデパートガールや女工もいるのよ。アルバイトの女子大生もいるわ。もっとも本当に学校へ行ってるのかどうかわからないけどさ。そういや、あなたも、女子大生のアルバイト臭いね」

「私はちがいます」

　左紀子は、いずれ志津に事情を打ち明けて、協力を頼むつもりであった。だがまだ、知り合ったばかりなので、もう少し観察することにした。

　住居も渋谷区の代官山にいいアパートが見つかった。大家は父の小学校時代の同級生とかで、破格の家賃で最もいい部屋を貸してくれた。入居者は女子学生とOLばかりで、若い女の都会の一人暮らしにはまことに理想的な住居である。設備もよく、交通の便のいい割に、環境は静かであった。

「あなたも大変なお仕事をはじめましたね。お父さんとは小学校時代のけんか友達でしたよ。まあ、これからは、私を父親とおもってなんでも相談してください」

と言ってくれた家主の口調から察して、父は左紀子の上京の目的を話したらしい。

上京後、どうやら身の振り方が定まったころ、左紀子の住居に一人の訪問者が来た。

——東京に知っている人はないはずなのに？——大家から取り次がれて、首を傾げた左紀子は、

「まあ刑事さん、よくここがわかりましたわね」

玄関に久保田刑事の姿を見出して、おもわず声をあげた。

「いや、お父さんからうかがいましてね」

「父から？」

「左紀子さんのお父さんは白神さんでしょう」

「父をご存じだったのですか」

「以前秋田県警にその人ありと知られた名刑事ですよ。実は私も、まだ駆け出し刑事のころ、管内で発生した殺人犯が、秋田県に逃げ込んだことがありまして、お父さんには大変おせわになったのです。秋田県に犯人の恋人がおりましてね、会いに行ったのです。恋人を人質にしてたてこもった犯人を、お父さんは根気よく説き伏せて、まったく犠牲者を出さずに捕えました」

「そんなことがあったのですか」

「白神さんは鬼刑事といわれた人ですが、それは犯罪に対して鬼になる人で、犯人を人間として扱うことを忘れない方でしたよ。私などは、ずいぶん教えられたものです。その白神さんから久しぶりにお手紙をもらいましてね、いやあなたと大槻真佐子さんが白神さんのお嬢さんだったとは、因縁ですね。これはどんなことがあっても犯人を捕えなくてはなりません。それにしても、エル・ドラドに入って内部から探るとは、おもいきった手を考えましたね。やはり蛙(かえる)の子は蛙ですなあ」

「父はどんなことを書いてきたのでしょうか」

「あなたの身をとても案じておられました。我々もせいぜい、目を光らせておりますが、くれぐれも無理をなさらないように」

左紀子はいま〝敵地〟にあって、しみじみと父の愛情に触れたように感じた。父は、現役時代の古いコネクションを探して、久保田を見つけ出したのであろう。それが事件の担当刑事であったとは、たしかに因縁といえよう。

「あら、こんな所に立たせたままで。どうぞお入りください」

話に夢中になって、二人は玄関口で立ち話をしていた。

「よろしいのですか」

久保田は若い女の一人住居(ずまい)に入るのをためらっている。

「どうぞ、どうぞ。まだ入居したばかりで、ちらかっていますけど、コーヒーくらいは淹れられますわ」

「どうぞおかまいなく、今日は、お父さんからお手紙をいただいたので、様子を拝見するためと、それからちょっとお耳に入れたいことがあって来たのです」

久保田は若い女の住居に招き入れられて、窮屈そうに大柄の身体を縮めていた。まだ入居してきたばかりで、住人の体臭は沁みついていないが、花柄のプリントカーテンや三面鏡に花やいだ雰囲気が感じられる。

「なにか新しいことがわかりまして？」

左紀子は、サイフォンにコーヒー粉末を入れながら聞いた。

「同じ管内の消防署に親しい人間がおりましてね。その男と先日会ったとき、五月二十三日の未明から朝にかけて、つまり、お姉さんが心中した夜ですが、パレ・ド・ロワイヤルから二度一一九番通報があったという話が出たのです」

「二度？」

「そうです。その中の一つがお姉さんの心中事件を報じたものですが、もう一件がなんともおかしな話だったそうです。十階の一〇〇一号室から、住人が窓から転落したと、午前一時ごろ一一九番してきたので、出場するとそんな形跡がまったくなかったというのですな。通報の通りだとすれば、その住人は十階の部屋から地上へ転落するまでの間に消えてしまったことになります。夢でも見たんだろうと、いちおう説教しただけで救急車は引き返したというのですがね」

「それが姉の事件にどんな関係がありますの?」

「一昨日、一件の捜索願いが出されたのです。その失踪した人間というのが、パレ・ド・ロワイヤル一〇〇一号室の黒河内慎平という住人です。黒河内は東京、大阪はじめ、全国主要都市にたくさんのビルを所有している日本のビル王と呼ばれている人物です。現在は息子に事業を継がせて引退しておりますが、依然として実権を握っている大物実業家です。この男が急に失踪してしまったという届けが出されたのですよ」

「その黒河内という人が、五月二十三日の未明、パレ・ド・ロワイヤル一〇〇一号室から落ちていなくなってしまったという人なのですね」

「そうなのです。しかし捜索願いでは、五日前の六月二十五日夜、ふらりと外出したまま帰って来ないということになっています。届出人は息子の黒河内和正です。もし一一九番した夜、いなくなったのであれば、息子は父親が蒸発してから一か月も経(た)って捜索願いを出したことになる。しかも失踪日がずれているということは、そのずれている期間だけ失踪を隠していたことになります」

「五月二十三日の未明、窓から落ちたと言って救急車を呼んだときは、どうして窓から落ちたことを隠さなかったのですか」

「私も不審におもったので、テープに録(と)られてあった問題の通報を再生して聞いたのですが、ただ窓から落ちたというだけで、落ちた理由については言ってませんでした」

「通報者は、息子さんだったのですか」

「いえ、黒河内の秘書の入江という男です」

「駆けつけた救急車には何と言っていたのでしょう？」

「肝腎の収容すべき人間がいないのでいたずらだとおもって、説教しただけで、救急車も引き返したそうです。落ちた人間がいないのに、なぜ落ちたかなんて聞いても意味がありませんからね」

「十階から人が墜落すれば、住人が気配を聞きつけませんか」

「私もそうおもって、聞き込みをしたのですが、あのマンションは防音効果が満点でしてね、窓をしめるとほとんど外の気配が聞こえません。一人だけ変な音を聞いたような気がしたと言った住人がいましたが、それもテレビだとおもったそうです」

「おかしな話ですわね」

「あなたもそうおもうでしょう。お姉さんが心中した同じ夜に、同じマンションで一人の老人が蒸発してしまったことになります」

「通報がでたらめだったということはないでしょうか」

「どうしてそんな虚偽通報をする必要がありますか。黒河内慎平が失踪したことは、たしかです。捜索願いを出す前に失踪の予行演習をしたとでもいうのですか」

「たしかに変ですわ」

「私は、黒河内慎平は、五月二十三日に失踪したとおもいます。すると息子の捜索願いには嘘がある。彼はなぜ嘘を吐かなければならなかったか？　このあたりにお姉さんの心中とのつながりがありそうです」

「つながりといいますと、黒河内家となにか人間関係の上でも……」

「それはいままでのところ見当たりません。黒河内と波多野の間には、パレ・ド・ロワイヤルの入居者以上の関係はないようです。ただお姉さんが勤めていたエル・ドラドの方には多少のつながりがないこともありません」

「といいますと？」

「エル・ドラドのある場所は黒河内がオーナーの黒ビルの一つです。息子の和正も、店のメンバーで、時折出入りしていたようです。まあこちらもいまのところはビルのオーナーとテナントの関係しか見つけられませんが、エル・ドラドは以前から警察もマークしていた所なのですよ」

「すると、すでに前科が？」

「いや、特に法律を犯すようなことはしておりませんが、五年前の開店以来、政財界人や有名文化人、芸能人を常連に集めて都内超一流のクラブになっております。また一部政財界人の取引のサロンとして消息通の間に知られています。ですが、我々がマークしたのは、そのことではなく、これはあなただからお話しするのですが、エル・ドラドは東側情報機関の日本のセンターのような節があるのです。まあスパイのたまり場ですね」

「スパイのたまり場！」

「東側だけでなく、当然その動向を探るために西側からも情報員が客に化けてもぐり込む。また麻薬取引の場に使われているという噂もあります。社長は井川貞代という女性になっていますが、彼女はダミーで、本当のオーナーは新橋で、シルクロード物産というK国主体の貿易会社をやっている木暮正則、実は李世鳳というK国人です。K国は南と北に分断されて政治的思想も対立関係にあることは、ご存じですね。この男が北K国情報機関の日本総元締で、北K国からやって来る情報員や、工作されて日本から北K国へ密出国する日本人の面倒をみているらしいのですが、証拠はつかめておりません。当然李はK国情報機関から狙われています。いわば、エル・ドラドはこういった各国情報機関と麻薬のコネクションの梁山泊のような所なのです。我々も背後から目を光らせていますが、あなたもくれぐれもご注意ください」

「すると姉は、そのようなスパイや麻薬の争いに巻き込まれたのでしょうか」

「さあ、いまの段階では、なんとも言えませんね。相手が大学関係者でもあり、いちおうその方面とのつながりはなさそうですが、スパイや麻薬は到る所に根を広げていますからね」

左紀子は、いまさらながら自分が途方もなく危険な坩堝の中に飛び込んだことを実感した。

4

エル・ドラドに入って早くも一か月経った。店の雰囲気にもようやく馴れてきた。同僚の顔と名前がどうやら一致するようになり、ぽちぽち指名がかかるようになった。

目の肥えた客は、左紀子の素質を早くも見ぬいて、アプローチして来ている。志津が言った「どんな客でも、必ず下心をもっている」という言葉が、実感をもってわかりかけてきた。

だが、姉の事件は、まるで拭き消された黒板の文字のように、ホステスにも客の間にも話題に上らなかった。

意識して避けているのではなく、完全に忘れさられているようである。日本の北のはずれの方から上京して来たばかりの一ホステスの死など、大都会の人間の大海に浮いた一つの泡沫のように消えてしまったのであろう。

そこに左紀子は都会のもつ無機質の冷感をおぼえた。この都会に寄り集まって来た人々は、みな一つ一つの繰り返しのきかない貴重な人生を背負っていながら、あまりにも夥しい人間の集積が、個としての人間を疎外してしまうのである。

山や海で遭難すれば、好きこのんで危険に身を挺していった人たちのために莫大な費用と人員をかけ、危険をおかして救援に行く。それが都会の駅や街頭で人が倒れていても、だれもたすけおこそうともしない。人間の数の多すぎることが、人間相互の関心を失わせるか、稀薄にしているのである。

左紀子は悲しかった。ここへ集まって来る客たちの中には、姉に関心を寄せた者もいるはずである。同僚たちは言葉を交しているだろう。可哀想なことをしたと、ふと話題の端に上るようなことがあってもよいのではないか。身許を隠しているので、こちらから聞くわけにはいかない。

ゴールデンアワーにかかって、店内の照明がぐんと絞られた。キャンドルの赤い灯の揺らめきに合わせるようにバンドが甘いブルースを演奏する。フロアで踊る数組が、ほの暗い照明の中に一体のシルエットとなってほとんど動かない。この一見、甘くエレガントなハイソサエティの薄闇にまぎれて、犯人は姉に忍び寄ったのだ。

夫を探し、家計を立て直そうとして、けなげにも上京した姉を、犯人は偽装心中の小道具に使った。

(はたして自分は正しい方角を追跡して来たであろうか?)

最近、新しい生活に馴れてくると、上京当初の興奮が鎮静されて、不安が湧いてきた。

姉の勤め先に真相を探る手がかりが隠されているにちがいないと信じて、エル・ドラドに潜り込んで来たのだが、早合点ではなかっただろうか。

姉の心中のパートナーは、関央大学の職員であったから、むしろ、その方面から探るべきではなかったか？　姉の話題がまったく人々の口の端にのぼらないということが、左紀子の不安に拍車をかけた。

しかし父も、久保田刑事も、エル・ドラドをマークすることを遏止しなかった。もし彼女の狙いが見当ちがいであったなら、捜査のプロである彼らがなにか言ったはずである。

久保田刑事は、エル・ドラドが黒ビルに入居していることや、黒河内和正が、同店のメンバーである事実などからマークしているらしいが、その他にも、いろいろと胡散くさいところがある模様である。

左紀子がそれとなく探ったところによると、関央大学の教授や関係者もメンバーになっているが、事件以後、ばったり足が遠のいている。事件以後、自粛しているのかもしれないが、あるいはべつの理由も考えられる。

志津も、自分の客ではないのでよく知らない様子であった。他のホステスの客はべつの宇宙の生物と同じである。

「でもね、べつの宇宙だからって油断できないのよ。いまどきの若い女は、体を張って客を奪るからね。体を張られたら、かなわないよ」

志津は、チクリと刺すように言った。それは最近、指名が付きはじめた左紀子に対する牽制でもあった。自分の客を奪う者として当面最も警戒しなければならないのは、ヘルプなのであろう。

気が善いようでも、志津にはこの世界で年季を入れたしたたかさがあった。


ある夜、志津に指名が付いた。

「まあ社長さん、嬉しいわあ。久しぶりですわねえ。いったいどうしたのかとおもっていましたのよ」

志津は、両手を大仰に広げて客を迎えた。社長さんと呼ばれた客は身なりのいい三十前後の、細身の神経質そうな顔をした男である。銀縁の眼鏡がきらりと光った。数人の取り巻きが付いている。

松野が飛んで来て、丁重に挨拶をした。ボーイたちの態度もちがう。その男は鷹揚にうなずいて、松野の案内した席に就いた。取り巻きが、それぞれ適当に坐って、その間にホステスが入る。

「社長さん、ご紹介します。こちらサキコちゃん、新入社員のホープよ。みなさんもよろしくね。こちらは黒河内社長よ。このお店の大家さんよ」

「あら、すると黒河内和正社長！」

左紀子がおもわず言葉を漏らすと、

「ほう、ぼくを知っているのか」

と眼鏡越しに少し驚いた目を左紀子に向けた。

「そりゃあ、有名ですもの。よくお噂を聞きますわ」

左紀子は、咄嗟に言葉を合わせる。

「どうせろくな噂じゃないだろう」

志津が差し出したおしぼりで手を拭いながら、それでも悪い気はしないような表情をした。黒河内和正が、志津の客だったとは知らなかった。

関央大学関係の方ばかり目が向いていて、黒河内に対しては関心が稀薄になっていた。姉が死んだ時点では、黒河内は浮かんでいなかったし、久保田が先日訪れてきたとき、初めて知らされた新しい情報である。

姉がパレ・ド・ロワイヤルで心中した同じ夜に、そのマンションのオーナーである老人が蒸発したらしいと聞かされても、その関連性に実感がわかなかった。

志津は、急に生き生きとなった。黒河内和正は、彼女の客の中で、最上級に位置しているのであろう。いや、エル・ドラドでも最上級に属する客のはずである。店の大家となれば、単なる客以上の神経を使わなければなるまい。

志津が、店ではBクラスのホステスでありながら、わりに大きな顔をしていたのは、黒河内和正を固定客にもっていたからかもしれない。

取り巻きは、いずれも和正の側近らしい。酒を飲んでいても、ホステスと会話を楽しんでいても、彼らは常に和正の表情をうかがっていて、彼のどんな動きにも対応できるように構えている。和正が煙草(たばこ)をくわえると、ホステスが火をつける前に、ライターをもった数本の腕がさっと差し出される。和正が笑うと、みな一様(いちよう)に笑う。それは和正を中心に統一された小宇宙であった。その中にあって一人だけ、小宇宙から切り離された独自の殻に閉じこもっている者がいた。アルコールが行きわたり、酒を溶媒として酒の座特有の一種の共犯者めいた意識が溶質となった陶然たる酔いが、一座に瀰漫(びまん)した中で、その男の違和感はますます際立ってくるようであった。

彼だけが、和正の顔色をうかがわず、まったく好き勝手に振舞っている。和正と対等の位置にいるというのでもなく、ただ物理的に同じ場所にいるだけであった。

「こちら様は、お初めてね。私、黒河内志津です。よろしく」

志津が、敏感に違和感を察して、その男を引っ張り込もうとした。年齢は、二十代後半と見える。一直線の濃い眉と、はっきりした目とひきしまった口元によって構成された意志的な顔をしているが、表情が暗く乏しい。身体は筋骨質で、なにかのスポーツで鍛えたようによくしまっている。

「ああ、彼は入江君だ。以前おやじの執事だったんだが、今度、本部の主査になってもらった」

「まあ本部の主査だなんて、えらいんでしょうね」

志津が大仰に驚いたジェスチャーをしたとき、一休止していたバンドが、演奏をはじめた。

「きみ、踊ろう」

それまで黙々と、グラスを舐めていた入江が、急に左紀子にはっきりと目を向けて言った。

「まあ、もうサキちゃんに目をつけるなんて、入江さんも隅におけないわね」

志津の揶揄するような言葉を背中にうけ流し、入江はすでに立ち上がっていた。左紀子も、和正に軽い会釈をして入江の後につづいた。

静かな興奮が、左紀子の胸の底に盛り上がりかけていた。

黒河内の執事の入江というからには、姉が心中した夜、パレ・ド・ロワイヤル一〇〇一号室から住人が転落したと一一九番に通報した人物であろう。救急車が駆けつけたところが、そんな事実はなかった。それから一か月後に、今度は黒河内和正から父親の慎平の捜索願いが出された。入江の一一九番通報によれば、慎平は五月二十三日の未明に転落したことになっている。和正の届けと一か月以上もちがう。その後、入江は慎平の執事から「本部の主査」とやらになったそうだ。執事と主査とどちらがえらいのか、左紀子にはわからないが、和正の最側近の一人として、いっしょにエル・ドラドへ来るくらいだから、かなりの抜擢をうけたものとみてよいのではないか。左紀子には、もし入江が慎平の蒸発後抜擢されたか昇進をしたのであれば、それは、「蒸発日のずれ」のせいのような気がした。そして和正の部下でありながら、和正などまったく意識の外においている入江の態度。

——入江と和正の間には、なにかの秘密があるようだわ——もしかすると、入江からその秘密を探り出せるかもしれない。

入江のステップは拙かった。どうやらダンスをするのが目的ではなく、和正と同席するのがいやになってのことらしい。

「きみ、いつこの店へ入ったの」

入江が左紀子の耳に口を寄せるようにして聞いた。

「一か月ほど前です」

「前はどこにいたの？」

「田舎です」

「ほう、地方から出て来たのか。そうは見えないよ」

「私、そんなにホステスが板について見えます？」

「いやいや、そういうわけじゃなくて、都会的に洗練されているのでね。とてもぽっと出には見えなかった」

「まあお上手ですこと」

「お世辞じゃない。本当だよ。ところで故郷(くに)はどこ？」

「秋田です」

「どうりで。あそこは美人の産地だからなあ」

入江は改めてしげしげと左紀子の顔を覗き込んだ。

「そんなに見つめられては恥ずかしいわ」

左紀子が面を伏せると、

「このごろ、関央大学の先生方は来る？」

と会話の延長のように聞いた。

「はい？」

いきなり渦中の名前を出されて咄嗟に対応できない。

「関央大学だよ。そこの資金室長がこの間、お宅の女性と心中しただろう」

「まあ、そんなことがありましたの？」

左紀子は、入江の肚(はら)の内がわからないので、とぼけてみせた。

「あなたは、新人だから、知らないかもしれないな。あなたがここへ入る前の事件だからね。まあホステスが心中してくれるほどホレてくれたら、客も本望だな」

「そのお客様が関央大学の方だったのですね」

「そうだよ。あそこは金を持っているからね。職員がホステスと心中するくらいに通えるんだ。どうだい、他にもあの大学の常連がいるんだろう」

——入江は、それとなく私に聞き込みをしているんだわ——そのために左紀子をダンスへ誘ったのだ。つまり入江は、関央大学関係のメンバーに興味をもっている。なぜか？　それは、黒河内慎平の蒸発と、資金室長と姉の情死を関連させている証拠ではないか。

「ここのところお見えになりませんけど、以前はよくいらっしゃったそうですわ」

左紀子は咄嗟の知恵で誘導の糸を仕掛けた。

「以前はよく来たって？　きみ、いやサキ子さんといったね、それはいつごろのことか知っている？」

「二か月くらい前までだそうです。私がお店へ入る前ですから」

「彼らが来なくなったのは、心中の後だろうか？」

「たぶんそうだとおもいますわ。だれかが自粛してるんだろうと言ってましたけど、そのことだったのですね」

「サキ子さん、あなたを見込んで頼みがあるんだが」

「私にできることなら、なんでもいたします」

左紀子は、それが、入江の口説きではないことを女のカンで悟った。

「いま自粛中だという関央大学関係のメンバーの名前を調べてもらえないかな」

「そんなことだったら簡単だわ」

左紀子は知っていたが、すぐには答えないほうがよいと判断した。

「それから、ぼくがこんなことを頼んだということをだれにも口外しないでもらいたいんだ」

「もちろん、だれにも話しません」

「約束してくれるかい」

「約束します」

「有難う。これは少ないけどお礼だよ」

入江は小さく折りたたんだ一万円札を、ダンスのモーションに隠れて手渡そうとした。

「いただけないわ。私一度約束したら、絶対に破りません。そんな口止め料は不要よ」

左紀子は、少し口調を強くして金を押し返した。

「いや決して口止め料なんかじゃないよ。ぼくのほんの謝意だ」

入江は少しうろたえた。

「それでしたら、なおのこといただけないわ。それより、これから私を指名してください」

「もちろんだとも。今夜からあなたはぼくの担当だ。いやぼくがあなたの担当と言うべきかな」

「まあ」

二人は打ち解けた笑顔を見合わせた。ちょうど一曲が終った。席へ戻ると、志津が、

「ずいぶん呼吸（いき）が合っていたようよ。私やけちゃったわ」

と冗談めかして言ったが、口調には実感がこもっていた。

左紀子は、入江との出会いを早速、久保田刑事に報告した。

「ですから、入江は関央大学関係のメンバーに関心をもっていると同時に、その人たちを知らない模様です」

「関央大学に関心をもっていることは、やはり二つの事件につながりがあるということだな」

久保田は、そのことの意味を考えている様子である。

「入江が知らないのに、つながりがあるというのは、どういうことでしょうか」

「和正の前で入江の態度が大きかったそうですね」

「そうです。どちらが社長かわからないくらいに」

「入江は、執事から本部の主査になった。これがどのくらいの昇格かすぐに調べてみますが、引退した慎平の執事役から本部の主査というと、かなり格が上がったとおもいますね。入江は、和正のなにか弱みをつかんだんじゃないかな」

「弱み？」

「そうです。そしてその弱みは、慎平の蒸発に関係がありそうだ」

「かりになにかの弱みを握ったとしても、それが、関央大学とどんな関係があるのでしょうか」

「どんな関係か、私にもいまの段階ではわからない。しかし、なにかの関係があることは確かです。そして、入江もその関係に気がついて、密かに探りはじめたのでしょう。入江が関央大学の連中に関心をもって調べていることは、両事件が関係があり、しかも入江自身もまだその関係がどんなものか知らない証拠でしょう」

「黒河内慎平が蒸発して、最も利益をうける者は、和正ですね」

「そうです。あなたはいい所に気がついた。いちおう形だけ慎平は引退したが、実権は依然として握っていたそうです。ここでもし父親がいなくなれば、その財産と企業は、すべて和正のものになる」

「他に子供はいないのですか」

「隠し子はいるかもしれないが、嫡出の子は和正一人です」

「それでは、和正が悪計をめぐらして、父親を取り除いたのでは……」

「慎平の蒸発が和正の工作によるものであったとしても、その死が確認されなければ、相続はできません」

「このまま蒸発をつづけたら、どういうことになりますか」

「失踪宣告という制度があって、人が住所や居所を去って七年以上、従軍、船舶の沈没など特別の危難に遭ったときは一年以上その生死が不明である場合に、裁判所が宣告を下すのです。この宣告があると、死んだものとみなされます。また認定死亡といって、水難、火災、その他の事変によって、確実に死亡したとおもわれるが、死体の確認ができない場合は、その取調べ権限のある官署が、死亡時期を認定します」

「黒河内慎平の場合は、宣告が下るまでに七年かかりますね」

「途中で死体が出なければ、相続するまでに七年かかるということです。しかし、下手に死体を出せないので、止むを得ず、蒸発という形にしたのかもしれません」

「それはまたどうして？」

「もし黒河内慎平の死体に殺害された痕跡があれば、まず和正が疑われるのを免れません。そして被相続人、この場合慎平を和正が殺したか、または殺そうとして刑に処せられたときは、相続人の資格を失ってしまうのです。これは被相続人が殺されたことを知って告発せず、または告訴しなかった場合も同じです。和正に後ろ暗いところがあれば、恐くて、とても慎平の死体を出せないでしょうね」

「それでは七年間じっと待つつもりなのでしょうか？」

「同順位の相続人がいないのですから、慌てる必要はないでしょう。それに、慎平さえいなければ和正が実質的には相続しているのも同じことですからね」

「入江が握った弱みというのは、その工作に関することでしょうか」

「なんとも言えませんね。とにかく慎平の蒸発には、きなくさいにおいがたちこめています」

「でも、入江が弱みを握ったとしたら、関央大学関係者について、密かに探る必要などないとおもいますけど」

「私がおもうに、和正が慎平の蒸発について、なにか工作をしたとすると、その工作が、お姉さんの心中にどこかでつながりをもっているのかもしれません。だが、入江はそのつながりまでは知らなかった。そこで入江は和正への恐喝材料をさらに強化すべく、探りはじめたというところではないかな」

「的を射ているようにおもいます」

「とにかく入江は事件の鍵を握っているとおもいます。あなたもこれから入江に取り入って、できるだけ探ってください。しかし、絶対に冒険はいけませんよ。あなたにもしものことがあるとお父さんに顔向けできなくなりますからね。それから言うまでもないことですが、あなたがいまいる所は、決して堅気のお嬢さんの働く場所ではないのですから、その方面の危険にもくれぐれも注意してくださいよ。とにかく誘惑の多い所なんだから」

久保田は心配でたまらないような顔をした。左紀子は、彼の柔和な目の底に、ふと郷里で娘の身を案じているにちがいない両親のおもかげをえがいた。

しかし、まだ網にかすかな手応えがあった程度で、真相は、厚い霧によって封じこめられていた。

関央大学関係のエル・ドラドのメンバーはすでにわかっていた。メンバーに失礼のないように、ホステスは全メンバーを憶(おぼ)える義務を負わされていた。

メンバーのリストは、一本のホステスだけにあたえられているが、ヘルプでもリクエストすればコピイをくれる。それに左紀子は最近、指名が付きはじめていたので、怪しまれずに、リストをもらうことができた。

メンバーでも、訪問回数、消費金額、入金率、紹介数（店に連れて来たメンバー外の客の数）、社会的地位などによって、ＡＢＣＤの四ランクに分けられている。もちろんこのランクは客には秘密である。

関央大学関係では、槌田国広(つちだくにひろ)と辰巳秀輔(たつみしゅうすけ)という二人の教授が、姉と心中した波多野とともにメンバーになっていた。しかも三人いずれもAランクのメンバーである。Aランクは来店週二回以上、入金率百パーセントの最上級の客である。

ところが事件以後、二人の足がぱったりと絶えている。担当のホステスは、槌田がまゆみ、辰巳がみどりとなっている。共に店でベスト5に入るボーナスホステスである。

また波多野は、まゆみを指名していたが、真佐子の入店と同時に、彼女に指名を変えていた。このあたりにもなにかありそうなにおいがした。

入江は、三日後に今度は一人で来た。彼はためらわずに左紀子を指名した。

「入江ちゃん、どうやらあなたに気があるみたい。いい男だから気をつけなさいよ。二回め、すぐに一人で来るのは、危いんだから」

志津は含み笑いをすると、左紀子の脇腹をつついた。

入江は、軽く一、二杯水割りを飲むと、左紀子をダンスに誘った。曲がブルースになるのを待っていたようである。案の定入江はフロアのはずれで足踏みをしながら、左紀子の耳に口をつけるようにして、

「先日、頼んだ件、調べてくれた？」

「ええ」

「そうか、どんな人がメンバーになっているんだい？」

「槌田国広と、辰巳秀輔という先生よ。前はとてもよくお見えになったそうです」

「つちだと、たつみ、どんな字を書くんだね」

左紀子が表記を教えると、

「よく来ていたというと、どのくらい来たんだろう」

「週二回ぐらいだそうよ」

「こんな超一流クラブに週二回も通って来るところをみると、よほど花形学部の教授なんだろうねえ」

「槌田先生は経済学部で、経済学、辰巳先生は文学部で、心理学の専門よ」

「経済学と心理学か」

入江は、そのことの意味を考えているようであった。

「よっぽど気になるらしいわね」

左紀子が入江の目を覗き込むと、

「あ、いや」と、慌てて目を逸らすようにして、ほとんど停止していたステップを踏みだした。

しばらくダンスを楽しんでいるように見えたが、入江はふと気がついたように、

「おかしいな？」と独り言のようにつぶやいた。

「どうかなさって？」

左紀子がそのつぶやきを聞きとがめると、

「きみはちっとも聞かないね？」

入江は、いったん逸らした目を合わせてきた。心の奥を読み取られるような眩しさをおぼえて、今度は彼女が目を逸らす番であった。

「ふつうだったら、ぼくがどうしてそんなことに関心をもつのか質ねるはずなのに、あなたはなんにも聞こうとしない」

口調に警戒の響きがあった。

「そ、それは、入江さんが私を指名してくださったからよ」

「先日、初めて来たときは指名しなかったよ」

「これから私を指名してくださるって約束してくれたでしょ。お客様には余計なことは質ねないように教えられています。でもそれだけじゃありません」

「それだけじゃないって言うと」

「そんなこと、私に言わせるつもりなの」

左紀子は、頰をうすく紅潮させて言った。相伴した水割りが、ダンスによってほどよく身体に行きわたった。彼女にしてみれば、入江に取り入れという久保田の言葉に従って、精一杯の演技であったが、プロのホステスとしては、まさに歯の浮くような稚拙なせりふであったにちがいない。

しかし、それが場馴れしていない入江に最も効果的に働いたようである。左紀子のホステス経験の浅いことが、その演技にリアリティをあたえた。

「それはどういう風に解釈したらいいの？」

入江の声が少しうわずった。

「意地悪」

左紀子は、顔を入江の厚ぼったい胸にあずけた。入江が事件の鍵を握っている。彼に取り入れば、姉の情死の真相が解明されるかもしれない——と考えての行動のはずが、いつの間にか、酒と甘い音楽と男のリードに攪拌(かくはん)されて、演技を忘れた一個の陶酔体となっていた。

「それ本気にしていいんだろうね」

入江の腕に力が入った。

「もうこれ以上言わせないで」

そのとき、一瞬、すべての照明が消えた。雰囲気を盛り上げるための舞台裏の演出であるが、二人はいきなり暗黒のスクリーンによって周囲から遮断された閉所に対(むか)い合って立っていた。

ダンスの間に、ダークタイムがはさまることは知っていたが、いまいきなりそれが来るとはおもっていなかった。突然投げられた闇の投網に対応できず左紀子が立ちすくんだとき、いきなり強い力で抱き寄せられた。背中に回された男の腕に圧されて無防備に上げた面(かお)に、男の熱い呼吸がかかり、唇を閉塞された。

初めて男から捺（お）された唇の刻印であった。闇の中に多色の色彩が渦を巻いているように感じられた。すべての気配が息絶えて、二人だけが暗黒の小宇宙の中に抱き合って立ちすくんでいる。身体が芯から熱くなった。それは酒の酔いとは別種の陶酔であった。熱は体の中心から発して全身に瀰漫していくのに反比例して、暗黒の視野に乱舞する色彩は、身体の中心に網を絞るように収束されていく。収斂（しゅうれん）凝縮されるほどに色彩とパターンがはっきりと浮き立ってくるようである。

呼吸がつづかなくなった。左紀子は、唇を塞がれて、鼻で呼吸することを忘れていた。耐えられないまでに追いつめられたとき、照明がよみがえった。ようやく唇が解放された。ずいぶん長いように感じられたが、ほんの数秒であったのだ。

左紀子があまりにオーバーに喘（あえ）ぐので、入江が案じた。

「大丈夫よ。初めてだったものだから、びっくりしてしまって。ごめんなさいね」

このような場所柄では、とうてい信じられない言葉であるが、胸を大きく波打たせて、立っているのも辛（かろ）うじてのように、入江に身体を預けている左紀子の様子が、それを裏書きしていた。

「きみ、初めてキスしたって本当か？」

「ごめんなさいね、こんなぶざまなところをお見せしちゃって」

左紀子は、まだ動悸（どうき）が鎮まらない。ようやく一曲終った。席に戻った二人は、まともに顔を合わせられなかった。ふいに訪れた接吻の機会が、すでに二人にのっぴきならない事実が既成されてしまったような錯覚をあたえている。その意味では、彼らは、信じられないほど純情であった。彼女はいま、久保田が言った「その方面の危険」という言葉の意味が実感をもって理解できた。

しかし、これが危険だとすれば、なんと快く、陶酔的な危険であることか。自分ではしっかりしているつもりだったが、左紀子は、まだ男に対してまったく免疫ができていなかった。心身ともに異性に対して陰性の間は、先着順である。まして、入江は左紀子の好みのタイプであった。これまで彼女の周囲には入江のような男はいなかった。男っぽい筋肉と骨格が知的な陰翳によって中和されている。都会的な洗練と、地方的な新鮮な粗野がほどよく溶け合って、女心のデリケートな襞に浸透するニュアンスとなっている。

――このままでは、私、入江の引力に逆らえなくなるかもしれない――

と、自らを戒めながらも、入江に対する傾斜を立て直せない。立て直せないことを喜んでいた。ただ一回の接吻が、彼女の心理のバランスをくずしたのである。ただ、彼女の自衛本能が、入江は敵ではないと告げていた。それも多分に自分に好都合な解釈かもしれなかったが、ともかくその本能が、入江に向ける傾斜をうながしていた。

すれちがった情死

1

左紀子と入江は、その夜を境に急速に親しくなった。入江が一人で来たのは、一度だけで、あとは和正の取り巻きの一人としてやって来た。そのため、入江と左紀子の仲の進行はカモフラージュされた。来るとダンスをして、ダークタイムに唇を重ね合わせる。行為はそれ以上には進展しなかったが、接吻を累積する度に、二人の他人としての境界が曖昧になっていくようであった。

ダンスは、二人だけの密室空間を形成する。周囲に大勢の同類項が踊っているほどに、ペアの共犯者意識のようなものを培うところがある。それは、密談と密着の深化に好都合であった。

「他のお客とは、こんなことはしていないだろうね」

入江は何度も念を押した。その都度左紀子は、エル・ドラドに入店した真の意図を彼に打ち明けたい衝動に駆られた。姉の仇を討つために、心ならずも媚を売る夜の蝶に身を窶して、敵を探っている——と言えば、いささか大時代ではあっても、夜の仕事に転向した動機の真剣さを入江に理解してもらえる。その衝動を辛うじて耐えたのは、入江の、関央大学関係者に寄せる関心の底にあるものが、まだわからなかったからである。

入江はなにかの意図をかかえて、関央大学を探っている。そして遠からずして、その意図を自分に打ち明けてくれそうな予感がしていた。自分はそれを聞いてから打ち明けても、決して遅くはないとおもった。

入江との間に累ねられる接吻は濃厚になる一方であった。唇を接点にして二人の心身が溶解し合うような接吻である。二人の体内に蓄えられた欲望はしだいに圧力を高めて、もはや唇の接点だけでは、支えきれそうにない。

だが、入江はまだ最後のものを需めてこなかった。需め、需められたときの結論をすでに予知しながら、その前段階の儀式に、彼らはマゾヒスティックに執着していた。

盛り上がった水面が表面張力のバランスによって支えられているように、彼らの間に成立した愛の緊張関係が際どいバランスを維持して、その奥のステップに踏み込むのを妨げる歯止めとなっていた。だが累ねる接吻は確実にその歯止めを弱くしている。

左紀子は黒河内和正の来店を久保田に報告したが、入江との間に進行している密着については伏せておいた。東京での父親代りの彼に伏せたということは、彼女が親の鎖から離れて、一個の女として冒険の海へ出帆した事実を物語っていた。

入江との親密度が急速に進行しているとき、まゆみとみどりに指名が付いた。

「あの二人が、関央大学の先生よ」

志津が耳打ちしてくれた。二人の身なりのいいインテリ風の初老の男が、いましも、まゆみとみどりに伴われて席につくところであった。

「あなたが入る前にあの大学の資金室長さんが、うちの女性の一人と心中してね、しばらく自粛していたようだったけど、ホトボリがさめたので、また出て来たのね、そういえばサキちゃん、あなた秋田県出身だったね。心中した女も、たしか同じ県の出身だわよ」

志津が「姉の情死」を話題にするのは初めてである。二人の教授の出現になにげなく話題に出しているようであった。

「どうして心中なんかしたのかしら」

左紀子は、さりげなく探りを入れた。

「さあ、よく知らないけどね。あの二人、うちのママとなにかあるようだわよ。そうでなければ、いくら大学の先生がいい給料を取るからって、うちでAランクは張れないからね。見ててごらんなさい、いまにママが挨拶に行くわよ」

志津は、意味ありげに笑った。

「だって、先生方は二人いるわよ」

それとなく偵察しているが、距離があるうえに照明が乏しいので、顔までは読み取れない。

「お馬鹿さんねえ。なにかあるといっても、男と女のこととはかぎらないわよ。あの二人関央の実力者らしいのよ。あの二人が口をきけば、関央はフリーパスなんですって」

「フリーパス？」

「つまり、無試験ね。ママにはどうしようもないドラ息子とズベがいるけど、二人とも関央へ行ってるの知ってる？」

左紀子は、意外な情報が、志津の口から滑らかに漏れてくるのに、開かれた樽酒（たるざけ）を手で受け止めているようなとまどいと焦りをおぼえた。

「あの二人の教授、実はね、コンプのAランクなのよ」

志津は耳なれない言葉を言った。

「コンプのAランク？」

「あらコンプを知らなかったのね。コンプリメンツ、つまり只（ただ）ってわけ。コンプにもAからDまであって、Aは何回来ようと、何人で来ようと、何時間ねばっても只、つまりいっさいがっさい、無条件の只ってことよ。Aランクのコンプなんて、何人もいないわよ。しかもまゆみとみどりのボーナスホステスを付けてね。勘定高いうちのママが、なんの理由もなく、そんな大盤振舞いをするはずがないわ、ほら見て見て。行くわよ」

志津が目顔で指した先を、派手なラメの入ったイヴニングドレスをまとった井川貞代が、厚ぼったい身体を二人の教授の許(もと)へ運び、こぼれるような愛想笑いを振り撒(ま)いているのが見えた。

「子供を一流の大学へ入れると大変なのね」

「自分の子供だけじゃないのよ」

「それどういうこと？」

「うちのママがデキの悪い子供を持った親に頼まれて、あの二人に口をきいてやっているんですって。しこたま仲介手数料を取っているという噂もあるわ。まあうちのママだったらやりそうなことね。あ、いけない、余計なことをしゃべっちゃったわ。サキちゃん、聞かなかったことにしておいてね。このお店は恐い人が大勢いるからね。何を見ても聞いても、見ざる、聞かざる、言わざるが、いちばん無難なのよ」

豊富に流れおちていた情報の樽酒は、ピタリとその流出を停(と)めた。

2

「来たわよ」

「来た？　だれが」

「関央大学よ。昨夜二人連れ立って来たわ」

「え、とうとう来たか」

「私、大変な情報聞き込んだのよ」

「どんな」

「関央大学は、うちのママとつながりがあるわ」

左紀子は翌日店に来た入江に志津から得た情報を話した。

「どう、こんなお話、お役に立つかしら」

「大だすかりだよ」

「私、もううかがっていいかしら」

左紀子は、首を少しかしげて、入江の顔を覗き込んだ。

「何を？」

「入江さん、以前におっしゃったわ、なぜ関央大学に関心をもつのか聞かないのは、おかしいって。改めてお聞きしたいわ、どうしてなの」

「きみにはいずれ話そうとおもっていたんだよ」

「じゃあ、話して」

「今夜、店が終ってから、二人だけになれないか」

入江は、左紀子の目を凝視した。左紀子は二人の間に高まった内圧が、いよいよその表面の張力を破るときがきたのを悟った。

「いいわよ」

左紀子はうなずいた。それが二人の間に了解が成立したサインであった。

店が看板になってから、彼らは都心のホテルの地下にあるバーで落ち合った。客の姿は少なく、カウンターの隅にいる二人に注意を向ける者はいない。なにやらわけありげな彼らの雰囲気を察してか、バーテンダーもオーダーをつくった後は近づかない。

「エル・ドラドの女性が、関央大学の資金室長といっしょに情死をした事件は知っているね」

入江は、ブランデーグラスを指先で玩びながら話しはじめた。左紀子がうなずくと、

「私が仕えていた会長が、彼らが情死した同じ夜に行方不明になってしまったんだよ」

入江の話の前半は、おおかた久保田が話してくれたことと重複していたが、左紀子は初耳のような顔をして聞いていた。

「というわけで、会長は、社長に窓から突き落とされた。ちょうどぼくが部屋へ入ったときに、社長が茫然自失していて、『会長が落ちた、つい手に力が入りすぎて』と言ったんだから、まちがいない」

「どうして警察へ届けないの？」

「届けたくとも、会長が消えてしまったんだよ。社長の言葉と様子からぼくは咄嗟に事

態を悟って、窓から下を覗いてみた。しかし暗くて地上は見えなかった。ぼくは茫然としている社長を励まして、すぐに地上へ様子を確かめに行かせる一方、一一九番にアクシデントを通報してから、社長の後を追った。ところが窓の下の地上へ行ってみると、会長の姿はなく、社長だけがボンヤリと立っていた」

「会長さんが奇蹟的に無事で、自分でどこかへ歩いていかれたのでは……？」

「あの高さから落ちて無事でいられることは考えられない。かりに万一無事であったとしても、姿を晦ます理由はまったくない。あの会長のことだから、窓から突き落とされて黙っていることはあり得ない」

「落ちる途中のどこかに引っかかったとか」

「それもあり得ないんだ。会長が落ちたマンションの壁面には引っかかるような障害物はまったくない。百歩譲ってどこかに引っかかったとしても、そこで見つかるはずだよ。住人に会長を隠す必要なんかないんだからね」

「そうねえ、でも、一人の人間がマンションから墜落して、いなくなっちゃうなんて」

「十階の窓から落ちて、社長が駆けつけるまでのわずかの時間に、どこかに蒸発してしまったんだ」

「社長さんが、自分の罪を隠すために、あなたが駆けつけるまでに会長さんの体をどこかに隠したんじゃないのかしら」

「その可能性は考えたよ。しかしぼくは一一九番してから、すぐにエレベーターで下りた。その間せいぜい数分だね。社長にそんな時間の余裕はない。それに、そのときその辺一帯を探してみたんだ。かりに社長が隠したとしても、そんな遠くへもっていけるはずがないんだ。数分して救急車も駆けつけて来て、社長と私は、詳しく事情を聴かれたから、社長だけ、座をはずすことはできなかった」

「それが、心中事件とどういうつながりをもってくるの？」

左紀子はいよいよ問題の核心に触れた。

入江がオーダーしてくれた甘いカクテルがかなり身体に効いているはずであるが、緊張しているせいか、酔いは感じられない。

「あの心中は偽装のにおいが強いそうだ。警察でもいろいろと調べている様子だよ。偽装ということは、殺された疑いがあるということだ。死体から睡眠薬が証明されたそうだよ。クスリを服ませてぐっすり寝入ったところでガスを放出すれば、自殺か、殺人かわからなくなる。しかも心中したホステスは、死ぬ直前に男の担当になったというじゃないか。もし心中が偽装だとすれば、いっしょに死ぬ必要もなかったことになる」

「それでは二人はべつべつの場所で死んだと」

久保田は、姉を眠らせて運んできたのではないかと推測していたが、入江がほぼ同じ推理の軌道をなぞっていることは、彼の事件に寄せる並々ならぬ関心をしめすものである。

「同じ時間帯に同じクスリとガスで死なせてから、死体をいっしょにすれば、心中に見える。ここが大切なところなんだが、二人がべつの場所で死んだということは、一方の死体を、どこからか運んできたことになる。心中した場所は男の住居だったから、女が運ばれてきた可能性が強い。死体を運ぶには、当然、車が使われただろう。会長が落ちた地点は、駐車場の中だった。ここでなにか気がつかないかい」

入江が試すように見た。

「車と駐車場……もしや、会長さんがその女性を運んできた車に？」

左紀子がハッと瞳を動かすと、

「さすがだね。ぼくも同じことを考えたんだよ。ちょうど会長が落ちた地点に女の死体を運んできた車が駐めてあったとする。会長の墜落と心中事件はここで接点をもったんだ」

「でもでも、もしそうだったら、犯人はどうして会長さんをそこへ残していかなかったのかしら？」

「犯人は気がつかなかったんだよ」

「気がつかなかった？　人が墜落してきたのに」

「ちょうど女の死体を男の部屋に運び込んでいる最中に、会長が女を運んできた車に落ちれば、犯人は気がつかないだろう」

「でも車が破損するでしょう」

「トラックで来たとしたらどうだ。死体を運ぶにはトラックのほうが安全だよ。なにかの荷物といっしょにね。女とすれちがいに荷台の荷物の中に会長が落ちていれば、犯人は気がつかないだろう」

「あ、そうか」

　死角が視野に入ってきた。それは事件におもいがけない照明を射しかけた。

「心中を偽装した犯人は、工作を終えて車で脱出する。〝留守〟中にそんな途方もない〝物体〟が、荷台に落下していようなどとは、夢にもおもわないから、車の点検などはしない。荷台に落ちた会長はすでに死んでいたか、あるいは生きていても虫の息で声を出せなかった。すれちがいは一瞬の間に行なわれたが、二つの事件が接点をもつには、十分の時間だった。犯人が女の死体を男の部屋に運び込み、偽装工作を施している間に、会長は犯人の車に墜落した。そして社長が駆けつけて来る前に工作を完了した犯人が会長を乗せて走り去った」

「犯人は、あとで会長を見つけてびっくりしたでしょうね」

「驚いただろうな。パレ・ド・ロワイヤルを偽装心中の舞台に使った犯人だから、会長の顔を知っていたのだろう。犯人は、会長がいつどこから、自分の車に飛び込んで来たか、ほぼ正確に推理したにちがいない。会長を下手に捨てれば、だれがどのようにして運んだか手繰られて、偽装心中がバレるおそれがある。会長が生きていれば、危険はさらに大きくなる。死んでいても現場へ戻るのは、警察の渦中へ飛び込むようなものだ」

「会長はもう生きていないかしら」

「絶望的だね。墜落後、万一、生きていたとしても犯人にとって、絶対に生かしてはおけない。会長は犯人の完全犯罪にとって予期せざる言葉どおりの降ってわいたアクシデントだった」

「それであなたは、関央大学を洗っていらしたのね」

「そうだよ。関央大学の中に会長を隠した犯人がいるにちがいない。それは心中を偽装した犯人にも通じる。関央大学の関係者で、エル・ドラドにも出入りしている人間、そいつが、最も犯人に近い。槌田と辰巳が、いまのところ最もきな臭いね」

「警察に言ったら?」

「何の証拠があって? みんな臆測ばかりだよ。ぼくはいま犯人探しより、会長を探し出したい」

「お気持はわかるけど、偽装心中の犯人を突き止めることが、結局、会長さんの行方につながるんじゃないかしら」

「きみは聡明な女性だ。あの二人の教授は、必ずなんらかの形で偽装心中、ひいては会長の行方不明にからんでいる。これからもぼくに協力してくれないか」

「私にできるだけのことはするわ。でも……」

左紀子は、ふと口ごもった。

「でも何だい」

「あなた、どうして、そんなに熱心に会長さんの行方を探していらっしゃるの」

「そ、それは、ぼくの恩人だからね」

「だったら、やはり警察へ届けるべきだとおもうけど」

「警察には捜索願いを出したよ」

「それは社長さんが出したんでしょう。社長が会長を突き落としたのなら、殺人だわ。ただ一人の目撃者のあなたは、本当のことを告げるべきだとおもうけど」

「死体がないのに、そんなことを告げても信じてもらえないよ」

「でも、会長が消えてしまったことは事実だわ」

「死体がないことには、ぼくには真相を言えない事情があるんだよ」

「その事情って？」

「それは……」

入江の面にふとためらいが揺れて、口ごもった。

「おっしゃりたくなければ、よろしいのよ」

左紀子は、入江の気をまぎらすように笑った。

「いや、話そう。きみにはすべてを話そう」

二人は、じっとたがいの目の奥を探り合った。要するに客とホステスにすぎない二人である。だが、目の奥に揺れる感情は、本物であった。入江は容易ならないことを言いだした。

「実はね、会長はぼくの父親なんだ」

「あなたのお父さんですって？」

「そうだよ、もちろん、おふくろと結婚したわけでもなければ、認知もされていないがね、まぎれもなく黒河内慎平は、ぼくの父親なんだよ」

「すると、社長さんとはご兄弟というわけなのね」

「社長は、そんなことは知らない。会長は、自分の女性関係をだれにも話さなかったからね。ぼくのおふくろは博多の芸者で、仕事で時々出て来た会長の世話になったそうだよ。会長は、元気そうに振舞っていたが、脳溢血の発作をおこしてから、急に弱気になったんだ。実権を握っているとは言うものの、実はじりじりと和正に圧迫されていた。実は社長を下りたのも和正に強制されたのだ。それ以来、和正との間にできた溝は深くなる一方だ。このままでいると、会長は和正に裸にむしられて追い出されてしまうような不安と恐怖をもった。それで、ぼくを身辺に呼び寄せたんだよ。和正との仲が険悪になったので、もう一人の肉親を身辺に呼んで、補強したというわけさ」

「…………」

「会長にしてみれば、和正がこのまま父親を蔑ろにしつづけるなら、ぼくを認知して黒ビルグループの一角をあたえ和正を牽制させようという肚があったようだ。これでわかっただろう。ぼくが警察にうっかりしたことを言えない立場が」

「それは、相続問題なんかにからんでくるからかしら？」

「そのとおりだよ。ぼくが会長の隠し子だということはいずれわかる。親子関係が証明されれば、親の死後でも認知ができる。認知されれば、相続権が生じる。会長の死体がないのに、和正に突き落とされたなどと、ぼくが言い出せば、財産欲しさに虚言を弄したとおもわれるだろう。ぼくとしては、和正の犯罪を証明するためには、どうしても会長を探し出さなければならないのだよ」

「会長が出てきて、社長が殺したとわかったら、どういうことになるの？」

「当然、和正は尊属殺人で責任が問われる。相続権も欠うね」

「その後は、あなたが継ぐことになるわけね、黒ビルグループを」

左紀子は、黒河内慎平の一執事にすぎないとおもっていた入江が、巨大な銀の匙を啣えていることを知った。

「他にもぼくのような隠れた存在がいるかもしれないがね。だがぼくはそんな相続権が欲しくて動いているんじゃない。父を殺した和正を許しておけないだけだ。このまま会長が出て来なければ、和正のおもう壺になる。すでに実権は握ったも同然だし、七年たてば失踪宣告が為されて、正式に会長のすべての権利を相続する。ぼくはそれを阻止したいだけだ。したい放題のことをしてきた会長だったが、ぼくを呼び寄せてからは、父親らしい優しさを見せてくれたんだ。いまぼくが話したことは、絶対に口外してはいけないよ。たのにちがいない。しかし、和正に裏切られたので、いっそうぼくが愛しかったのにちがいない。しかし、いまぼくが話したことは、絶対に口外してはいけないよ。おのれの欲望のために父親を殺したほどの和正だ。ぼくという対抗馬がいることを知れば、なにを仕掛けてくるかわからない」

「よくそんな重大な秘密を私に打ち明けてくださったわね。絶対にだれにも言わないわ」

左紀子は、入江が自分に託した信頼の重さに感激した。

「きみの力を借りなければ、会長を探し出せないからさ。ぼくは自分の目を信じている。きみは、ぼくの信託を絶対に裏切らない人だ」

「裏切らないわ」

「ぼくは世間知らずだ。福岡の田舎町の小さな信用金庫に勤めていて、他人の小金ばかり勘定しているとき、会長から突然呼び寄せられた。ようやくぼくにもチャンスが回ってきたとおもった。薄情な父親とおもっていただけに嬉しくもあった。しかし、生まれも育ちもちがう和正と競り合う気持なんかなかった。ただ、東京へ出て、父親のそばにいられるのが嬉しかったんだ。只の父親ではない。天下の黒河内慎平だ。ぼくは会長の身辺にいられるのを誇りにおもった。中央にいれば、チャンスも多い。東京の父親のそばにいられるというだけで、ぼくは十分幸せだった。母と二人だけの寂しい生活の間、冷酷な父親を怨んだものだが、そんな怨みは氷解した。母が数年前に死んでから、孤独な生活を送っていたのが、ようやく父親といっしょに暮らせるようになったんだ。その幸せも束の間だった。和正が踏み躙ってしまったんだ。ぼくはあいつが憎い」

左紀子はうなずいた。入江の言葉を聞くほどに彼の中に自分の感情が移入されていくのがわかる。

「猫の額のような田舎町の信用金庫で働いていたぼくは、いきなり東京の真ん中に引っ張り出され、身を託した会長に行方不明になられて途方に暮れている。どうか力になってくれ」

入江の意志的な表情が気弱げに翳った。彼の中には強靭な意志と、極端な背伸びによる脆弱さが同居しているようにみえる。その脆さが、知り合って間もないホステスに自分の決定的な秘密を共有させたのであろう。

だが、それは左紀子も同じであった。偽装心中の犯人を探すために来たはずが、久保田刑事に警告された〝その方面の危険〟の中に早くもはまりこんでしまっていた。

「私にできることならなんでもするわ」

と答えた左紀子は、すでに自分の本来の目的を忘れている。

「関央の二人の教授になんとかアプローチできないかな」

「あの二人は、コンプリメンツというお店の接待のお客だから、まゆみさんかみどりさんに頼めば、席に付けてもらえるかもしれないわ」

「接待客だと付きやすいのかい」

「いちおう指名という形になっているけど、自分の売上げにあまりつながらないのよ。お店でその分だけ売上げをつけてくれるけど、切符と定期券ほどちがうので、ホステスは接待指名を喜ばないのよ。私にまかせて。必ず二人に付いて、探り出してみせるわ。なんとしてでも」

「無理をしてはいけないよ」

入江は自分が頼んだことでありながら、左紀子の熱っぽさに気圧(けお)されたようであった。

「私、初めからそのつもりだったのよ」

「そのつもりというと?」

入江は、ようやく左紀子の言葉がなにかを含んでいるのを悟った。左紀子はここで初めてエル・ドラドへ入店した目的を打ち明けた。

「そうだったのか、きみが心中した女性の妹だったのか」

さすがに入江は驚いた様子である。

「だから、私たち共通の犯人を追っていることになるのね」

「そのとおりだ。それを聞いたら、ますます心強くなったよ。よろしく頼むよ」

「こちらこそ」

二人は改めてグラスを合わせた。暗黙の了解はとうに成立していたが、それを確認する儀式がいよいよ迫ったことを二人は共に感じていた。酔いが急速に身体に回ってきた。口あたりのよいまま、ついグラスを重ねたが、かなり強いカクテルらしい。

「今夜は帰さないぞ」

入江は、欲望が臨界に達した目でにらんだ。

「私も帰りたくないわ」

答えた左紀子は、その先にどんな運命が開くかわからないが、今宵(こよい)、人生の一つの節を通過することを予感していた。入江がバーテンダーを介してフロントに部屋を予約させた。

共同打算戦線

1

二日後、久保田刑事が訪ねて来た。

「ちょっと気になることがありましてね」

久保田はためらいがちな口調で言った。

「姉のことで何か？」

左紀子は久保田の顔が眩しかった。すでに入江との間には恥ずかしい事実が既成されている。久保田から注意をうけたにもかかわらず、女の城を男の粗野でたくましい侵略の下に空け渡してしまった。自分の身体の中心には、入江によって射ち込まれた征服の旗印が、羞恥の感覚として残っている。感覚は時間の経過とともに確実にうすれているのに、視覚残像のように、羞恥の念が心に増幅されている。それを久保田に悟られたような気がしてならない。

「いや、お姉さんのことではなく、そのご主人のことでね」

「まあ義兄の消息が！」

忘れたわけではないが、義兄の大槻敏明に関しては、姉というワンクッションを置いているので関心がうすくなっていた。

左紀子は、姉の心中の真相を探りに来たので、大槻の消息はその背後にかすんでいた。もともと大槻が、姉や子を置き去りにして消息を晦ましたからこそ、姉は死んだのである。

「まず、練馬にある労働市場センターに照会してみましたが、ここのコンピューターにはファイルされていませんでした。ここには全国の職安からの情報と、三百万の事業所の約五千三百万人の労働者に関する生年月日、地域、職安番号、雇用保険番号の順によって個人番号がつけられてファイルされています。職安を一度でも経由し、雇用保険に入っていれば、コンピューターに性別、年齢、学歴、配偶者の有無、職歴などが入っています。その記録は、本人が死んだ後も残っています。ところが、大槻さんは、このコンピューターにも捉えられていない。ということは、職安を通さない、モグリの手配師の手を経たと考えられます。そして雇用者側ももちろん、保険など入っていないのでしょう。かなりの数の出稼ぎ労働の蒸発者がこのセンターで引っかかるのですが、この網目をくぐったとなると、よほど悪質の手配師にかかったとみえますね」

「気になりますわね」

「いや、私が気になることがあると言ったのは、そのことではありません。山谷方面の担当に知人がいましてね。聞いたところ、『山谷ハウス』という山谷でいちばん大きなドヤに秋田から来た大槻という男が、昨年の十月下旬から十二月の末ごろまでいたそうです。それが彼の見えなくなる少し前、崎山四郎という悪い男とつき合っていたことがわかりました。ところがこの男は、どうも得体の知れない人間で、時々フラリと現われては、出稼ぎ労働者をどこかへ連れて行くということです。崎山に誘われた労働者の話を聞くと、どうせ出稼ぎに来たのなら、いっそのこと外国へ行かないかと勧められたそうです。待遇も国内の三倍もよいので誘いに乗りかけたが、肉親や知己にはいっさい内密にするという条件なので、気味が悪くなって止めたということです」

「外国？　いったいどこへ」

「伝聞なので詳しいことはわかりません。しかし外国へ行くとなると、旅券を取らなければなりませんし、相手国の査証も必要になります。内緒で出国することは不可能です。いちおう出国記録もあたってみましたが、大槻さんが出国した記録はありません」

「すると、どういうことになるのですか」

「蒸発した出稼ぎ労働者の行方を探してみると、みな崎山という男と関わりをもっていることがわかりました。そして崎山と接触した出稼ぎ人の消息がその後一様に不明になっています。ということは、密出国したという可能性が考えられてくるのです。崎山は密出国の仲介者ではないかとおもいます。我々もようやく崎山をマークして、彼の行方を探しはじめました」

「崎山の正体は何者なのですか」

「北K国の工作員ではないかという噂がありますが、真偽のほどは確かめられていません。現在、共産圏の北K国と日本では国交がありませんが、北K国が日本の文化水準に追いつこうとして日本の技術者を求めていることは確かです。優れた農業指導者だった大槻さんに北K国の工作員が近づいたのかもしれません」

「でももしそうだとすれば、どうやって北K国へ行ったのでしょう」

「裏日本の海岸から漁船で脱出したのでしょう。裏日本の海岸と北K国との間には、密出入国のルートがあって、これまでにも漁船に潜んで密入国をはかった北K国の工作員が、言葉どおりの水際で捕えられたことが、何度かあります」

「北K国へ行ってからどうなるのですか」

「わかりません。コマーシャルどおりに好条件で待遇されているかもしれませんし、タコ部屋に入れられたかもしれない。いずれの場合にしても、まともには日本へは帰って来られませんよ」

「帰れないのですか」

「そうです。北K国にしても、国の主権や国際慣習を無視して、国交のない国の国民を連れ出したのですから、めったなことでは帰さないでしょう。またかりに帰国できたとしても、出入国管理令違反に問われる」

「義兄はどうしてそんな誘いに乗ったのでしょうか」

「まだ密出国したと決まったわけではありませんが、出稼ぎ人はみな金に詰まっています。仕事にアブれて、ドヤ代もなく、郷里へ帰るに帰れないようなときに、甘いことずくめの話をもちかけられたら、その気になるかもしれません。まあこの線は、これからも探ってみますが、あなたのほうになにか進展はありましたか」

「事件以後、自粛していた関央大学の二人の教授がまた店に姿を見せるようになりました」

「ほう、それは耳寄りな情報ですな」

久保田の目が底光りしたようであった。槌田と辰巳がエル・ドラドのメンバーであることは、すでに久保田に伝えてある。

「この教授について、実は穏やかではない噂を聞きましたわ」

「ほう、どんな?」

左紀子は、志津から聞いた「不正入学」の噂について話した。久保田の目の底光りがますます深まったようである。

「それは大変な噂ですね。井川貞代が槌田らに仲介したという関央の入学者はもう少し具体的にわかりませんか」

「調べればわかるとおもいますわ。でもそれが姉の心中になにかつながりが……？」

「つながる可能性はあります。いまのところ、波多野の自殺すべき理由が見つかりません。もし偽装だとすれば、不正入学のいざこざが動機にからまってくるかもしれない」

「波多野も不正入学の一味だったということですか」

「当然ですね。組織的な不正入学があったとすれば、巨額の金が動きます。資金室長の彼がノータッチだったとは考えられません」

「できるだけ探ってみますわ」

「無理はしないでくださいよ。あなたがお姉さんのように偽装心中をさせられないという保証はないのですからね」久保田は釘を刺してから、「実は、私のほうも、目をつけていた男が、このごろ動きだしましてね」そろりと足を踏み出すように言った。

表情は茫洋としているが、どうも彼の目は左紀子の反応を観察しているような気がしてならない。

「だれが動きだしたのですか」

左紀子の胸が動揺してきた。予感がしきりに働いている。久保田が目をつけている男とは……。

「入江ですよ。やつの動きがこのごろどうも気になるのです。エル・ドラドにも黒河内和正の伴（とも）をしてよく来ているそうですが、関央大学の関係者にしきりに接近しておるのです。伝（つて）をたぐって教授、職員、学生から出入りの商人まで歩きまわっては、さりげなく聞き込みをしています」

「何を聞いているのですか」

予感が的中して左紀子はしだいに不安をおぼえてきた。久保田は、左紀子と入江の間の既成事実を承知のうえで探りを入れているのではないだろうか。

「まず波多野精二の生前の人間関係と、学内の派閥地図です。人間の集まる所には、どこにも派閥があるものですが、関央の派閥の輻輳（ふくそう）は凄（すさ）まじいものです。いまの総長の野（の）路英文（じひでふみ）は創立者野路英康（ひでやす）の曽孫（そうそん）にあたるというだけで、まったくのロボットです。ただし、英文の細君の淳子（じゅんこ）という女がなかなかのやり手です。東洋（とうよう）銀行の頭取相良祐典（さがらすけのり）の娘でして、関央大学が一時野路一族の専横経営でよい教授が離れ、学生も集まらず、難しくなったとき、淳子が東洋銀行から多額の資金を引っ張り出してきて危機を支えたといいます。それ以来、野路一族の勢力が後退し、淳子を代表とする東洋銀行関係が、大学の実権を握りました。淳子は〝関央の淀君（よどぎみ）〟といわれるほどに、野路英文のかげにあって、大学の経営はもとより、人事にまで介入しているそうです。教授会や理事会の決定事項すら、淳子の一声で覆されることがあります。つまり、淳子に気に入られた者が主流となり、にらまれた者は疎外されます。死んだ資金室長は、この淳子の懐刀といわれるほどに可愛がられていたそうです。また槌田、辰巳両教授も、淳子の最側近です。この三人を反淳子派は、〝茶坊主〟と呼んでいます。噂では、三人は淳子と通じているともささやかれています。淳子に逆らったために、放逐された職員や、大学の女ボスに自己の学業にまで嘴をさしはさまれることを潔しとせず、自ら去った教授も少なくありません。最近、この勢力分布にちょっとした動揺があったようです。野路英文は淳子と夫婦とはいえ、名のみで、東洋銀行に侵略されたような意識がありました。彼はかねがね巻き返しを狙っており、その手初めとして波多野精二の抱き込みを図ったようです。ところがそれが淳子に漏れたために、波多野が資金室長のポストから下ろされかけていたということです。ところが波多野も多年、淳子と大学の経営の中枢に密着していたために、いろいろと表沙汰にできない秘密を握っている。不正入学の事実でもあれば、最大の秘密でしょう。おとなしくは下ろされないというわけですな。ここで、大学は、波多野を噴火口にして、総長派と、夫人派に真二つに割れて真っ向から対立した。そこへかねがね、淳子の女ボスぶりと、野路一族のことごとに創立者の血筋をひけらかしての独擅をこころよくおもっていなかった教授グループが反旗を翻して、三勢力のにらみ合いの状態になっています。まあ、ちょっとした猿山騒動が、関央に起きているのです」

「何のためにそんな派閥関係を調べているのですか」

「入江は淳子派と反目している総長派の連中にしきりに接近を図っている様子です。彼が何の狙いで、反（アンチ）淳子派に近づいているのか、いまの段階ではわかりませんがね」

久保田は、首を傾げたが、左紀子には入江の意図がよくわかっている。彼は反淳子派から黒河内慎平の消息に関する情報を探り出そうとしているのである。情報は反対派から漏れやすい。淳子派の中におきた内ゲバに慎平は巻き込まれて隠された疑いがある。もし反淳子派がその情報をキャッチすれば、淳子を葬る絶好の武器として利用するはずであった。

だが、左紀子は入江の狙いを久保田に打ち明けるわけにはいかなかった。入江とは共同戦線を張った。久保田は、これから入江の敵になるかもしれない。

「入江は黒河内和正の伴をしてよくエル・ドラドに出入りするそうですから、なおこれからも彼に取り入って、その意図を探ってください。私にはどうも、彼の存在が気になるのです。彼は黒河内慎平の失踪についてなにか握っている。その失踪は、波多野精二とあなたのお姉さんの心中につながっている。入江と関央の教授たちによく目をつけていてください。そしてなにかあったらすぐ連絡してください」

久保田は、念を押して帰っていった。左紀子は、久保田の柔和な細い目が眩しかった。久保田が左紀子と入江の間に既成された事実を知ったら、どんな顔をするだろう。おそらくまだ悟られていないはずであるが、時折柔和なまなざしの底にキラリと光る鋭い眼光に射られると、左紀子は、久保田がすべてを知っているような気がしてならない。

それよりも、田舎の両親が知ったら、何と言うだろうか？　結婚前の若い娘が、都会のナイトクラブで知り合って間もない客にすべてを許してしまった。なんと軽はずみでふしだらなと、怒ったり嘆いたりする両親の顔が瞼に浮かぶようである。

両親の怒りと嘆きを救うには、入江と結婚する以外にないだろう。

（私が入江と結婚⁉）

左紀子は、一瞬、照射された心の奥底の構図に凝然となった。

「そんなことが……」

と慌てて打ち消しながらも、閃光のようにひらめいた想像は、明確な輪郭をとって心に固定されている。

それは、自分でもこれまで意識していなかった心の構図である。それは確かに存在しておりながら、意識下に埋没されていた。それがいまはっきりと浮かび上がった。

入江は、黒河内慎平の庶子である。庶子であっても実子であることに変りはない。慎平が晩年呼び寄せたほどであるから、いずれ認知する心づもりがあったのだろう。慎平は認知しないまま死んだが、入江は、慎平の子であることを証明するものをもっているような口ぶりである。

もし、和正が慎平の死因を突き止められて相続権を欠ってしまえば、入江が和正の位置を継ぐことになる。慎平自身がどれくらいあるか見当もつかないと豪語していた巨富と、黒ビルグループの事業の相続権を入江が一手に握ることになるのだ。

そして、入江と自分が結婚すれば……慎平が一代にして築き上げた黒河内大帝国の王妃ということになる。

左紀子は自分がだんだん冷静さを失っていくのを感じた。しかし、冷静でいろといっても無理な計算を、彼女は胸の中で弾(はじ)いていた。計算の示すあまりにも巨大な数値が、冷静さを奪うのである。

――これは、自分の人生の中で千載一遇のチャンスかもしれないわ。――左紀子は、宙の一点を凝視しつづけた。このまま姉を殺した犯人を追って、首尾よく犯人を探し出したとしても、自分の得るものはなにもない。

それは、一時の自己満足にすぎない。青春を磨(す)り減らして、結局自分は一介のホステスになり下っていくのである。

一時の興奮と感傷のおもむくままに、姉に罠を仕掛けた犯人を探そうなどと、素人探偵のまねをはじめたが、初期の興奮が鎮まってくると、いかに身のほど知らずであったかがわかるようになった。

しかし、ここで入江と組めば、それこそおもいもかけなかった飛躍の機会が得られる。姉の死は、〝怪我(けが)の功名〟となる。

左紀子は、しだいに膨張する打算の中で、新たな夢を描いていた。

——入江と組もう——

計算の結果、明確な答えが出た。ことの是非はともかくとして、入江が今後の自分の運命を決定する鍵をもっていることがわかった。

——入江がもし結婚していたら？——

左紀子は重要なネックを忘れていた。入江に妻があれば、左紀子の夢は、夢のまま終る。入江は、そのことについてまだ一言も触れていない。左紀子も聞かない。身上話としては、上京前、福岡の田舎町の小さな信用金庫に勤めていたということを漏らしただけである。

——もし妻がいたら、私が入江を奪い取ってしまえばいいじゃないの——

左紀子は、新たな活路を見出した。それはかなりの自信に裏づけられた活路である。入江が自分の身上を打ち明けて、左紀子に重大な秘密を共有させた事実は、彼女に対する強い傾斜を物語るものとみてよいだろう。

既成事実ができてからは、その傾斜はますます強められている。

(どんな女が入江に付いていたとしても、私はきっと彼を奪い取ってみせるわ)

左紀子は心に誓った。それは若さと、女としての自信に由来する誓いである。

この若さと女の武器が最も威力のあるうちに、自分の可能性を試してみよう。失敗しても元々である。左紀子の当初の目的は、入江との出会いによって大きく変ってきたのである。

2

「先生、こちら新人のホープ、サキ子ちゃんよ、先生方に特別に付きたいんですって、よろしくね」

まゆみに紹介されて、左紀子は殊勝に頭を下げて、

「私、関央の大ファンなんです。よろしく」

と精一杯の媚を含んだ笑顔を槌田と辰巳に向けた。

「なに、サキちゃんだって、ほう、これはまたハキダメに鶴のような凄い美形だね。さあさあ、こっちへおいで」

槌田が大仰なジェスチャーでさしまねいた。辰巳も好色な視線で、彼女の身体を観察している。二人ともすでに相当のメートルが上がっている。

「まあ、ハキダメなんてひどいわ」

まゆみとみどりが大袈裟に抗議した。

「いやいやあんたたちも鶴だよ、いや鴨ぐらいかな。わはは」

槌田が豪快ぶった笑い方をした。

「どうせ、私たちは鴨クラスよ、ああ口惜しい」

まゆみが槌田の身体のどこかをつねったらしく、

「痛っ、おう痛え、許せ許せ。いや孔雀だ、たちまち孔雀に昇格」

「あら、それじゃ私も」

みどりが倣ってつねろうとすると、

「みどりも孔雀に任ずる。わははは」

と相好をだらしなくくずして笑った。彼らは天下太平に「コンプのAランク」の只酒を飲んでいるが、ホステスたちから「あかん大学の助平教授」とかげ口をきかれていることは知らない。

まゆみもみどりも井川貞代から命令されて付いているのであろう。左紀子が関央のファンなので、ぜひ両教授の席に付きたいと頼むと、彼女らはびっくりした顔をして、「関央に入れたい弟」でもいるのかと聞いたものである。

槌田や辰巳に付いても、自分の売上げにつながらないので、一般的にホステスは敬遠している。コンプの客はあまり長座しないのが普通だが、この二人と来たら、開店まもなく来て、看板までねばるものだから、付いたホステスは、その夜はあがったりになってしまう。しかも担当ホステスを片時たりとも離さず、稀に、べつの指名客が来て、席を離れようものなら、たちまち機嫌を損じる。

「あんたたちも大変だろうけど、お店にとって大切な人だから頼むわよ」と井川貞代から直接頼まれただけに、嫌なやつだとおもっても、あまり素っ気なくも扱えない。そんな客に、左紀子が進んで付きたいと申し出たものだから、まゆみたちもびっくりしたのであった。

ヘルプの間は、わりあい自由に動ける。ヘルプのうちに客に印象を植えつけなければならないので、店でも担当のホステスさえオーケーすれば、できるだけ広く客席を歩くことを、ヘルプに奨励している。ただし、ホステスたちはヘルプに客を奪われるのを恐れて、チーム外のヘルプが付くのを嫌がる。だが、コンプの客ならば、奪われた方がむしろ有難いので、歓迎する。

左紀子が槌田と辰巳の間に坐ると、早速、槌田がなれなれしく腰に手を回してきた。槌田が五十代後半、辰巳のほうがやや若く四十代後半か、五十前後の年輩、槌田は太い眉と大きな目と引きしまった口をもった、なかなかの男前である。自分でも十分にそれを意識していて、女に接する態度に自信がある。

一方、辰巳は、細面の、造作がちんまりした、気弱げな感じである。骨格も、華奢ですらりとしている。野性的な雰囲気の強い槌田に比べて、どことなく良家の育ちを感じさせる。

「ねえ、先生、サキちゃんの田舎どこだかわかる」

まゆみが槌田にしなだれかかるようにして聞いた。槌田は、まゆみと左紀子にはさまれてやに下がりながら、

「さあ、わからんなあ」

「よく見て。こんな凄い美人の産地、日本にいくつもないわよ」

「鶴の産地だから、舞鶴（まいづる）か」

「舞鶴ねえ」

「それじゃ鶴岡（つるおか）だ」

「鶴岡って、山形でしょう」

「たしか、そうだ」

「いい線いってるわよ、近いわ」

「えっ、それじゃあ」

槌田と辰巳の目が少し改まったように見えた。

「山形の近くといえば、秋田でしょ。当たりぃ！　サキちゃんは秋田の産よ」

「秋田から来たのかい」

槌田が、少し、眩しげな目をした。

「あら、そういえばこの間、波多野さんと心中したうちの子も、たしか秋田出身の人だったわね」

みどりが口をはさんできた。

「サキちゃん、あの女の子となにか関係でもあるの？」

まゆみが急に質問の鉾先(ほこさき)を左紀子に向けた。左紀子は、一瞬ハッとしたがさりげない体を装って、いいえべつにと答えた。まゆみたちがなにか含むところがあって、そんなことを質ねたのかと身構えたが、なにげなく話題にしただけの様子であった。

「そんな縁起でもない話はよそう」

槌田がにわかに興醒(きょうざ)めた表情で言った。

「あら、心中は、縁起でもないかしら。私はロマンチックだと思うけどなあ。いまどき、男と女が心中するほどにホレ合うなんて素晴らしいじゃない」

「でもあの二人があんなに進んでいたなんて意外だったわ。まだ知り合ったばかりだというのに」

「だから素晴らしいのよ。男と女がいっしょに死ぬのに、長い時間は必要ないという証明よ」

「愛の証明」

「ああ、私も、そんな証明をしてみたいわ。ねえ、私がいっしょに心中してって頼んだら、死んでくれる？」

「ふ、毎夜、死ぬ死ぬと言ってるじゃないか」

「まあ言ったわね！」

「男と女は心中なんかしなくとも、いっしょに死ねるさ。なんだったら、今夜その証明をしてやろうじゃないか」

槌田がまゆみの肩を抱いて引き寄せた。もう一方の左紀子の腰に回した手は、そのままである。濃厚になった卑猥な雰囲気の中に、槌田は巧みに心中の話題をまぎらしてしまった。

槌田は、どうやら左紀子が気に入ったらしい。その次からは必ず左紀子を席に呼んだ。

「サキちゃん、あなたが付いてくれたので、大助かりよ。このごろはべつの指名に出稼ぎしても、怒らなくなったものね。あなたには悪いけどつづけてもらいたいわ」

まゆみから感謝されて、

「いいえ、感謝しているのは私のほうよ。私、関央の大ファンで、前から先生に付きたかったの」

「なんだったら、ママに話して譲ってあげてもいいわよ。でも注意しなさい。あの二人とっても手が早いんだから。うっかり誘いに乗っちゃだめよ」

「わかってるわ」

「でも、わかってるつもりが心中をしたものね。関央は、要注意よ。心中なんかする気配まったくなかったもん。本当にびっくりしちゃったわよ」

「心中の気配はなかったのですか」

左紀子がそろりと探りの一歩を進めると、

「気配どころか、あの人、たしかマサ子さんといったっけ、むしろ嫌ってる風だったんだけどなあ」

「嫌っていた？」

「でも、カモフラージュだったかもしれないわね。好いた人には拗(す)ねてみせろってね」

「カモフラージュなんかする必要あったのかしら」

「まあね、ハタちゃんは私のお客だったから」

「まゆみさんに気兼ねして？」

「そんなことする必要まったくないのにね。あの二人、なにか特別の事情があったのかもしれないわね。心中ってべつに愛し合ってなくともできるもの」

「それはどういうことかしら？」

「おたがいに死ななければならない事情があったのをたまたま二人が知り合い、どうせ死ぬなら、いっしょに死のうかということになった場合よ」

「まゆみさんは、二人からその事情を聞かなかった？」

「聞いてないわよ。波多野さんなんて、生きてるのがおもしろくてたまらないというような顔してたのになあ」

「無理心中ってことはないかしら」

「無理？　それどちらかが死にたくて、相手を無理に道連れにしたということ？」

「ええ」

「無理心中だとすれば、波多野さんのほうが無理強いされたとおもうんだけど、男が女にねえ、それに波多野さんの家で死んでいたんでしょう」

「それでは、偽装心中の可能性は？」

「偽装っていうと、心中でもないのに、心中らしく見せかけたっていうこと？」

「ええ」

「まさか。いったいだれがそんなことするのよ。あなた、推理小説の読みすぎじゃないの？」

まゆみはあくびをした。せっかく口の解(ほぐ)れかけたまゆみだが、あまり事情を知らない様子である。だが、姉の偽装心中の疑いはますます濃くなってきた。

「どうも気に入らないのよ」

「何が」

「今度来た左紀子という新入りの女(こ)よ」

「おいおいまたジェラシーかね」

男がやれやれという顔で、吸いかけの煙草をベッドサイドテーブルの灰皿に押しつぶした。ここは彼らがよく利用する東名沿いのモーテルである。欲望を排きだした後の白く醒めた意識にまた女のねちねちした妬言を聞かされるのはたまらないといった表情であった。

「そんなんじゃないわよ。先生の浮気っぽいのにいちいち腹を立てていたら、ノイロっちゃうわよ。私にも煙草ちょうだい」

女が官能の油を細胞の隅々まで射し込まれた満悦に、身体をしどけなく開放したままの姿勢で、裸の腕をさしのばした。その指先に火をつけた煙草を挿入した男は、

「それじゃあ、何が気に入らないんだ？」

「左紀子って言ったら、とたんに目の色が変ったわね。危いなあ」

「よせよ。やっぱり妬いているんじゃないか」

「あの子ね、いろいろ先生のこと聞いてたわよ」

女はおもわせぶりに笑った。

「そりゃあまあ、興味があるからだろう」

男は悪い気ではなさそうである。

「ふん、鼻の下が長いのね。あなた、あの女の正体知ってるの」

「正体なんていうと、化け物かなんかのようだな」

男は、苦笑した。

「そうよ、あの女、とんだ女狐かも知れなくってよ」

「女はみんな女狐だよ。きみみたいにね」

「天下太平だわよ。私程度の女狐なら」

「どうも奥歯にものがはさまったような言い方だな。いったい何を言いたいんだ」

「左紀子ね。波多野さんと真佐子の心中に興味をもっているみたいね」

「何だって⁉」

「急に大きな声を出さないで。びっくりするじゃないの」

「いや、すまん。急に突飛なことを言われたもんでね」

「あら、突飛なことかしら。先生もずいぶん興味があるみたいよ」

「それはあるさ、なにしろ波多野君が心中しちゃったんだからな」

「左紀子は、無理心中じゃないかって言ってたわ」

「無理心中だと？」

「さもなければ、偽装心中じゃないかって。偽装というのは、殺された疑いがあるということでしょ」

「そんな馬鹿な！」

男の顔色が完全に変った。

「でもぽっと出の新入りにしては、ずいぶん穿った見方をするものね」

「推理小説の読みすぎだよ、きっと」

男は、無理に自分を納得させるように言った。

「私も同じことを左紀子に言ったわ、でも……」

「でも何だ？」

「あの女、秋田の出身なのよ」

「秋田がどうかしたのか」

「波多野さんの心中のパートナーも秋田出身だったでしょ」

「偶然だろう。あの辺から出て来る女は多い。もともと美人の産地だからな」

「実はもう一つ気にかかることがあるんだ」

「何だよ、じらさずに言えよ」

「あの女、先生の席に付きたいって特別に私に頼んできたのよ」

「………」

「先生はモテる証拠だと鼻の下を長くしているかもしれないけど、コンプのお客は、普通敬遠するのが常識なのよ。ちっとも売上げにつながらないものね」

「コンプコンプって言うなよ。きみにはたっぷり仲介手数料を払っているじゃないか」

「ええ、十分にいただいているわ。でもこんな余禄があるなんて、他の者は知らないはずよ。先生と私だけの秘密、それをぽっと出の左紀子が知っているはずがないわ」

「親戚か知人に、関央へ入れたいのがいるんだろう」

「いちおうそれは考えてみたけれど。どうも他に魂胆があるような気がしてならないわ」

「どんな魂胆だい？」

「だから、あの心中に疑惑をもって真相を探りに来たとか」

「きみも相当の推理マニアだな。あの心中にべつの真相などあるはずがないだろう。彼らは本当に心中したんだよ」

「さあ、どうかしらね」

「きみまでが疑っているのか」

「左紀子と話しているうちに、私もなんとなく、もう一枚底があるような気がしてきたのよ。とにかくあの女にあまり気を許さないほうがいいかもしれなくってよ。あ、いけない！　そろそろ支度しなくっちゃ。どう、今夜同伴してくれる？」

「売上げにつながらないんじゃなかったのかい」

「まあ、いないよりはましよ。それに先生はお店にとってＶＩＰですものね」

「入江と左紀子が、やっぱりデキていたか。仲睦まじそうだとはおもっていたがね。あいつもなかなか隅におけないな」

黒河内和正は、行動調査報告書から目を上げて、やや羨望のまじったため息を吐いた。

「現在調査続行中でありますが、入江は最近しきりに野路英文に接近しております」

和正が密かに調査を依頼した興信所員の木谷が、主人の顔色をうかがう犬のように目を上げた。

「うん、そのことだが気になるね。入江の意図を早く探り出してくれ。これからも入江の動きから目をはなさないようにな」

和正は鷹揚に命じた。

「承知いたしました」

「入江の身上については、その後新しいことはわからないか」

「はい。母親が博多の芸者で、その私生児だということ以外には」

「福岡の信用金庫に勤めていたころには、特に親しかったような女は、見つからないか」

「はい、これまでの調査では、女関係もなく真面目一方です」

「おやじがどんないきさつからそんな所でくすぶっていた入江を引っ張り出してきたのか、どうも解せないな」

「引きつづき調査いたしておりますから」

「うん頼むよ。費用はいくらかかってもかまわん」

調査マンが恭しく頭を下げて去りかけたのを、

「そうだ、ちょっと待て」呼び停めて、

「ついでに左紀子という女の身許を調べておいてくれ。秋田から来たというのが、どうも気になる」と命令をつけ加えた。

最後の晩餐所

1

　波多野精二の胃内および十二指腸に残留していた食物残渣（ざんさ）はさらに厳密な検査の結果、燕（つばめ）の巣、くらげ、鮑（あわび）、なまこ、魚の浮き袋、鴨の肉、ふかひれ、うずら、胡桃（くるみ）、椎茸（しいたけ）、などであることがわかった。いずれも高級中国料理の材料である。

　日本の中国料理は、中国各地の特色ある料理の特異性がしだいに希薄になって平均的になっている。波多野の胃内容から証明された食物残渣の全般に濃厚なところから、中国料理で最高級とされる北京（ペキン）料理の可能性が最も強いとされた。

　食後三、四時間の消化状態から考えて、東京、横浜が摂取場所の公算大である。新幹線や飛行機を利用すれば、ほぼ日本全国が範囲に入るが、波多野は、五月二十二日午後五時ごろまで自宅にいたことが近所の人間の証言によって確かめられている。それ以後、遠方まで出かけていって、中国料理をたらふく食った後、三、四時間後に〝心中〟するには時間が不足する。

やはり、波多野の食事場所は、東京、横浜周辺ということになる。横浜には有名な中華街がある。波多野の最後の晩餐の場所を突き止められれば、心中の前足が鮮明になる。

高級中国料理を一人で食べる者は、まずいない。波多野には、最後の晩餐を共にした者がいるはずである。この相伴者が大槻真佐子であった可能性はうすい。これだけの料理を前にして、いかに食欲がなかったとしても、一口も口にしなかったとは考えられない。

真佐子以外のだれかが波多野と食事を共にした。そしてそのXが、二人の〝心中〟の鍵を握っているかもしれない。

捜査員は、その見込みの下に、八方に手分けをして東京、横浜の中国料理店を当たった。収穫はなかった。捜査の範囲を近郊の諸都市に広げた。依然として、なんの反応も得られない。中国料理店の数は多すぎて、とてもすべてを捜査の網にすくい取ることはできない。

「中国人の家庭に招かれたのではないか。家庭で食べたとすると、いくら料理店を当たっても意味がない」という意見が出た。

「波多野に親しい中国人の知己はいるか？」

「それはいくらでもいるだろう。関央大学には中国人学生も大勢いるし、留学生も来ている。あるいは入学の斡旋を頼まれて招待された可能性もある」

「それだったら、招待者はどうして黙っているんだろう。我々があの心中に疑いをもって探っていることはわかっているはずなのに」

「それは招待した意図に後ろ暗いところがあるからだよ。デキの悪い子供をもった親が、どうか入学させてくれとご馳走ぜめにしていたら、自分が招待主だと名乗り難くなる」

「そういう事情が招待者にあるとすると、これはお手上げだね」

捜査員は、徒労の色濃い顔を見合わせた。

「ちょっと待ってくれよ」

そのとき、久保田がふとなにかおもいだした顔をした。一同の視線が集まった。

「エル・ドラドの経営者は、たしか井川貞代という女性ですね」

「そうだけど、それがどうかしたかね」

署長の藤原が一同の質問を代表した。

「井川貞代は名目上の経営者で、本当のボスはシルクロード物産社長の木暮正則だと聞いていますが」

「そういうことだね」

「木暮正則は、本名李世鳳というK国人です。K国と中国は親戚みたいなものでしょう。また彼が社長の貿易会社は中国貿易もやっています。彼だったら中国料理店の一つくらい経営しているかもしれません」

「なるほど、そいつは気がつかなかったな」

藤原が膝を打った。

「しかし、李世鳳と波多野の間につき合いがありますか」

べつの質問が出た。

「それはこれから調べる。波多野はエル・ドラドによく出入りしていたし、そこの本当のボスとなにかのつながりがあってもおかしくない」

「もし李世鳳が最後の晩餐の招待主だとすれば、彼は後ろ暗いものをかかえていることになりますね」

弾んだ声で臆測が出た。

「先入観は禁物だよ」

藤原は牽制したが、久しぶりに一つの的があたえられて、捜査員の間にわずかながら活気がよみがえった。


「ようやく槌田に取り入ったわ。このごろは必ず私を呼んでくれるのよ」

「取り入ったのはいいけれど、心配だな」

「心配、何が？」

「槌田は、名うてのプレイボーイだというからね」

「いやだわ、私ってそんなに脆そうに見えるの？」

「そういうわけじゃないけれど、女は受け身だからね。現にきみはぼくには二回めのとき、キスをさせた」

「ひどいわ！　あなたはべつよ。そんなに私を信用していないのね」

「痛い！　本当につねるやつがあるか。ほらこんなに痣になってしまった」

「そんなこと言えば、何度でもつねってやるから」

「わかったよ。しかし、本当に注意してくれよ。彼は必ず誘惑してくるからね」

「もう誘われているわよ」

「えっ、もうか」

「看板の後、食事に行こうってしつこく誘うのよ。そろそろ断わる理由がなくなってきたわ。そのことであなたに相談したかったの。姉のことや会長の行方を探り出すためには、彼の誘いを受けなければならないし、私、恐いわ」

「そうだな、食事だけなら受けても危険はないだろう」

「そうかしら？」

「そうかしらって、きみさえしっかりしていれば、すぐにどうこうということはないよ。初めから店の中で聞き出せることじゃないだろう」

「それはわかっているけど、いざとなってみると、やっぱり恐いわ」

「ぼくが後ろに付いていてやるよ」

「そうしてくだされば、心強いわ」

「焦っちゃいけないよ、ゆっくり引き出すんだ。男はホレた女には口が軽くなるからね。色仕掛けで気をもたせてね」

「いやよ、そんな言い方」

「あ、ごめん。あくまで気をもたせるだけだよ。最後の守りは固くしておいてくれよな」

「勝手なのね。色仕掛けでたぶらかせだの、守りを固くしろだの」

「ぼくたちの将来のためじゃないか、頑張ってくれよ」

入江は愛しげに、左紀子の裸身を引き寄せた。入江を受け容れてから彼女の肌は、常にうすく脂を塗ったようにしっとりとうるおい、新鮮だが生硬な稚さ（おさな）のあった身体が、たおやかな円み（まる）を帯びてきている。

入江は、自らがその開拓者でありながら、女体の対応と熟成の精妙さに目を見張るおもいがした。

「その将来のことで聞きたいことがあるんだけど」

「何だい、改まって」

「こんなこと聞くまいとおもっていたんだけど、とうとう聞かずにいられなくなっちゃったわ。それほど、あなたが好きになったのね」

「いったい、何だい」

「奥さん、いらっしゃるの」

入江は、一瞬何を聞かれたのかわからないような顔をした。まんざらとぼけているのでもなさそうである。

「ぼくに奥……まさか」

入江は、いきなり笑いだした。

「どうしておかしいの？」

左紀子は入江の表情を凝視した。これは左紀子の女の戦いであった。この戦さの結果によって、入江の言うところの「将来」が具体的に決定される。

「だって、そんなこと考えてもみなかったからね。福岡にいたころは、自分一人の生活を支えるのに精一杯だった。女性なんかに目を向けるゆとりはまったくなかったよ」

「嬉しいわ」

「え？」

「あなたはお店のお客様で、私はホステスだから、あなたが結婚してらしても、私がとやかく言う筋合はまったくないけれど、やっぱり嬉しいのよ」

「そうだったのか、きみは馬鹿だよ」

「どうして？」

「ぼくが、ぼくたちの将来のためにと言ったのは、そういう意味があったんだよ」

「その言葉、信じてもいいの？」

「信じてもらわなければ、困るよ。ぼくはね、きみと出会ったことを運命だとおもっているんだ」

「嬉しい」

左紀子は、入江の腕の中に身を投げた。言葉だけのなんの保証もない約束であるが、いまは入江の言葉にひたすらすがって行ってみよう。そこに自分の新しい未来がある。

左紀子は入江の男っぽい体軀に寄り縋りながらその肉体の厚みと、骨の太さが、自分の女の一生を賭けるべき手応えであるとおもった。

2

都内文京区目白台。同区内で西片町と並ぶ高級住宅地の一角に「東西屋敷」と近所で呼ばれている邸宅がある。

野路英文の父親の英郎が、建築道楽で、平安朝の寝殿造りを模した左右対称の住居をつくった。建物は和洋折衷の瀟洒なもので、平面計画には機能的な洋式設備をふんだんに採り入れた。英郎はこの建物を東家、西家と呼び、その日の気分によって、それぞれの家で生活をした。

英文と淳子が結婚すると、若夫婦に東家をあたえて、自分は西家で暮らした。英郎が脳溢血の発作をおこしてあっけなく世を去ると、夫婦がこの擬似寝殿造りの左右に別れ住むようになった。英文が東家、淳子が西家に住み、そのときの気分によって、どちらかが渡殿（渡り廊下）を伝って、相手の家へ行く。

夫婦の溝が深化するにしたがって、渡殿の機能もうすくなった。淳子が大学の実権を握るようになってからは、渡殿は完全に形骸化した。

そして二年前に決定的な溝がつくられた。英文は、形式だけになった渡殿を取り壊して、そこに東西両家を隔てるコンクリートブロックの塀を築いたのである。この凄まじい分断作業は、英文が一方的に行なったのであるが、淳子はまったく異議をさしはさまなかった。約五百坪ほどの敷地にある野路邸は、中央に構築されたブロック塀によって完全に二分された。

英文と淳子は、それぞれ東側と西側の横丁に専用の門と玄関を設けた。このため二つの家は、外観は書院風に玄関の正面性が強調されていながら、主屋の側面に玄関が取ってつけられた、なんとも珍妙なスタイルとなってしまった。

近所の住人が、これを東西屋敷と呼ぶのは、東西に分離された建物の様式のせいばかりではなく、野路夫妻の救い難い溝を東西両陣営の対立に皮肉をもって譬えていることはもちろんである。

これほどまで離れた夫婦がなぜ離婚しないのか？　離婚するには、あまりにも多くの利権やおもわくが癒着しすぎていた。

愛を軸に性を接点とすべき夫婦が、その発足において政略の膨大な衣装を着せられて、愛は当初からなく、性に対する興味も急速にうすれた後、身動きできなくなっていた。彼らが別れるためには、政略の十二単を脱ぎ捨てなければならない。無理に脱げば、犠牲者が多数出るし、彼ら自身も傷つくのを免れない。

もともと夫婦とは他人から発足したものであるから、他人に還元するのになんの心理的抵抗もない。そうとすれば、中身は他人で、形式だけ夫婦を維持していてもよいではないか。

彼らは、このことについてべつに話し合ったわけではないが、夫婦の形式を維持することを暗黙に了解した。なに一つ共鳴するところのない二人だったが、この点に関しては合意したのである。

ここのところこの東西屋敷に人の出入りが激しい。

次期総長選挙が迫っていた。関央大学には理事会、教授会、代議員会の三部会がある。この中、大学の運営面に関しては理事会が決定し、教授会と代議員会に諮られる建前になっている。

しかし教授会は、運営面についてはまったく素人でいろいろと報告や説明をされても、形式的に同意をしているにすぎない。この上部に位置する代議員会は企業の取締役会のようなものだが、主として学外の有識者や大学に功績のあった人たちで構成されている。少数の大学関係の代議員は、初、中、高等部、および大学の学長であり、理事会、および教授会の決定に対してほとんどなにも言わない。

これら三部会の頂上にいるのが総長である。三部会の決定事項に対して拒否権があたえられているが、それも淳子（理事長）に実権を握られてから形式だけのものになってしまった。

したがって、現在の関央大学は、淳子の操る理事会、それも彼女の腹心の数名の理事の意見で決まってしまうといってよい。教授会はこれも淳子の〝茶坊主〟である槌田と辰巳両教授が牛耳っている。

しかし、淳子が理事長として甘んじており、形式だけでも、最終意思決定権を総長の英文に委ねていた間は、いちおうのバランス関係が維持されていた。総長は三年を任期とし、三部会の合同選挙によって決められるが、再選をさまたげない。そして形式的な選挙の後、野路一族の時の当主が選ばれるのが常であった。その選挙が数か月後に迫っていた。

だがここへきて、淳子がにわかに総長のポストへ露骨な色気を見せはじめたのである。関央の淀君として実権を握った彼女は、名目的にも最高ポストに坐りたくなったのであった。

いまや、淳子が東洋銀行の資本をバックに関央の主権者であることは、だれの目にも明白である。形式的にも野路英文の妻であった。つまり、総長になるための形式も備えていることになる。

彼女が、立候補して本格的に選挙運動をはじめれば、英文の敗退は目に見えている。立候補補者は、選挙期日十五日前までに、大学総長選挙管理委員会に届け出ることになっている。これまでの総長選挙では、大学の民主的偽装のために、ダミーの候補者を数人立てる。だが当選者は、初めから野路一族の当主と決まっている形式選挙であった。

だが、今度はちがう。淳子が立てば絶対に形式選挙にならない。ロボット総長の英文に愛想をつかしたり、多年の野路一族の独裁に反感をもっている教授、理事たちが、淳子を支持する率はかなり高いとみなければならない。

だが、英文側も、おめおめと指を咥えて淳子側の侵略を許すわけにはいかなかった。なんといっても、関央は野路一族が創り、築き上げてきたものである。関央の歴史は、そのまま野路家の家史といってもよいくらいである。

これを貪婪(どんらん)な銀行資本の侵略に委ねてはならないと、野路一派が結束して、巻き返し作戦に出た。歴史があるだけに、野路家の支持層も厚い。彼らは英文の許に集まっては、対策を立てた。

もちろん淳子側も対応して、作戦会議や運動に忙しい。立候補届出日が近づくにつれて、野路東家西家の人の出入りは一段と激しくなり、〝東西〟を隔てる壁の両側で、虚々実々の攻防戦がすでに火蓋を切っていた。

関央大学は、現在の調布市国領町に一八八五年（明治十八年）野路英康が華族の子女の教育を目的に創設した女学校が、英学塾に転向、有能円満、進んで社会の礎石となれる人士の養成を目ざして、建学以来、多数の有為な人材を社会のあらゆる分野に送り出した。一八九五年、現在の地、九段に本部を移し、一八九八年、大学部を新設、経済、法律、文学の三学部を置いた。一九〇七年、学制を改め、大学部、中学部、小学部を根幹とする一貫教育制度を整え、大学に工学部と経済学部内に政治学科を加設した。さらに一九二二年、大学院を設け、医学部を増して、既設の文、経、法、工と合わせて五学部より成る総合大学となったのである。一九四七年商学部と教育学部を加え、一九五一年新制大学院修士課程を開設、付属機関として、図書館、医学部付属病院、薬化学研究所、理工学研究所、社会科学研究所、言語文化研究所、産業経済研究所、英語教育研究所、キリスト教研究所の他、キリスト教博物館、文学博物館をもっている。

現在、教員数は、教授から助手を含めて約一千名、学部学生数約三万八千名、校友十三万を擁し、社会のあらゆる分野で関央関係者のいない所はないといわれるくらい、その卒業生は多岐広範にわたっている。

野路英文は、東家の奥の部屋で一人の男と長いこと密談をしていた。密談の相手は前額部の禿げ上がった五十前後の痩せて貧相な男である。笑うと唇がまくれ上がって、すけた前歯が歯茎まで露出する。この男が英文派の参謀格、学務部長の曾根正之である。

二人の表情は緊迫していた。

「その情報は信じられるのかね」

英文は、曾根から一通り報告を受けた後も、半信半疑といった体であった。

「はい。東西電鉄にいる私のシンパから入った情報ですから、九割方信頼できると存じますが」

「もし、本当だとすれば、容易ならないことだな」

英文は唇を噛みしめた。

「情報によりますと、沢本もかなり乗り気ということです」

「沢本に乗り込んで来られたら、関央をいいようにかきまわされてしまうぞ。そんなこともわからずに、淳子の馬鹿めが！」

英文は忌々しげに唇の一方を曲げてつぶやいた。

「沢本に働きかけているくらいですから、奥様の総長選挙出馬は、ほぼ確実とみてよろしいとおもいます」

「淳子め、よほどの自信があるとみえる」

「沢本に対しては、いかがいたしましょう」

「こちらから来るなと言うわけにもいくまい。それより、こちらでも、べつの理事長を立てたらどうだ」

「沢本に対抗できるような人間となると、ちょっと簡単には……」

「そうだなあ」

英文は、腕組みをして天井をにらんだ。重苦しい沈黙が、室内に油のように淀んだ。

いま彼らが話題にしている沢本忠彦は、東西電鉄の社長である。しかし、それは沢本の表向きの看板であり、経済界では彼をもっぱら乗取王と呼んで、蛇蝎のごとく忌み嫌っている。沢本ほど、これまでの半生に株を買い集めて、企業を乗取ってきた男はいないだろう。東大を苦学して出た沢本は、鉄道省に入った。以来鉄道畑一筋に歩み、鉄道監督局長をもって退官、現在の東西電鉄の前身である多摩電鉄の営業担当副社長に迎えられた。

当時多摩電鉄は、派閥抗争や経理の乱脈によって経営難にあえいでいたが、沢本はこれを短時日のうちに統合整理し、経営を軌道に戻した。持ち前のアクの強さで、抵抗を蹂躙し、彼に和して協力する者は、厚遇した。会社再建策を着々と具体化する一方、彼はよしみを通じた東洋銀行の資力によって、密かに多摩電鉄の株を買い集め、四年後、自らが社長になって経営権を完全に掌握したのである。

社長就任と同時に、社名変更した東西電鉄を拠点に、沢本の本格的な乗取り人生はスタートした。

重役間に派閥の対立がある会社や乱脈経理、放漫経営の会社などは、沢本の絶好のカモであった。沢本の狙いは、最初から経営権奪取にある。沢本が動きだしただけで脛に傷もつ会社は震え上がった。抵抗らしい抵抗をしないうちに重役陣が浮き足立ち、総くずれにつながっていく。

こうして次々に斬り取った会社が百二十六社に上り、なおも版図は止まるところを知らず拡大中である。この沢本の乗取りを資金面で支えたのが、東洋銀行である。彼は鉄道省の係長時代、現東洋銀行会長、当時常務の相良祐一の知遇を得て、その三女を娶った。英文の舅の祐典の妹である。

ここで沢本忠彦が理事長として乗り込んで来たら、関央大学は、東洋銀行に完全に乗取られてしまう。

英文が周章狼狽するのも無理はなかった。

いくら考えても沢本阻止の名案がすぐ出てくるものでもない。対策を考えるというより、突如立ちはだかった難問の前でおろおろしているだけであるから、思考力は鈍化して、焦燥だけが慌しく空転している。曾根が重苦しく澱んだ雰囲気から逃れるように、

「実は、もう一つ聞き込んできたことがございます」

「何だね？」

英文は、曾根の気をもたせるような語調が気になった。それは彼がなにかみやげをもってきたときの独特の口調である。

最初悲観材料を提出し、次にみやげ物で救おうという計算に基づいて、話す順序を配分しているのであろう。

「先日、刑事が聞き込みにまいりましたでございましょう」

「刑事が、何を聞きにだね」

英文は、すぐにおもいだせない。

「黒河内慎平が失踪した件につきましてでございます」

「ああ、そんなことがあったな」

英文は、ようやくおもい当たったようにうなずいた。

「その黒河内慎平の失踪に、どうやら奥さんの一味がからんでいるらしいのです」

「何だって⁉」

「刑事は私にもそれとなくいろいろ探りを入れてきましたが、総長にはどんなことを聞

きましたか」

「そうだなあ、何を聞いていたっけ。そうだ、心中した波多野の自殺の理由や私生活について聞いたよ。それから槌田と辰巳のことも聞いていたな。あの連中については、ほとんど知らないので、知らないと言っておいた」

「それ、それですよ。波多野の心中がどうもきな臭いのです」

「きな臭いってどういう意味だい」

「刑事の後に入江という男が私を訪ねて来ました。入江は黒河内慎平の執事だった男です。入江が聞いたことは、だいたい刑事の聞き込みと同じでした。ただ入江がふと口をすべらしたことがあるのです」

「早く要点を言いたまえ。いったい黒河内慎平の失踪と淳子がどんな関わりをもっていると言うんだ？」

　英文が、いらだたしげに言った。

「は、申しわけありません。つまり、そのう入江は、黒河内慎平の失踪と、波多野の心中が同じ日に起きたと言うのです」

「同じ日に？」

「そうなのです。慎平の捜索願いは、息子の和正によって出されたのですが、それによると失踪した日は六月二十五日になっています」

「なんだ、それじゃあ波多野の心中と一か月以上もずれているじゃないか」

「はい、しかし、入江は慎平が波多野の心中と同じ日に失踪したと信じているらしいのです。それを和正はなにかの理由があって、失踪日をずらした。そこで波多野の心中とつながりがあるのではないかと考えたのです」

「それはきみがか？　それとも入江が考えたのか？」

「二人ともです。入江は、はっきり言いませんでしたが、彼は慎平の失踪と波多野の心中に関連があると疑っているようでした。彼の様子から、私も、同じような推測を導き出したのです」

「同じ日に失踪と心中をしたからといって、関連があるとはいえないだろう」

「関連がなければ、なにも失踪日をずらす必要はないでしょう」

「入江とやらいう元執事の言葉は確かなのか」

「私は、信じてよいとおもいます。入江は、私にそんな嘘を言う必要はまったくないのですから。彼が聞き込みをはじめたきっかけは、その疑惑から発しているのです。もし嘘ならばそんな聞き込みはしないはずでしょう」

「それもそうだ。ところで失踪と心中の間にいったいどんなつながりがあるというのだ」

「それは私もよくわからないのですが、とにかく警察が動いています。その関連にはなにか後ろ暗いところがありそうですね」

「後ろ暗いというと、つまり犯罪か……？」

「はい、波多野の心中も偽装くさいのです」

「心中が偽装だって？」

「波多野が自殺しなければならないような理由はまったく見当たらないのです」

「表面上には現われていないが、金の使い込みや女のトラブルがあったんだろう。心中相手の勤めていた赤坂のナイトクラブなんかには、波多野の給料では通いきれない」

「それならば、槌田や辰巳にしても事情は同じでございます。彼らは同じ穴の貉（むじな）で、奥様の最側近でした。その中で波多野だけが死んだのです。これが自殺なら、槌田も辰巳も自殺せずとも追いつめられていいはずです」

「なるほど」

　英文の目がしだいに熱っぽい興味に感染されている。

「つまり三匹の貉の中で、一匹だけが自殺をした。もしこれが偽装であったとすれば、三匹のボスと、残りの二匹にとって、その一匹に生きていられては都合の悪い事情が発生したと考えられませんか。ということは、波多野の心中は、奥様と、槌田、辰巳が作為したものだと……」

「曾根君、そいつは大変な推理だぞ」

英文の口調が興奮している。

「推理ではありますが、大いに可能性があります」

英文は、関央大学の実権を淳子に握られ、いま権威の最後の拠り所としてしがみついている総長の座も狙われ、理事長のポストまで淳子の引っ張って来た財界名うてのうるさ型、沢本忠彦によって占められようとしている。それはだれの目にも被いようのない頽勢であった。

しかし、淳子派の一角であった波多野精二の心中が偽装であれば、頽勢をいっきょに挽回できる。英文が興奮するのも、無理はない。

「ところで入江は、どうしてそんなことを探っているんだ」

「入江は、黒河内慎平の執事で、その身辺にいましたから、疑惑をもったのだとおもいます」

「疑惑とは、どんな疑惑だ？」

「ですから失踪日のずれについてです」

「失踪日がずれていると、どういうことになるんだ」

「黒河内慎平は実際は五月二十三日に失踪しているのに、息子の和正が六月二十八日に捜索願いを出しております。ということは、実際の失踪日に届け出ては都合の悪い事情があったと考えられます。失踪を届け出たくとも届け出られない事情とは、何か？　それは失踪そのものが異常であったからではないでしょうか」

「失踪が異常だと？」

「はい。かりに失踪が作為したものであるなら、警察にすぐに乗り出して来られては、作為者にとってまことに都合が悪いとおもいますが」

「黒河内慎平の失踪に作為があるというのか」

「その気配が濃厚です。慎平が失踪して、最大にして唯一の利益享受者は息子の和正です。しかもその和正が、捜索願いを出しています。どうも父親の失踪には、なにかからくりがありそうですね」

「そしてそのからくりに入江が勘づいて密かに探っているというわけか」

「さようでございます」

「きみの推理どおり、心中と失踪に関連があり、どちらにもからくりがあったとすれば、入江と組んで、そいつを探るのも悪くないね」

　英文は、沢本忠彦の理事長進出の気配を聞いたときとは、別人のように明るい表情になった。

「なるほど、さようでございますね」

　曾根は、自分の推理から発展した新たな可能性に大きくうなずいた。

「入江は味方になるかもしれない。失踪のからくりが解ければ、心中の偽装も暴ける。

その逆もまた可能だ。だからこそ入江が近づいて来たんだ。きみ、私も入江に会ってみようとおもうがどうだろう」

「さようでございますね。まだ入江の肚がよくわかりませんが、私がもう少し探ってみることにいたしましょう」

「頼むよ。偽装心中か、なるほど、こいつが本当なら、淳子のやついっきに叩きつぶしてやれるんだが」

英文は、すっかり元気づいていた。

3

車に乗せられてから、急速に酔いが回ってきたようである。もうどの辺を走っているのか見当がつかない。

果たして、入江は尾行してくれているのだろうか？——という不安も、車の振動とともに全身に伝播拡大されると、酔いに麻酔されていく。

もうどうにでもなれという危険な放逸に心身を任せたくなる。

槌田の脂っぽい手が、しきりに腰のあたりをまさぐりにくる。もう彼は獲物を完全に網にからめ取った意識であろう。腰に回された男の手に、露骨な欲望と、獲物に臨むハンターの倨傲がある。

このままホテルの密室に連れ込まれてしまえば、抵抗できなくなる。

「ちょっと道がちがうようだわ」

左紀子は、まだ最後の許諾をあたえていないという意思表示をした。

「いや、渋滞が激しいので、ちがう道を取っているんだよ」

槌田が笑いを含んだ声で言った。

「先生、なにか変なものをお酒に入れなかった？」

「変なものなんか入れるはずがないじゃないか」

「おかしいわ。体がとっても重いのよ。まるで自分の体でないみたい」

「ワインが効いてきたんだよ。口当たりがいいので、つい飲みすごしやすいし、醸造酒は酔いが身体にたまるからね」

「もうどうにでもなれというような気持だわ」

左紀子は、大胆な挑発をした。店が看板になった後、槌田に食事に誘われ、六本木のレストランから車に乗せられた。背後から入江の車が尾いて来ているはずであった。

槌田から食事に誘われたとき、ちょうど入江が来合わせていた。槌田の誘いを、手洗いに立つ振りをしてすれちがいざま入江に耳打ちをし、今夜おもいきって槌田の誘いを受ける作戦が成った。

食事のコース後半から、槌田の態度が厚かましくなって、執拗に口説かれた。女に対して絶対の自信をもっているらしい。

それをのらりくらりと躱したが、家まで送るという申し出までは断わりきれなかった。

それに左紀子の聞きたいことにも、槌田はまだ答えていない。

左紀子がそれとなく探りを入れても、肝腎の点は、いつもぼかされてしまう。

「ねえ先生」

左紀子は、甘い鼻声を出した。入江に対してもめったに出したことのない気障な甘え声とおもうが、それが槌田には意外に効果があるようである。

「何だね」

「心中した波多野さんね」

「波多野がどうしたね」

「あの方の担当は、まゆみさんだったんでしょう」

「そうだったかなあ」

槌田は、あまり気のなさそうな声で答えると、彼女の腰にまわしていた手に、車の震動を利用して、衣服の裾からさらに露骨な侵入を企てさせた。それに対して、左紀子はあまりはっきりと拒否できない立場にいる。こちらも車の震動にかこつけて、身体をずらす程度の回避しかできない。迂遠で、あまり効果のない回避であった。

「確かそのように聞いたわ。それがどうして、お店に入ったばかりの女と心中したのかしら？」

「さあどうしてだろうねえ、そんなことどうでもいいじゃないか」

「私、すごく興味あるのよ。わずか一か月くらいのおつき合いで、男と女がいっしょに死ぬほどの間柄になったということに」

「そこが男と女だよ。一か月どころか一日で心中したっておかしくない。むしろ一目惚れほど激しいものだよ」

「それにしても、一か月というのは」

「きみは、どうしてそんなことに興味をもつんだね」

「私もそんな相手にめぐり会ってみたいわ。たった一か月のおつき合いで心中するほど激しく愛し合える人に」

「ここにぼくがいるじゃないか。ぼくらだっていくらでもそんな仲になれるよ」

　槌田の指先がさらに伸びた。

　左紀子は膝をかたく合わせた。

「先生はだめよ」

「どうしてだめなんだね」

　槌田の指が閉じ合わされた膝頭をこじ開けようとした。

「先生には奥様がいらっしゃるもの」

「女房がいたって恋愛をするのに関係はないよ」

「その言葉を奥様の前でおっしゃれて？」

「ああ言えるとも。女房なんて、同居している女類にすぎない。異性ですらなくなっている」

「まあひどいことをおっしゃるのね」

「それにひきかえ、きみは女性そのものだよ。ところでこの膝なんとかならないかね。まるで鎧でも着込んでいるようだよ。べつになにも悪いことはしないからさ。ただこれじゃあ中途半端で指先が落ち着かない」

槌田は、左紀子の膝頭にはさまれて、進みも退きもできない指をもてあましていた。

「体が自然にそうなっちゃうのよ」

「きみもプロのホステスだ。あまり恥をかかせるようなことはしないでくれたまえ、ね、ね、いいだろう」

「あら、いけないわ！　先生、こんな所で」

「こんな所もなにもないよ。きみが好きなんだ」

「おねがい！　運転手さんが見てるわ」

「運転手は気にすることはない。きみが好きなんだよ。ぼくの気持をわかってくれてもいいだろう」

酒臭い息が左紀子の耳たぶに絶えず吹きかけられている。槌田の口が、無防備になった左紀子の頬や唇を狙う。膝を押えた手を唇のガードに割いた隙に乗じて、槌田の指がいっきょに奥深く侵入した。

「ああ困るわ」

「何も困ることはないさ」

図々しかった槌田の行動に、荒々しさが加わった。いつの間にか、窓外の灯が疎らになっていた。

――入江さんは、何をしているのかしら？――

それとなく後方をうかがっても、尾けて来る車の気配はない。

「きみは、少しも酔っていないようだね」

槌田が、急に醒めた声をだした。車は、人家から離れた野面に出たようである。左紀子が危険を意識したときは遅かった。車は、ガクンと揺れて停まった。ここには遠方に人家の灯も見えない。窓外の闇が異常に濃いのは、森の中にでも乗り入れたらしい。

「あらここはどこなの」

左紀子は、不安に駆られて、周囲を見まわした。

「ここでいい。きみはちょっとはずしてくれ」槌田は満足げにうなずいて、運転手に命じた。運転手は心得顔に車から下りて闇の中へ消えて行った。

「いったいどうするつもりなの」

左紀子の酔いは完全に醒めた。

いまや、槌田がなんらかの意図をもって、この場所へ彼女を連れ込んだことは明らかであった。

「なんでもないよ。きみとこうやって二人でいるだけだよ。二人きりになるにはもってこいの場所じゃないか」

「いやだわ。早く家へ帰して」

「波多野精二と大槻真佐子の心中について知りたいんじゃないのかい」

槌田の声がガラリとくずれた。はっと身体をすくめた左紀子に追い打ちをかけるように、

「きみの狙いは何だ。何のために波多野の心中を探っているんだ」

「べつに。狙いなんてないわよ。ただ興味をもっているだけよ」

「だめだよ、とぼけても。きみの正体はわかっているんだ」

「私の正体!?」

「顔色が変ったようだね。きみが何者かわかっている。さあ言うんだ。言わなければ、きみの身体に聞いてやろう」

梢越し（こずえごし）に落ちて来る星明かりの中で、槌田の顔がニヤリと笑ったように見えた。

「人を呼ぶわよ」

「はは、いくら呼んでも、きみの声の届く範囲に人家はない」

「運転手がいるわ」

「きみも案外おめでたいねえ。運転手は人が来ないように見張りをしているよ。さあ言うんだ。言わないか」

　槌田の手が容赦なく迫った。女体の剝奪に馴れた手であった。左紀子は、自分が絶望的な状態に置かれたのを悟った。

「乱暴すれば、訴えるわ」

「さあどうかな。きみはクラブのホステスだ。客といっしょに食事して、この夜更けにドライヴに来たんだ。強姦は成立しないよ」

「おねがい、許して」

「あんたの目的を言うんだ」

　言葉で迫りながら、槌田の手は抵抗の排除を止めない。左紀子の絶望的な抵抗は、次々に抑圧されて、下半身はすでに落城寸前にまで、あえかなガードを取り除かれていた。左紀子の体に、槌田の体重がのしかかってきた。左紀子の口を割る目的が、男の欲望に点火して、もはや止めようのない加速度で蹂躙の車をまわしはじめていた。

「助けて！　入江さん、助けてえ」

恐怖が羞恥の抑制をはずした。それは夜気を切り裂いて、左紀子自身がびっくりするほど甲高く響いた。

「あっ、黙らないか」

槌田がうろたえて、左紀子の口を塞ごうとした。人家から遠く離れていても、こんな凄まじい声を出されては、だれに聞きつけられるかわからない。

左紀子の危機に臨んでのなりふり構わぬＳＯＳが、槌田の大学教授としての保身と理性を呼びさました。槌田の狼狽が、彼女に加えつつある抑圧と攻撃の力をゆるめさせた。

左紀子は、その機会を逃さなかった。彼女は、槌田の脇腹に肘打ちを食わせて相手がたじろいだ隙に素早くドアを開いて、闇の外に身を投げ出した。不思議なことに背後に追跡の気配はおきない。闇のかなたに光が揺れて、だれかが駆けつけて来る気配である。やっぱり入江が来てくれたのだ。左紀子はそちらに向かって力のかぎり走った。

「入江さん、たすけて」

走りながら叫んだ。逃げて来たばかりの闇の中にエンジンの咆哮（ほうこう）がおきて、ライトが点じた。槌田が人の来る気配に慌てて逃げだした模様である。

左紀子は反対方角から来た人の腕の中に、がっしりと支えられた。

「大丈夫ですか」

入江の声ではなかった。

「まあ刑事さん」

「あまり冒険をしてはいけませんな」

星明かりの下で久保田の柔和な目が笑っていた。

「刑事さんが、どうしてここに？」

「そんなことより怪我はありませんか」

「大丈夫です。でも」

危ないところだったと言おうとして、のど元で抑えた。いま瀕した危険こそ、かつて久保田が戒めた「その方面の危険」であったからである。

「まあ、とにかく無事でよかった」

久保田は、素早く観察した左紀子の様子から、被害の大したことはないのを悟ったらしく深く追及しなかった。左紀子には、入江と久保田がいつの間に入れ替っていたのか不思議でならない。彼女の不審顔を察したのか、久保田は、

「槌田と辰巳両教授の行動を、それとなく見張っていたのですよ。今夜あなたを、槌田が誘いだした後を、入江が尾行するのを見て、我々も尾けて来たのです。入江は途中で撒かれましたが、我々はとにかくここまで来ました。しかしモーテルにでも入り込まれると、令状がないと我々も入れませんでしたよ。お気持はわかりますが、ちょっと冒険が過ぎるようですな」

久保田は、左紀子が姉の心中の真相を見届けるために〝虎穴(こけつ)〟に飛び込んだとおもっている様子である。しかし「入江の尾行」をどのように受けとめているのだろうか。

その夜は、久保田に伴われてアパートに帰って来た。アパートの左紀子の部屋には、入江が待っていた。槌田に撒かれて、為すすべもなく、結局、鍵を一つもらっていた彼女の部屋で待つ以外になかった入江は、久保田にエスコートされて帰って来た左紀子を見出してホッと表情を緩めた。

いちおう無事な様子であるが、〝中身〟にどのような侵襲が加えられているかわからない。ホッとした入江の目が次の不安の色に塗られた。

「心配していたよ。途中で見失ってしまって、警察へ届けるわけにもいかず、ここにいたけど、居ても立ってもいられなかった。大丈夫だったかい」

槌田はべつに左紀子を誘拐したわけではない。店の客とホステスがドライヴに出かけたのを尾行して、撒かれたからといって、一一〇番できない。入江の焦燥には救いがなかったであろう。

「素人探偵のまねは感心しませんね。あなたはどんな意図で槌田教授の車を尾行したのですか」

久保田がたしなめるようにして聞いた。久保田はまだ、左紀子と入江の間に形成された共同戦線を知らないはずである。

「それは、そのう、槌田が左紀子さんに変なことを仕掛けないかと心配になって、密かに護衛していたんですよ」

「なるほど、しかし、左紀子さんはクラブのホステスをしている。客といっしょに出かけるのに、いちいちあなたが護衛する必要はないでしょうが」

口調は柔和だが、ポイントを突いてくる。

「実は、前々から槌田にしつこくからまれて困っていると聞いたものですから。たまたま今夜、彼女が槌田に無理矢理に引っ張り出された様子なので、自発的に尾いていったのです」

「よくこの部屋に入れましたね。まさか管理人からマスターキイを借りたわけではないでしょう」

久保田はさらに痛い所を突いてきた。管理人が身許の知れない人間に合い鍵を貸すはずがないし、左紀子が入江に部屋の鍵を渡したとすれば、それはそのまま二人のただならぬ関係を物語る。グッと詰まった入江に、久保田は、追い打ちをかけてきた。

「入江さん、いや二人とも、もうお芝居は止めなさい。我々があなた方の関係を知らないとでもおもっているのですか。どうやらあなた方は、手を結んで、槌田や辰巳の動きを探っていますね。左紀子さんが探るのはわかるが、入江さんまでがどうしてそう熱心にあの連中を嗅ぎまわるのですか」

久保田の追及は一直線になった。やっぱり久保田に知られていたのだ。久保田が二人の関係を知らなければ先刻、左紀子が槌田の手から逃れて来たとき、なぜ入江が尾行して来たのか、彼女に聞いたはずであった。その件に関して彼女に一言も質ねなかったのは、すでに二人の間の既成事実を知っていたからである。

左紀子は、久保田の顔をまともに見られなくなった。

「入江さんに答えられないなら、左紀子さん、あなたも知っているはずだ。あなた方二人は手を結んで警察の知らないところで何かを探っている。素人の探偵ごっこもけっこうだが、私はあなたのお父さんから、あなたの安全について頼まれている。責任があります。今夜のようなことがまたあるかもしれない。すべてを話していただかないと、私の責任を果しきれなくなります」

左紀子と入江は、久保田の前でうなだれた。

「さあ、黙っていてはわからない。あなたたちは、黒河内氏の失踪と、姉さんの心中事件を関連があるとにらんで密かに調べているのでしょう。我々も、この二つの事件が同じ夜に発生した状況を知って内偵しています。入江さん、あなたは黒河内氏の側近だった。あなたはなにか警察の知らない事実をつかんでいる。そうでしょう。あなたが二つの事件の間に関連があると見たきっかけは何ですか。それを話してください」

久保田は、話さないうちは帰さないぞという気迫で、入江に詰め寄った。入江と左紀子は顔を見合わせて、うなずいた。久保田にすべてを話そうと了解し合ったのである。

「なるほど、そういうことだったのですか」

久保田は、入江の話を一通り聞いて、深くうなずくと、

「確かに、黒河内慎平氏の消えた理由は、それ以外には考えられませんな。しかしなぜそれをもっと早く言ってくれなかったのです？」

「ですから、入江さんが遺産相続目当てとおもわれるのが嫌だったからです」

左紀子は口を添えた。

「まあその件は保留するとして、慎平氏が窓から墜落したときの模様を詳しく話してくれませんか」

久保田は、入江の面を凝視しながら言った。そんなとき、彼の細い柔和な目が底光りするようである。久保田は、前にも入江を「目をつけている男」と言ったことがある。彼がなぜ入江に着目したのかわからないが、久保田の心の基底には入江に対する疑惑があるようであった。

「いま申し上げたように、私は、会長が墜落する現場を見たわけではありません。私が部屋に入って行ったとき、社長が茫然として立ちすくんでおり、会長の姿が見えなかったので、どうしたのかと社長に質ねると、親子げんかの力が余って、会長が窓から落ち

たと言ったのです」

「あなたは、けんかの気配を聞きつけて、部屋へ入ったのですか」

「いいえ、会長が前から欲しがっていた植物の鉢植が届いていたので、お見せしようとおもって私がもってきたのです」

「どんな植物ですか」

「寒葵というウマノスズクサ科の多年草です」

「あまり聞いたことのない植物ですね」

「同じ属に賀茂葵という植物があります。京都賀茂祭の掛葵として知られており、徳川家の家紋となりました」

「ああ三葉葵なら、私も知っています」

「会長は、徳川家康をたいそう尊敬しておりまして、その武運と才能にあやかるようにと、カモアオイを家紋としています。家康を越えるという意味もこめて、四葉葵が黒河内家の紋章なのです」

「四葉葵ねえ」

「そのせいで葵類の植物が好きでして、屋上庭園に、さまざまな葵を集めていました。現在は、単にアオイという日本名の植物はなく、アオイ科のタチアオイ、フユアオイ、トロロアオイ、モミジアオイ、ゼニアオイなどを、俗にアオイと呼んでいるそうです。

万葉集と倭名類聚抄に出ているアオイはフユアオイで、中国から伝わったものだといいます。その後、枕草子の時代になって、ウマノスズクサ科のカモアオイを一般にアオイと呼び、フユアオイはカラ（唐）アオイと呼ぶようになったそうです」

「なかなか詳しいのですな」

久保田は、入江の〝葵学〟の造詣にいささか驚いた様子である。

「いや会長の受け売りです。そんなわけで同属のカンアオイも欲しがっていたのですが、なかなか手に入らなかったのが、あの日届いたのです」

「そんな夜遅くにですか」

「いえ、届けられたのは、午後五時ごろでしたが、ちょうど会長のリハビリの温水浴中でして、その後に社長がおみえになったために、ついお見せするのを忘れてしまったのです」

「なるほど、すると会長は、せっかく届けられたカンアオイとやらを結局見ずじまいだったわけですね」

「そういうことになります。私がカンアオイをお持ちしたときは、すでに突き落とされていたのですから」

「まだ突き落とされたと決まったわけじゃないから、断定しないほうがよろしいでしょう」

久保田がたしなめた。

「しかし、そのときの社長の態度といい、その後、私を異例の抜擢をして、口止めをはかったことなどから推測して、社長が会長を窓から突き落とした状況は、ほぼ確定的だとおもいます」

「突き落としたのか、手の力が余って落ちたのか、あるいは、自らの勢いが余って飛び出したのか、その辺の見分けは難しいところです。あなたが疑いをもちながらも、とにかく黙秘していたのは、その証明ができなかったからでしょう」

「ええ、まあそれは……」

入江はバツが悪そうに口を噤みかけてから、

「ところで、今夜の槌田の狼藉は、なんとかならないでしょうか」と話題を強引に変えようとした。もっとも入江はその方に最も関心をもっているようである。

「狼藉？　左紀子さん、あなたは槌田からそんな乱暴狼藉をうけましたか」

久保田は、左紀子の被害はべつにないという言葉をいちおう信じた様子だが、入江は疑っているらしい。

「いいえ、乱暴しそうな気配になったので、車から逃げ出して来たのです」

左紀子の衣服に特に乱れた痕跡はない。

「食事をして車にいっしょに乗るまでは、合意だったのですね」

「はい」

「どこか身体に傷をうけたような個所は？」

「べつにありません」

「それじゃあ、ちょっと槌田に手をつけられないな」

久保田は首を振った。

「刑事さんが駆けつけてくれなければ、乱暴されるところだった。未遂で罰せられませんか」

「婦女暴行の未遂は、親告罪ですから、本人が告訴しないと成立しません」

「サキちゃん、きみは本当に無傷だったのか」

入江は、ここに久保田がいなければ、彼女を剝いで〝身体検査〟をしたい様子である。

「疑っていらっしゃるの？　本当になんでもなかったのよ」

左紀子は目顔で、お望みどおり後で身体検査をさせてやると、入江に語っていた。

「とにかくこれからは、もっと自重してください。勝手な動きをされると、あなた方が危険に見舞われるだけでなく、捜査の障害にもなるのです」

久保田は、釘を刺して帰って行った。

4

久保田のもち帰った〝入江情報〟は捜査陣に衝撃をあたえた。なるほど、入江説によれば、二つの事件は完全につながる。黒河内慎平の不可解な蒸発の状況も合理的に説明される。

しかし、入江説の弱点は、すべて臆測に基づいた仮説の上に成っているということである。仮説を証明すべき確証はなに一つない。

「黒河内和正を呼んで、なぜ五月二十三日の未明に一一九番したかぐらいは聞けるだろう」

「勘ちがいしてはいけない。救急車を呼んだのは、入江稔なんだ」

「だったら、入江の証言がものを言うだろう」

「和正は、入江が夢でも見たんだと言うよ。現に救急車はそう言って帰っちまったんだからね。入江もその場であくまで頑張らなかっただけに、いまとなっては、説得力がない」

「心中の方から攻められないかな」

「どうやって？　偽装心中のパートナーの死体を運んできたトラックを探して、ひょっとして黒河内慎平の死体がまぎれ込んでいなかったかとでも聞くのかね」

捜査員の興奮は、すぐに鎮静されてしまった。しかし一方では、波多野精二が最後の晩餐をした場所が収束されていた。

エル・ドラドの真のオーナー、シルクロード物産社長木暮正則こと、李世鳳は平河町(ひらかわちょう)のロイヤルホテルに『鳳城苑(ほうじょうえん)』という高級中国料理店を出店していた。高級中国料理店ということで独立店舗ばかりを洗っていたが、ホテルのテナントとは盲点であった。

ロイヤルホテルならば、エル・ドラドからも近い。

聞き込みに出向いたのは、久保田である。若い同僚の田端(たばた)刑事が同行した。彼らがホテルの構内に入ったとき、駐車場から、真新しいマイクロバスが出て来た。その車体の横腹に「鳳城苑」と麗々しく書かれてあった。

警察と聞いて店長が緊張したおももちで出て来た。店はちょうど昼食と夕食の間の「準備中」で、客は入っていない。

「五月二十二日の晩ですが、関央大学の資金室長の波多野精二氏が食事をしませんでしたか」

久保田は店長に単刀直入に聞いた。

「五月二十二日ですか、だいぶ前のことですね」K国人らしい店長は、頬骨の張った扁平(へんぺい)な顔を傾けた。

「この男ですがね」

久保田は、店長の前に波多野の写真を差し出した。反応は直ちにあった。

「ああ、この方ならお顔をおぼえております。時々お見えになりました」

「五月二十二日の夜はどうでした」

「さあ、そう聞かれても、いちいちいつお見えになったかまでは、とても……」

店長は当惑の色を浮かべた。

「予約の控えのようなものはありませんか」

「ご予約をされる方と、されない方がいらっしゃいますから」

「とにかく五月二十二日夜の予約の記録を調べてくれませんか。波多野精二か、あるいは関央大学関係の予約ならどんなものでもいい」

「少々お待ちください。係の者を呼んでまいりましょう」

店長は、自分の手に負えないと判断したらしい。いったん奥へ引き取って、黒服を着たウェイターの責任者のような男を連れて来た。手に一冊の帳簿をかかえている。

「この者がキャプテンです。予約の責任者でもありますので、お質ねください」

店長が紹介すると、

「ええ、五月二十二日でございますね、ご夕食ですか、それともご昼食で？」

キャプテンは、如才ない手つきで予約帳簿の頁（ページ）を繰りながら聞いた。

「たぶん夕食だとおもいますが、念のために昼食のほうも見てください」

久保田は、波多野の字をメモに書きしめした。

「波多野さんと関央大学関係、ございませんですねえ」

「二十二日の前後も見てくれませんか」

予約の記帳ちがいということもある。

「やっぱりございませんね」

「五月二十二日に関係なく、関央大学関係者から予約が入ったことはありませんか」

しだいに強まる失望の傾斜に耐えて久保田は聞いた。

「関央大学さんからの予約を承った記憶はございません」

「しかし店長は、この人におぼえがあると言っているが」

久保田は、波多野の写真を差し出した。

「ああ、このお客様でしたら、時々いらっしゃいました。でも予約はございませんでした」

「一人で来たのですか、それともだれかといっしょに」

「たいてい女性の方とお二人でした」

「どんな女性ですか」

「とおっしゃられても。そうですねえ、割に派手づくりの人が多かったようです」

「すると同伴の女性は一人だけではなかったのですね」

「じろじろ観察したわけではないので、よくおぼえていませんが、三、四人はいらしたようですね」

「その中に、この女はいましたか」

久保田は、大槻真佐子の写真を出した。

「さあ、おられたような気もしますが、よくおぼえていません」

「おもいだしてください。波多野氏は、実はこの女性と心中したのです」

「心中!?」

キャプテンがびっくりした表情をした。そこに演技はなさそうである。彼は、本当に知らなかったらしい。波多野と真佐子の心中は報道されたが、それを見聞きしなかった可能性も十分にある。

「波多野氏は、心中する前にお宅で中国料理を食べた形跡があります。彼の胃の腑には、燕の巣、くらげ、鮑、なまこ、鴨、ふかひれ、胡桃などが証明されました。これらの料理は、お宅にありますか」

「みな、当店で扱っている品でございますね」

「実は波多野氏の心中には、偽装のにおいが強いのです。つまり心中に見せかけて、殺された疑いがある。彼は死ぬ前にお宅の中国料理を食べた形跡がある。それもかなり豪勢に食べています。我々は波多野氏と最後の晩餐を共にした人間を知りたいのです」

　久保田は店長とキャプテンの表情を凝視しながら言った。

「殺された、まさか」

　キャプテンが大きくのど仏を動かした。店長は無表情のままである。

「その疑いは濃厚です。ですから、あなた方のご協力をぜひいただきたい。中国料理のフルコースを一人で食べる者は少ないでしょう」

「その女性といっしょに食べたのではないのですか」

　店長が口をはさんだ。

「女性の胃袋は空っぽでしたよ。我々はこの女性以外のだれかが、最後の晩餐の相伴をしたとにらんでいます」

「五月二十二日の夜ですね」

　キャプテンが真剣に記憶を探る表情になった。

「どうです、なにかおもいだしたことはありませんか」

　久保田は、店長よりキャプテンのほうが信頼できることを見抜いていた。

「五月二十二日夜といいますと、日曜になりますね。日曜日の夜は、お客様が比較的少ないのですが、どうも記憶にないなあ」

「他の予約から関連しておもい出せませんか」

「それが日曜なので、団体様の予約も入っていません。ホテルにお泊りのお客様から、数件バラの予約が入っているだけです」

「その客の名前を教えてくれませんか」

「ルームナンバーとお名前しかわかりませんが」

「それでけっこうです。当夜の利用客のすべてをわかるかぎり教えてください。それから五月二十二日の夜、勤務していた従業員に会わせていただけませんか」

店長は、露骨に迷惑がっているのがわかったが、そんなことを斟酌（しんしゃく）していられなかった。

キャプテンの記憶になくとも、五月二十二日夜居合わせた客や従業員に波多野の印象が残っているかもしれない。客は、宿泊記録を当たれば住所がわかる。久保田は、当夜、鳳城苑を利用したすべての客を追ってみるつもりであった。

しかし、従業員の記憶に波多野精二はまったく残っていなかった。さらに、予約や、会計の伝票から手繰ったホテル宿泊客の鳳城苑利用者も追跡していちいち問い合わせをした。

それらの客から反応は得られなかったが、一件だけ、久保田の記憶にある名が浮かび上がってきた。

「崎山四郎が、五月二十二日鳳城苑で食事をしている！」

久保田は、その名前を凝視した。宿泊客はいちいち利用の都度支払いをせず、部屋のキイなどで、ホテルに泊っていることを証明して出発のときまとめて精算することが多い。五月二十二日夕食の伝票に崎山四郎の名前が載っていたのである。

「何者ですか、その崎山という男は？」

田端は、久保田の大袈裟な反応をびっくりしたように見た。

「ああ、この男が大槻敏明の身辺をうろうろしていたことがわかったんだよ。心中した大槻真佐子の亭主だ。大槻が蒸発前につき合っていた男が崎山四郎という正体不明の人間なんだよ。大槻だけでなく、蒸発した出稼ぎ労働者が、みんなこの崎山と関わりをもっていたことがわかった。北K国の工作員の疑いもあるので、外事のほうで探っているという」

「へえ、そんな人間が、大槻真佐子の亭主のまわりをうろうろしていたんですか」

「きみには、まだ詳しく話していなかったが、大槻真佐子は、私の知り合いの娘でね、蒸発した亭主の行方を上京して内々に探していたんだ。そうしたら、この崎山四郎が浮かび上がってきた」

「その崎山がなぜ、心中と同じ夜に鳳城苑にいたんでしょうね」

「わからない。鳳城苑のオーナーの李世鳳は、北K国情報機関の日本総元締という噂もあるくらいだから、その工作員らしい崎山がいてもおかしくはないがね」

「同じ夜というのが、引っかかりますね」

「そうだ。ともかく崎山のホテルの予約はどうなっているか聞いてみよう」

捜査が、おもわぬ方向に派生しかけた。しかしこの枝が、どんな幹につながるかわからない。

ホテルに聞くと、崎山四郎は、五月二十一日と二日の二泊していた。連れはなく、九千円のシングルに泊っている。

「予約はどこから入っていますか」

「予約はございません。当日の飛び込み（ウオーク・イン）でございます」

「予約なしでも泊めるのですか」

「お部屋が空いていれば、ご提供します。おや、このお客様は、あとから会社払いになっているな」

応対した係は、言葉の後半を独り言のように言った。

「何ですか、その会社払いというのは」

久保田は耳敏（みみざと）く聞きとめた。

「お客様がその場でご精算なさらず、第三者、主として会社が、後でお支払いしてくれるのです」

「サラリーマンが出張するときなどだな」

「ご招待の場合も多うございます」

「それで、崎山氏の勘定は、だれが払っているのですか」

「東西資料通信社でございます」

「その東西資料とかいう会社は、どこにあるのですか」

「中央区銀座六丁目十一の××番地になっております。こちら様からは時々ご予約をいただきますので、崎山様から会社払いにしたい旨のお申し越しがありまして、先様に問い合わせたところ、お支払いを引き受けるとおっしゃったので、会社払いに直したものですね」

「東西資料通信社とは、時々取引きがあるのですね」

「はい、一か月に一、二度の割で、ご利用いただいております」

「崎山四郎は、前にも泊ったことがありますか」

「少々お待ちください。ファイルを調べてみましょう」

宿泊記録のファイルを当たって、崎山がこの一年ほどの間に五回、宿泊していた事実が判明した。いずれも東西資料通信社が支払いを引き受けている。

久保田は、念のために崎山の宿泊カード(レジスター)を見せてもらった。勤め先は東西資料通信社となっており、住所も会社の所在地が記入されている。

「このカードのコピイをもらえませんか」

久保田はホテルにリクエストした。

東西資料通信社は、銀座六丁目の貸ビルの中にあった。会社名鑑には載っていない。このあたりは、貸ビルが軒を接している。いずれも五、六階建の小型ビルディングで、入居者の大多数はバーである。それらの間に、胡散臭い芸能プロダクション、業界新聞、雀荘(ジャンそう)、法律事務所、興信所、歯科医などがひしめいている。

東西資料通信社の社員は、電話番らしい女の子が、三、四人いるだけである。

久保田は、まだ直接当たるのを避けた。近所を当たってみると、切り抜き(スクラップ)のエージェントらしいことがわかった。契約者の関連記事を、あらゆるマスメディアから切り集める会社である。いかにも情報氾濫時代に対応して生まれたような新商売であった。

ロイヤルホテルが会社払いの信用口座(クレディット)をあたえるくらいであるから、けっこう繁盛しているのだろう。だが、久保田は、自分の聞き込み結果に満足せず、外事課に問い合わせた。彼はそこから東西資料通信社に関する情報を得たのである。

「ああ、東西資料通信社ですか。あれはねえ、あまり大きな声では言えませんが、自衛隊の秘密情報部のダミーですよ。隠れ蓑(かくみの)ですな。あそこの社長は、元陸上自衛隊の二佐で、西尾広嗣(にしおこうじ)という人物ですが、この西尾氏、ただの二佐じゃない」

「といいますと?」

「陸上自衛隊の最高司令部である陸上幕僚監部に直属する外班で、通常、陸幕外班と呼ばれる部隊の幹部だったのです」

「何ですか、その陸幕外班というのは？」

　久保田の聞きなれない言葉であった。

「自衛隊の秘密軍事諜報工作機関つまりスパイ部隊ですな。まあ自衛隊が公然とスパイ活動はできないので、外班ということにして、カモフラージュしておりますが、やっていることはまぎれもなく旧陸軍中野学校の延長ですよ」

「すると、東西資料通信社が、その外班の……」

「そうです。西尾二佐は、自衛隊を退職した形になっておりますが、実は、ちゃんと気脈も人脈もつながっていましてね。東西資料通信社の社員は、全員、元陸幕外班員で固められているのです。実はね、このことも最近、共産党あたりに嗅ぎつけられましてね、秘密事項ではなくなっているのですよ。共産党が素破抜くまでは、実は我々もつい先ごろまでよく知らなかったのです。いやお恥ずかしいことです」

　外事課の刑事が教えてくれた情報は、久保田を混乱させた。

　なぜ、崎山四郎が自衛隊の秘密諜報機関に出入りしているのか。崎山自身が諜報機関員なのだろうか。崎山は北K国の工作員という噂があったが、その崎山がどうして自衛隊の諜報機関と関わりを持っているのか。あるいは、自衛隊が彼の身分を糊塗するために流した謀略宣伝であろうか？

そして、彼が、波多野精二が最後の晩餐をしたとおもわれる同じ夜と場所に姿を現わしたのはなぜか？——考えれば、考えるほどわからなくなった。

だが久保田は、直感的に一つだけ確信していることがあった。崎山は、心中事件になんらかのつながりをもっている。彼が当夜、鳳城苑にいたのは、決して偶然ではない。

「久保田さん、どうも私は引っかかるんですがね」

崎山の身許調べに熱くなっていた久保田に田端がふと話しかけた。自分の胸の中で長い間温めていたことが、ついに孵化しかけて、しまっておけなくなったといった体である。

「何だね」

「波多野と真佐子は、偽装心中の疑いが強いそうですね」

「いまさら何を言ってるんだね」

久保田はあきれた目を若い同僚に向けた。その疑惑が濃縮されているから、探っているのではないか。熱心な若手刑事だが、時折なにを考えているのかわからない年代のずれをおぼえることがある。

「たしかにいまさらなんですが、もし偽装するのなら、どうして偽装と疑われるようなカップルにしたんでしょう」

「何だって？」

久保田は目の前を強い光が通過したように感じた。

「つまり、波多野と真佐子は、まだ心中するほど深い仲になっていなかった。それが証拠にきれいなまま死んでいた」

「きれいなまま死んでいたからといって、深い仲ではなかったといいきれないだろう」

「本当の心中なら、そうでしょう。でも偽装なら、二人に死ぬ前に情交させたいところではなかったでしょうか。少なくともだれが見ても、その二人なら心中するくらいの仲になっていたかもしれないと疑わない程度の組み合わせにしたかったんじゃないでしょうか」

「いったい何を言いたいんだね」

「我々は偽装心中の目的を、波多野一人の排除にあるという固定観念をいつの間にかもっていたようです。しかしもし波多野一人を消すのが目的なら、偽装がバレないように、波多野ともっと親しかった女をパートナーに選んだとおもうのです。彼にはまゆみという格好の女がいる。真佐子が来る前は、もっぱらまゆみを指名していたそうです」

「槌田もまゆみの固定客だったから、二人で争って、波多野が敗れたのかもしれない」

「それにしても偽装にはまゆみのほうがいいはずです」

「槌田がまゆみを離したくなかったんじゃないのかい」

「それならみどりがいます。いやまゆみやみどりを使わなくとも、真佐子よりもつき合いが長くて、親しかったホステスが何人もいます。それにもかかわらず、真佐子を選んだのは、真佐子を殺すのが目的だったのではないでしょうか」

「まさか」

久保田はうめいた。それはこれまでおもいもかけなかった発想である。これまで犯人の本命の狙いは、波多野にあり、真佐子は偽装のための小道具であるとおもっていた。だが田端説は、その仮説を逆転してしまった。

「そうではないまでも、真佐子にも死んでもらわなければならなかったとしたら、どうでしょう。つまり、犯人にとって、波多野だけでなく、真佐子にも生きていられては都合の悪い事情があったと」

「うーむ」

久保田はうなった。田端説に圧倒されて適切な言葉が浮かんでこないのだ。

「犯人が、真佐子をパートナーに仕立てた説明がもう一つ考えられます。つまりまちがえた場合です」

「まちがえた？」

「犯人は、他の女をパートナーにするつもりだったのが、まちがえて真佐子を殺してしまった場合です。殺してしまってから気がついたが、もう遅い。真佐子では偽装を見破られるおそれがあるが、いまさら取り替えられない。止むを得ず、真佐子を強引にパートナーとした」

「なるほど、しかしだれとまちがえたと言うんだい」

「わかりません。まゆみやみどりともあまり似ていません。しかし背格好は同じくらいなので暗い所で見れば、まちがえたかもしれません」

「真佐子は睡眠薬を服んでガスを吸っているんだよ。そんな人まちがいをするような暗闇の中で、クスリを服ませられるものかね」

「するとやっぱり、真佐子は最初から狙われたのかもしれません」

「真佐子に生きていられては都合の悪い事情とは、どんな事情だろうか」

「それもいまのところわかりません。ただ波多野と偽装にしろ心中したのですから、波多野が死ななければならなかった理由と共通するかもしれませんね」

「関央大学関係の線か」

「たぶん……」

　二人はじっと目の奥を見合った。

「動機が共通していれば、偽装を疑わせた理由にも矛盾はなくなるね」

　久保田がうなずいた。心中するための二人の歴史の不足、最後の晩餐のアンバランス、清潔な死体、これら心中の矛盾事項は、二人の共通の被害動機によって統一されてしまう。

「田端君、それは、非常におもしろい着眼だとおもうよ。早速、署長に報告したまえ」

「久保田さんもそうおもいますか」

田端は、ベテランの久保田に保証されて、自信をもった。

5

「あ、刑事さんですか、私、村越です」

「むらこし?」

「と言ってもおわかりにならないでしょうね。ロイヤルホテル鳳城苑のキャプテンでございます」

「ああ、あのときのキャプテン」

突然名指しで入ってきた外線電話の相手に久保田は、ようやく対応することができた。

「実は先日お質ねになられました件についてあとでちょっとおもいだしたことがございましてお電話いたしました」

「おもいだした! それは有難い。どんなことでもけっこうです。うけたまわりましょう」

久保田は、相手の口調から予感のようなものをおぼえた。これはきっと素晴らしい情報提供（タレコミ）になるにちがいない。――それは職業的なカンであった。

「実はですね、先日、私どもの店をご利用いただいたお客様をすべて申し上げたとおもっていたのですが、一件忘れていた先があったのをおもいだしました」

「忘れていた先、だれですか」

「店に来られたお客ではなく、出前をしたものですから、すっかり忘れていました」

「出前？　お宅のような高級店でも出前なんかするのですか」

出前とは、もっと大衆的な中国料理店が、ラーメンとかレバニラいためなどの庶民的な食べ物を配達してくれることとおもっていた久保田は驚いた声をだした。

「いたします。もっとも私どもでは、出張料理と呼んでおりますが」

「出張料理？」

「私どもの料理や人員を、お客様のご希望の場所に出張派遣して、そこで召上がっていただく形式です」

久保田の考えていた出前とは、だいぶスケールのちがうものであった。

「その出張料理が五月二十二日の夜にあったというのですね」

「さようでございます。私どもで北京コースと呼んでいる最高級の料理でした。その中には刑事さんがおっしゃったすべての品が入っております」

「それで、どこへ出前、いや出張したのですか」

抑えたつもりの声が、無意識のうちに高くなっている。

「それが手前どもの社長の屋敷なのでございます」

「というと、李世鳳、つまり木暮正則氏の家に？」

「さようでございます。私も社長のお宅だったものですから、ついお客様という意識がございませんでした」

「あなたが出張なさったのですか」

「いえ、店長が直接いたしました。社長のお宅には時々出張料理をいたしますが、もっぱら店長と料理長（チーフ）が直接担当しております」

「店長は、そのことを知っていて……」

「店長にも、相手が社長だったので、お客という意識がなかったのだとおもいます」

「ところで何人前ぐらいを配達したのですか」

「五人前くらいだったとおもいます。食べ物によってすぐ食べられるように、完全調理したものと、先方でチーフが料理する材料に分けて運んでまいりました」

「社長の家は、どこにあるのですか」

「自由が丘です」

「自由が丘！」

「三丁目です。児玉誉士夫の家の近くです」

「社長の家にどんな客があったかわかりませんか」

「それはわかりかねます。私はまいりませんでしたし、店長やチーフも話しませんから。私もこんなことを刑事さんに話したことが知れたら、馘にされるかもしれません。偽装心中の疑いがあると聞いたもので、こうしてご協力しているのです」

「あなたには決してご迷惑はかけません。ご協力を感謝します。ところで店長の名前を教えていただけませんか」

「日本名は、林武夫といいます。K国人で、あちらの名前は、林東石といいます。東の石と書きます」

「家族などは、こちらにいるのですか」

「わかりません。私生活に関しては、まったく話さないものですから。社長といっしょにK国から来たようですね」

「どうもいろいろと有難う。これからもお質ねすることが生じるかもしれませんが、ご協力ください」

　久保田は村越に礼を述べて電話を切った。

「なにかタレコミのようですね」

　気配をうかがっていた田端が、早速寄ってきた。

「やっぱり、波多野の最後の晩餐は、鳳城苑だよ」

「鳳城苑が隠していたんですか」

久保田は、村越の情報の内容を説明して、

「店長の林東石は、同じ穴の貉だね。だから、知っていて知らん顔をしていた。そうでなければ、とぼける必要なんか、まったくなかったはずだ」

「村越同様、社長宛の出前だったので、気がつかなかったんじゃないでしょうか」

「林自身が出前しているんだ。彼は、晩餐の客の顔を見ているにちがいない。だったら、波多野の写真に反応を見せたはずだ。林は、上手くとぼけていたよ」

「そうですね。林がとぼけたということは、波多野がどうなったか、知っていた証拠かもしれない」

「そうだよ。自分が出前した料理を食った客が、その夜心中したんだ。当然、なんらかの印象があってよいはずだ」

「波多野の食べた料理の品目が、たまたま同じ夜鳳城苑から李の家に出前した料理と同じだったということはないでしょうか」

「まずないとおもうね。中国料理は、世界でも最もバラエティに富んでいる。その中で、全部の品目が一致するなんて偶然が、あるものではない」

「李世鳳の家で波多野が最後の食事を摂ったとなると、どういうことになるのでしょうか」

「李世凰は、エル・ドラドの真のオーナーだ。つまり李は、井川貞代をパイプにして関央大学の淳子派と通じているとみてよいだろう。北K国の工作機関として日本の有力私大とつながっていることは、情報蒐集や日本文化の吸収およびそのリモートコントロールなど、あらゆる意味で意義があるとおもう。村越は、五人分ほどの料理を出前したと言った。当夜李世凰の家に集まったと考えられる人間は、まず波多野、李、槌田と辰巳、それに淳子。どうだ、数は合うだろう。それに李の家はどこにあるとおもう。自由が丘だよ。区は目黒区になるが、波多野のマンションのある田園調布まで、目と鼻の先の距離だ」

「自由が丘だったのですか」

「それも世田谷との境に近い三丁目だよ」

「出前は五人といいましたね」

「五人分くらいということだよ」

「五人めは淳子ではなく、大槻真佐子だったのではないでしょうか。真佐子といっしょに食事をしようという口実で波多野を引っ張り出す。真佐子に気の有った波多野は、のこのこと罠の中に入って来た。真佐子は食事をする前に、早々に眠らされていた」

「なるほど、真佐子がそこにいれば、運ぶ手間が半分になるね。しかし、その場にいてまったく一口も料理を食べなかったというのは、無理だろう。ただ、波多野をおびき出す口実ぐらいに使ったかもしれないね」

「李世鳳の身辺を少し洗ってみましょうか」

「ある程度の資料は、外事にあるよ」

ここに事件に新たな登場人物が加わった。

6

大学資金室長とホステスの偽装心中の疑惑が濃縮されるにつれて、大学内部の紛争と輻輳した人間関係が浮かび上がってきた。疑惑の結晶として残された者は、野路淳子、槌田国広、辰巳秀輔の三名である。この三名の動機が検討された。

波多野精二は、淳子の懐刀といわれるほどにその知遇を得ながら、総長の英文派に寝返ろうとしていた状況がある。それを怒った淳子が、槌田と辰巳を使嗾(しそう)して、波多野に懲罰を加えたと考えられる。

この場合、真佐子の存在は田端説によるネックがあるが、彼女は偽装の小道具としておく。

次に、槌田と辰巳の単独の動機を考えてみる。槌田は、まゆみを波多野と争っていたかもしれない。そこでライバルを排除するために、心中を偽装して、波多野を葬った?

しかし、大学教授で、関央のボス的存在である槌田が、ホステスを争ってそんな危険で割に合わない犯罪を実行するだろうか。この仮説の最大の弱点は、波多野の関心が、心中の前に、真佐子に移っていたことである。

恋のライバル排除説は、可能性の一つとして数えておく程度でよいだろう。

第三に、彼らが淳子を争ったと仮定したらどうだろう。波多野、槌田、辰巳の三人が淳子と通じているという噂はある。しかしこの噂の真偽は定かではない。

また、この場合、通常の女をめぐるさや当てとは考えられない。男が女を争うのは、女に男の選択権がないか、女の立場がきわめて弱く、いずれのライバルに対しても、まったく無色か、ほぼ同じ傾斜をしているケースが多い。

しかし、野路淳子は、三人の男（ライバル同士？）に対して、絶対的優位にある。三人の男たちの生殺与奪(せいさつよだつ)の権を握っているといってもよいぐらいである。

各ライバルが争い合って、一人残ったとしても淳子がノーと言えば、それまでである。そんな意味のない争いのために、危険な橋は渡らない。

やはり、第一説の寝返り懲罰説が可能性が強いようである。この場合、まず波多野を資金室長のポストから引きずり下ろそうとしたことが考えられる。ところが関央の中枢部に食い込んでいた波多野はそうは簡単に下ろされない。白神左紀子から得た情報によると、槌田と辰巳は結託して不正入学の舵(かじ)を操っているらしい。まだ確証はつかめていないが、その後の内偵でたしかにエル・ドラドに出入りする人間の身辺に、この数年関央大学に入学した者は多いのである。この弱みを握っていた波多野が、逆に槌田らを脅迫したとしたら、どうだろう。

下ろせるものなら、下ろしてみろ。すべてを総長にバラしてやるぞと波多野に開きなおられて、槌田らは震え上がってしまった。そんなことを明るみに出されたら、淳子の優勢もいっきょに覆ってしまう。動機としては最も強い。

「この場合、李世鳳の役目はどういうことになるんだろう?」

「李にとっても、関央大学は日本の工作活動の拠点だから協力したんじゃないかな」

「波多野が李の家で最後の飯を食ったとなると、李は無色ではあり得ない。無色なら、そのことを隠す必要はない」

「李を呼んで調べられないだろうか。波多野と最後の晩餐を共にした五人の顔ぶれがわかれば、心中の真相にいっきょに迫れるとおもうが」

「そいつはまだ早すぎるとおもうよ。波多野がたしかに李の家で最後の飯を食ったとは断定されていないんだからな。李にそんな事実はないと突っぱねられれば、それまでだ。出前をしたという店長もコックも同腹(どうふく)にきまってる」

「すると、どこから攻める?」

「不正入学の線から追っていったらどうだろう。もしその事実があるとすれば、彼らの最も急所のはずだ。ここを押せば……」

久保田が提案した、不正入学はまだ確証がつかめないので、捜査の大勢を動かすに至っていない。

「エル・ドラドのホステスの噂にすぎないんだろう」

「かなりその状況は強いと見てよいだろう。槌田と辰巳はエル・ドラドでオールフリーだ。よほどのことがなければ、こんな特典はあたえられない」

「エル・ドラドに出入りする人間のまわりに、関央へ入った者が多いということだが、具体的には、どんな人間がいるんだね」

刑事たちの話を聞いていた署長が、久保田に目を向けた。

「現在判明している者だけで、十数名おります。まず井川貞代の娘が昨年関央の仏文科へ入っています。息子は経済学科の三年です。どちらもとても関央という頭ではありません。ここに最近入手したリストがありますが、エル・ドラドの固定客十六名の子弟が、この二、三年の間にすべて関央へ入っているのです。彼らの高校や予備校にも当たったところ、とても関央へ入れる学力ではありませんでした」

署長は、久保田から渡されたリストに目を落として、

「ほう、曰くつきの代議士や商社の息子も入っているな」

急に興味を惹かれた表情をした。

「まあ、彼らは、政治力や金がありますから、必ずしも槌田らのコネにすがって入ったとは決められませんが、エル・ドラドの常連でもあり、怪しい状況の一つではありますね」

「それできみは、どうおもうんだ」

署長は久保田に顎をしゃくった。

「私も真佐子の妹の白神左紀子を介してこの情報を入手した程度で、集中的にこの線を洗ったわけではありませんが、攻め口としては、たしかによいとおもいます」

「よし、当分、関央の不正入学を洗ってみることにしよう。エル・ドラドだけに限らず、槌田、辰巳の関係者、知己、どんなつながりでもいい、最近、関央へ入学した者を片っ端から洗い出してみよう。意外に大きなボロが出てくるかもしれない」

新たな捜査方針が決まった。

一方、外事課から、李世鳳に関する資料が寄せられた。木暮正則こと李世鳳（五二）は、Ｋ国国籍で、昭和三十二年より日本に住んでいる。昭和三十三年五月、井川貞代と結婚、同年八月に神田神保町にシルクロード物産を設立、四十四年に現在の所在地に会社を移す。四十八年三月、赤坂に竣工した第三黒ビルにエル・ドラドを開店、妻を経営者にする。夫婦関係を隠すためか、妻には旧姓を名乗らせている。

エル・ドラドの開店のころより、北Ｋ国の工作員として、当局からマークされるようになる。

井川貞代の父母は、戦前満州移民として入植し、彼女は満州で生まれた。戦後引き揚げ途上、貞代の両親はどういう理由からかK国（いまの北K国）に留まり、貞代だけが引き揚げてきた。貞代の両親は、いまも北K国に健在の様子である。この両親が北K国で〝土台部〟と呼ばれる人質にされて、貞代は〝土台人〟という、北K国工作員の日本人協力者に仕立て上げられたと考えられる。

北K国工作員は、本国の工作学校で十分な訓練と教育をうけた後、日本に密入国や不法入国をして来る。そして工作員がまず頼って行く所が土台人である。

北K国工作員の日本潜入方法は、おおむね、〝日本海ルート〟と呼ばれる深夜漁船で裏日本の海岸へ密かに上陸するものであるが、李は、正規のK国発行の旅券を携えて、堂々と入国している。外国人登録法、出入国管理令違反などもない。

李は、入国の翌年には井川貞代と結婚して、シルクロード物産を設立している。工作員と土台人の結婚は奨励されており、これによって土台人も、一人前の工作員となるわけである。

北K国工作員の主たる任務は、K国と日本に関するあらゆる情報の蒐集である。軍事情報が最優先されることは、もちろんだが、全国各地の地図、百科事典、時刻表、会社名鑑、会社四季報、紳士録、電話帳、航空、造船、自動車、電子工学、機械工学、医学、原子力科学、化学などありとあらゆる文献を買い集め、情報を蒐める。日本のポルノなども性風俗の解禁度を計る尺度として蒐集の対象となっているという。

エル・ドラドが北K国工作員の日本基地ではないかという疑いがもたれたのは、四十九年に秋田県の海岸にゴムボートに乗った北K国工作員の死体が漂着したとき、小型無線機、暗号解読手引書、米ドルなどの工作員の七つ道具とともに、エル・ドラドの地図と住所、および井川貞代の名前と写真を携えていたからである。貞代は、当局の取調べに対して、「まったくおぼえがない」と言い張った。

7

捜査の結果、最近、関央大学に入学したエル・ドラド関係の主なる者は十五名である。捜査の範囲をもっと拡げればさらに出てくる可能性が大きい。彼らはいずれもここ三年ほどの間に入学している。しかし出身高校では、成績は「中の下」クラスであり、とても関央は無理とされていた者ばかりである。

「入学者は、いずれも大会社の重役や、著名人の子弟ばかりです。そして親はエル・ドラドの常連です。入学者は、経済学部と文学部に限られています。これは槌田が経済学部、辰巳が文学部の教授という点と符節を合わせております」

久保田の報告を一通り聞いた署長は、

「だんだんこげ臭くなってきたね。しかし、教授は、他にも大勢いるだろう。いかに淳子の贔屓（ひいき）を得ているといっても、一人や二人の教授の意見で、デキの悪い子供をぞろぞろと入学させられるものなのかね」

「私立大学では、総長や学長あるいは各学部長が、何人か手持の枠をあたえられていて、その推薦があると、無条件か一般受験生より緩やかな条件で入学できると聞いておりますが、槌田と辰巳がこの枠をもっていたとしても限りがあるとおもいます。関央の口が堅いために、まだ詳しいことは探り出せないのですが、どこの私大でも正規の合格者の後に、補欠を若干名入れます。これは入試の成績はあまり芳しくないが、教授や大学に功労のある者の推薦があるか、保護者がしっかりしていて、大学の維持にメリットがあると認められるか、スポーツ等の優れた才能があって、大学の知名度に貢献すると認められる者などを教授が集まって審議の上、入学させるのですが、槌田も辰巳もこの審議会のメンバーで、淳子のヒキもあってかなりの発言力をもっているということです」

「なるほど、袖の下を使われた連中のドラ息子や馬鹿娘をこの審議会に持ち出して強引に押し込んでしまったというわけか」

「審議会から押し込んだ者も若干いると考えられますが、それにしても、入試で一定レベル以上の点数を稼げないと、審議の対象になりません」

「すると、箸にも棒にもかからない連中は、審議会にも持ち出せないのか」

「そういうことになります。しかし私が探ったこのリストメンバーは、いずれも箸にも棒にもかからない連中のようです。エル・ドラド内部では、両教授に頼めば、どんなデキの悪い者でも、一発で入れるという噂が、密かにささやかれております。その相場は、一千万から五千万とさまざまです。もちろんこの金は正規の入学金とはべつですから、裏口入学の場合の父兄の負担は、相当なものになります。頭の悪い娘に花嫁道具の一つとして、大学で英文学やフランス文学を何千万も払って学ばせる親も親ですが、彼らにしてみれば、その程度の出費はなんでもないのかもしれません。槌田と辰巳は、この〝箸棒（はしぼう）組〟をどうやって入学させたのか、考えられる脱け道が一つありました。関央大学の入試問題は、各学部の教授と助教授が作成することになっていますが、彼らはいずれも入試問題作成委員会のメンバーになっております」

「彼らが問題を受験者に漏らしたというのか」

署長がやっと筋書を読み取ったという表情をした。

「その疑いが多分にあります。入試問題の作成は、各教養課程の教授、助教授連が受けもつが、問題の草案は、全教授出席の入学試験問題決定会議において、各科目べつに審議されます。したがって、両教授とも、問題作成には直接携わらなくとも、全問題を知っているわけです」

「問題を金で密売するとは、教授の風上にもおけない連中だな」

「そうです。彼らはまず、多少デキのいい連中を手持の枠や補欠審議会をフルに活用して押し込み、箸棒組を、試験問題の密売ですくい取っているのでしょう。そのために、相場が分れたのだとおもいます。なおここにおもしろい聞き込みデータがあります。経済学部長の白木幸雄教授が、昨年九月から年末にかけてエル・ドラドに合計四回ほど行っておりますが、それはすべて、最初にリストアップされている、菱井商事常務深川義行の招待になっております。しかもそのとき席に付いたホステスの言葉によると白木教授と、同行して来た深川夫人が、チークダンスをして、ダークタイムというすべての照明を消したときにキスをしたというのです」

「教授と人妻がチークダンスをしてキスをしたのか、穏やかな話ではないね。その後、ドラ息子がその教授の大学に入っているとすれば、旦那公認の接待であり、キスであったかもしれないな」

「キスだけですんでいればよろしいのですが、子供を一流校に入れるためには、母親が身体を提供するまでになったのでしょうか」

「とんだ現代版常盤御前というところだが、それが事実ならばうそ寒い話だね」

署長は本当に寒そうに大柄の身体をすくめた。

「両教授が試験問題を漏洩した疑いはきわめて濃厚ですが、まだ確証はつかめません。とにかく大学は世間体と威厳を最優先する所なので、それを損なうおそれのあるものは、日ごろ対立している派閥があらかじめ言い合わせたように口を閉ざしてしまうのです」

「とにかく相手は、日本の文化の一翼をになっている名門大学だからね、慎重にやって欲しい。下手にガセネタで動いたら名誉毀損ぐらいではすまなくなる」

地獄の晩餐会

1

署長と久保田が話し合っているころ、都心のホテルで一個の事件が進行していた。

十月十日午後二時、千代田区平河町のロイヤルホテル宴会場「鴛鴦(えんおう)の間(ま)」で華麗な結婚披露宴がはじめられた。

新郎は、菱井商事専務取締役広瀬道夫(ひろせみちお)長男俊郎(としろう)、新婦は、関央大学教授槌田国広次女真美子(まみこ)である。出席者約三百名、一流商社役員と有名大学花形教授の子女の結婚とあって、財界、学界の大物の来賓が多い。

媒酌人は菱井商事社長桐生総一郎(きりゅうそういちろう)がつとめている。いましも桐生が両人の結婚式が神前において厳粛にとり行なわれたことを来賓に重々しく報告し、両人および両家の紹介に入ったところであった。

「――ただいまご紹介いたしましたように、新婦のご父君(ふくん)は、関央大学の中心教授として、その優れたるご学業とご研究は、学界において隠れもなく、国際的な注目を集めておられます。また学内にあっては、その広範多岐にわたる人的資源と誠実なお人柄をもって、同大学の維持発展を支える柱となっておられます。ご母堂は、厳格なご父君のかたわらにあって、ご慈愛に満ちあふれ、這えば立て、立てば歩めと海のように注がれた親心が、今日の新婦の美しい晴れ姿となって実られたわけでございます。まことに槌田家のご家風は、厳烈にして、円満、高い教養と知性に伴う優しさと暖かさ、ご家族相和す中に厳しく守られる長幼の序、このようなご両親とご家風の中にご薫育されたご新婦は、必ずやよき妻、やがてはよき母となって、素晴らしいご家庭を……」

「嘘ばっかり！」

媒酌人のスピーチが最高潮に達したとき、いきなり会場の一角からほとばしったかん高い声が、その名調子を阻んだ。だれも結婚披露宴のスピーチに、それも仲人の話に弥次を浴びせかける者があろうなどとは、おもっていない。仲人の話は、どんなに退屈でも出席者は興味をもつ。新郎新婦の経歴や両家の紹介に、覗きの興味に似たものをおぼえるからである。

耳を澄まして聞いていた来賓は、突然、このあり得べからざる弥次にギョッとなって息を呑み込んだ。桐生総一郎も、一瞬はっと口を噤んで、弥次の来た方角を見つめた。

重油を流したような重苦しい静寂の空白の中を、弥次は、得たりとばかり追い打ちの独走をした。

「そんなこと、みんな嘘っパチです。みなさん騙されてはだめよ。なにが、学業優れ、誠実なお人柄なものですか。聞いてあきれるわ。槌田はね、闇金を受け取って、不正入学させているのよ。試験問題を、そっと売っているのよ。それが最近は、裏口入学できなくても父兄が文句を言えないところに目を着けて、金だけ受け取って、知らん顔するようになったのよ」

弥次は、会場の入口に近い一角から来ている。いつの間に入り込んだのか、五十前後の髪を振り乱した女が、精一杯の声をあげてどなっていた。服装も乱れ、所々に泥がついているようであった。どうしてこの女がここまで入り込めたのかわからない。

ようやく一同は、女の弥次が、新婦の父親、槌田国広に向けられていることに気がついた。いや、弥次というには、あまりにも途方もない内容である。一同は唖然として口を開けたまま、だれも女を制止しようとしなかった。気をのまれて、行動を忘れてしまったらしい。

「私は二千万円出せば、子供を関央へ無条件で入れてくれるという槌田の言葉を信じて、住んでいた家を売りはらい、アパートへ移ったんです。それでも足りずに、高利貸から借りました。それなのに子供は落ちました。槌田はそんな約束はしていない。金も受け取っていない。仲介者に騙されたんだととぼけています。槌田は、私たち受験生家族を食い物にしている詐欺師です。大学教授なんて、とんだ化けの皮だわ」

「で、でたらめだ！」

茫然として女が話すのにまかせていた一同の中で、槌田が、最も先に我に返った。

「でたらめじゃないよ。私たちはあなたに二千万取られただけじゃない。家を失い、子供まで奪われたのよ。息子は自殺したわ。主人は、人間の抜け殻のようになったわ。みんなあんたのせいだよ。息子と二千万円を返せ！」

女は目を吊り上げて、しゃべりつづけた。逆上はしているが、その声音ははっきりしており、一同の耳に一語一語、刃物で刻むように突き刺さってくる。

「言いがかりもいいかげんにしろ、だれかその女をつまみ出してくれ、ホテルの人、早く！」

それにひきかえ、槌田教授は見苦しいほどにうろたえて、おろおろしていた。ようやくホテル従業員が、女を会場から引きずり出したときは、すでに女は言いたいことを言いつくした後であった。

座は完全に白けた。女の言葉を裏づけるものはなにもなかったが、女のおもいつめた迫真的な言葉と、槌田の周章狼狽ぶりのコントラストの強さが、なによりも雄弁な情況証拠となっていた。

媒酌人は、白く醒めた表情で、そこそこにスピーチを切り上げた。その後宴は、型どおりに進行していったが、いっこうに雰囲気が盛り上がらない。ケーキカットの後、主賓のスピーチがあいついだが、新郎と新婦の姓や経歴を取りちがえたり、祝辞のつもりがおくやみになったりで、さんざんのていたらくであった。

新婦は、ついにいたたまれなくなったらしく、色直しに立ったまま帰って来なかった。司会者が心配して支度部屋へ様子を見に行くと、廊下へ漏れるほどの声をあげて、泣いていた。せっかくの化粧もくずれて、初めからやり直さなければならなかった。

いたたまれなくなったのは、花嫁だけではない。なかなか帰って来ない花嫁に座はますます白けて、司会者が中座してから、来賓がポツポツと席を立ちかける。少数の動揺は、たちまち大勢に影響する。

見るに見かねて、新郎側の親戚が、「みな様どうぞお静かに。間もなく新婦も戻りますから」と制止したが、大勢の動揺を立て直せない。

「あなた、何とかおっしゃってください。みな様お帰りになってしまいます」

槌田の妻が、夫に声をかけた。突然のアクシデントに逆上していた槌田は、

「うるさい！　帰りたいやつには、勝手に帰らせろ」とどなったのが、とどめになった。

その一声で、帰ろうか帰るまいかためらっていた人々までが、いっせいに席を立った。

こうなると、雪崩現象である。来賓は先を争うようにして席を立った。折しも料理の皿を運んで来たウェイターの一団と客が鉢合わせした。皿がけたたましい音をたてて床に

落ちた。金と手間をかけたけっこうな料理が、床に散乱した。汁が婦人の晴着にはねて、盛大な悲鳴が湧いた。

騒然たる気配は、結婚の祝宴のものではなかった。

事件は、報道された。自殺をした受験生は、練馬区桜台四の十×桜風荘アパート友田太助（五一・会社員）の長男一彦（二〇）で、両親の留守の間にガス管を咥えたものである。

一彦は、二年前高校を卒業して、関央大学はじめ三つほどの私大を受験してきたが、すべて失敗、今年は目標を関央一本に絞って勉強していた。折から太助の妻君子は、近所の美容院で知り合った宮崎初枝というホステスから、「自分は関央の有力教授をよく知っていて、その口添えがあれば、関央の入学に際して有利な扱いがしてもらえる」と聞いて、彼女の紹介で、槌田教授と会った。その後、宮崎を介して二千万ほど都合がつけば、関央へ入れてもらえると聞いて、夫の太助と相談して、この先何年浪人するかわからないことを考えれば、二千万払っても、いま入学させたほうが得策だという結論に達した。そして、当時住んでいた中野区沼袋の家を売り払って金をつくり、宮崎初枝に渡した。

ところが、一彦は、関央大学経済学部経済学科と、文学部英文学科を受験したが、両科とも落ちた。

宮崎初枝は、そんなことはないとおもうがと前置きして、万一、受からなかったときは、金を返すと約束してくれた。ところが、一彦が入試に落ちてから、槌田と宮崎からは梨の礫であった。

しびれを切らした君子は、宮崎に会って難詰すると、金はたしかに槌田に渡した、試験に落ちたのは、自分の責任ではない。なにか不都合な事情が発生したのではないか、文句があるなら槌田教授に会って直接確かめたらいいだろうと開き直った。

槌田教授に面会を申し込んだが、会う必要はないとニべもなく拒否された。大学へ行っても、守衛に門前ばらいを食わされ、自宅へ行くと、居留守を使われた。自宅の門前に張り込んで、ついに、大学に出るところを捕まえると、そんな金は、いっさいもらっていない、自分の子供のデキの悪いのを棚に上げて、言いがかりもはなはだしい。これ以上まつわりつくと、警察を呼ぶと、けんもほろろの見幕であった。

しかし、宮崎初枝の紹介で槌田に初めて会ったときは、はっきりと約束はしなかったが、金さえ出せばなんとかなりそうな口ぶりであった。

その後、宮崎初枝は、引っ越しをして、消息が不明になってしまった。

友田一家は借地ながらも狭い庭のある日当たりのよい自宅を売り払い、六畳と四畳半二間だけの居住環境の劣悪な民間アパートへ移っていた。

試験に落ちた一彦は、自分が一家を不幸に引きずり込んだという自責と、また当てもなく浪人する焦りから、情緒不安定となって、手がつけられないほど、荒れ狂うことが多くなった。

一彦は、自分でも病気だとおもい、各病院や医院を一人で巡り歩いたが、どの医者も「病気ではない」と言って取り合わなかった。父親もノイローゼとなって寝込んでしまい、高利で借りた金の利息に圧されて、一家は経済面でも窮迫した。

こうして、最後のカタストロフがきた。太助が金策に出かけ、君子がパートの仕事に出ていた留守に、一彦がガス管を咥えたのである。

一足先に帰宅した君子が発見して、救急車で病院へかつぎ込んだが、手遅れであった。金策に失敗して帰って来た太助は、変り果てた息子に対面して、茫然として、あらぬことを口走るようになった。もともと太助には気の弱いところがあり、会社であった些細(ささい)なトラブルにも、いつまでもくよくよと気に病み、家族に当たり散らすことが多かった。

二流所(どころ)の会社の冷や飯を食いつづけてきたのは学歴のないためと信じていた太助は、息子の一彦に自分の果たせなかった夢を託し、どんな無理をしても息子だけは、一流の大学へ行かせようとしたのである。残念ながら国立の一流所へ行くだけの頭がないので、一流の私大を狙わせたのが悲劇の始まりである。

住んでいる家を売り払い、不足分は高利の借金で補い、二千万も袖の下を使って、子供を大学へ入れようという心理は、どう考えても異常である。

だが当事者にとっては少しも異常ではない。とにかく入れてしまいさえすれば、受験地獄から逃れられて、新しい未来が開けると確信している。受験生の子供が勉強している間は、テレビやラジオはもちろん、家族が笑い声一つ、咳（せき）一回するにも憚（はばか）る。家庭のすべての行事は、受験生の都合に合わせるか、あるいはまったく犠牲にされる。家族から対話がなくなり、笑い顔が失われる。

ただひたすら、「欲しがりません、合格するまでは」と、家族は耐えに耐え、忍びに忍ぶ。受験地獄は、本人だけでなく、家族全員を「合格」というただ一方の狭き脱出口のみを残した牢獄（ろうごく）に閉じこめる。しかも必ず脱出できるとは限らない。

試験に要求される能力は、必ずしも学力ではない。それはむしろカンと要領である。この二つに欠ける者は、いくら勉強しても受からない。いや、不合格を重ねる都度、焦りが加わるから、要領とカンが鈍くなって、合格圏内から遠ざかる。こうなると、受験地獄の環状彷徨（リングワンデルンク）となる。脱出口はすぐそこに見えているようでありながら、決してそこを通れない。

試験にパスすればきれいさっぱり忘れてしまう、社会でまったく役に立たないような死学を飽くことなく反復学習しているうちに、自分がなにか人間から遠ざかっていくような気がする。

人生で最も実り多いはずの青春時代を、こんな虚しい死学と格闘して磨り減らしてよいのかと懐疑的になったときは、受験戦争ですでに敗者の位置に立っている。受験生とその家族には哲学的な懐疑は許されない。所詮人生にとって通過すべき一つの節にすぎない受験を、人生の終極目標として、他のすべての人生の蠱惑的な誘惑から目を背け、その突破に全力を傾けないかぎり、この地獄から脱け出られないのである。

これはまさに地獄であって人間の家庭ではない。この地獄から脱出するためには、二千万円くらい安い出費だという心理に引きずり込まれて、さらに恐ろしい蟻地獄へ落ち込んでしまう。もはやその地獄では、家庭は崩壊し、経済は破綻している。しかも、犠牲者の骨まで債鬼は食いあさる。

友田一彦の自殺と、その翌日、槌田国広の娘の結婚披露宴に、一彦の母親が殴り込んだニュースは、深刻な社会問題に世俗的な興味の味つけを施した。

さらに槌田と君子を橋渡しした宮崎初枝が、赤坂の高級ナイトクラブ、エル・ドラドに、まゆみという源氏名で出ているホステスで、槌田がそのなじみ客であると判明するにおよんで、事件はいっきょにスキャンダラスな色彩を帯びた。大学教授がナイトクラブのホステスと組んで、受験生一家を食い物にしたという事件は週刊誌が泣いて喜ぶようなネタである。そして週刊誌が甘きに群れる蟻のように群れ集まってきた。

この事件に端を発して、同様の被害者が続々と洗い出され、あるいは名乗り出て来た。

言い値どおり、金は出したものの、子供は不合格通知をもらった。だが、もともと不正入学を金で買おうとしたのであるから、どこへも文句を言いに行けない。そんなことをすれば子供が傷つくだけである。

だが、友田家の場合、傷つくべき子供が、自殺をしてしまったので、母親が〝殴り込み〟をかけられたのである。槌田とともに疑惑の教授として、辰巳秀輔も浮かび上がった。

関央大学は驚愕し、狼狽した。ともあれ善後策を講じるために、槌田、辰巳両教授を、総長と各学部長で構成される執行部に呼んで事情を聴くことにした。

だが二人は、なにかの誤解だと言うばかりで、身の潔白をしめす具体的な反証をなに一つしめすことができなかった。

二人の疑惑が黒く煮つまってくるほどに、関央大学は困惑した。ただ困惑するばかりで、具体的な対策はなにも出て来ない。

両教授に関わりがあったと目される入学者たちの入試答案用紙を調べたところ、驚くべきことに、一言一句、句読点、改行まで同じ答案を出した者が五名もいたのである。さらに決定的な証拠が出た。両教授独特のくせ字や誤字までがそっくり〝模写〟されていたのである。

そんな答案を得点数だけでパスさせた採点者の責任も問われた。

彼らは入試問題を教えてもらっただけでは足りず、模範解答までつくってもらい、それをまる暗記して試験に臨んだのだ。もはや、両教授が不正な手段で入学させていた事実は明らかであった。

二人の教授のバックには、淳子がいる。だが淳子も、不正入学の件までは知らなかったらしい。これは野路英文が淳子派に巻き返しに出る絶好の機会であったが、私学の雄関央の名声が地に堕ちたのでは、創立者一族としてまことにまずい。下手をすれば、大学の存立の危機にすらつながる。

ともかく、この前代未聞の不祥事は、対立派を蹴落とす材料に使う前に、全学挙げて、信用回復の善後策を検討するのが先決である。

2

野路英文と淳子は日ごろの確執を一時休戦して、対策を鳩首協議した。

「きみは、知っていたんじゃないのか」

「とんでもないわ。まさかあの二人があんなことやっていたなんて」

さすが権高の淳子も、唇を嚙んでうつむいた。

「知らなかったじゃすまないぞ。あの二人はきみの子分だったじゃないか」

「子分なんてやくざみたいな言い方しないでよ」

「きみが彼らを可愛がっていたことは周知の事実だ。ぼくはきみと特殊なつながりがあるとおもっていたくらいだ」

「それどういう意味？」

「わからなければ、それでもいいさ。しかしそうおもっていたのは、ぼくだけじゃないよ」

「なんだか奥歯にものがはさまったようなおっしゃり方ね。でもいまはさしあたって二人をどうするか決めましょう」

淳子はさりげなく躱した。

「どうするかって、まず二人をやめさせなければならない」

「でも彼らは、事実を認めていないのよ」

淳子にしてみれば、両腕のような二人をできれば解職させたくない。

「なにを言ってるんだ。彼らが入試問題を漏らしたのは明らかだ。下手に庇い立てすると、為（ため）にならないよ」

「べつに庇い立てしているわけじゃないわよ。あの二人だけをスケープゴートにできないということよ」

「そりゃあどういう意味だ」

「あなた、入試問題を漏らしたのは、あの二人だけだとおもっているの」

「他にもいるというのか」

英文は、愕然として目を剝いた。

「いないという保証はないでしょう。学生の家庭と個人的に親しい教授は多いし、ゼミやグループ活動を通して、学生の家庭に泊り込んだり、たがいの別荘を訪問し合ったりしているでしょう。補欠合格判定委員会議で特別入学させた者や各自の裁量枠で入学させた者もいるわ。これらを隈なく洗い出されたら、犠牲者は、二人だけじゃすまなくなるわ」

淳子は、暗に英文派の方にも犠牲者が出ることをほのめかしていた。教授個人の不正入学や推薦入学だけでなく、補欠合格判定委員会議において、成績に応じて三百万から一千万の特別入学金納入を条件に水増し入学させた約二百五十名については、執行部と理事会の合意も得ている。入学者の水増しはどこの私大でも大なり小なりやっていることであるが、世間的には、大学ぐるみの不正入学である。下手に消火しようとして、こちらに飛び火したらコトだ。

「じゃあどうするんだ。あの二人をそのままにしておいたら、マスコミが黙っていないぞ」

「現在まで判明した二人が不正入学させた者は、十五人よ。これが公開されたら、一般学生や、不合格者が黙っていないわよ」

「これは絶対に公開できない」

「……でしょう。不正入学者は十五人じゃすまないわよ。教授をやめさせてすむ問題じゃないわ」

「きみの見るところ不正入学者はどのくらいいるとおもう？」

「わかっただけで、十五名だから、その三倍はいるとおもうわね」

「そんなにいるのか」

「それも二人のルートに限ってのことよ。他のルートがあれば、そんなもんじゃないわよ」

「不正入学がわかっても、いまさら取り消せないな」

「発表前ならとにかく、もう入学手続きを終えて勉強しているわよ」

「ともかく、二人の処分は全学会議の決議で決めよう。ところで先日ぼくの所へ警察が来たよ」

「警察？　不正入学の件で」

「いやそうじゃない。不正入学が明るみに出る前にだ。波多野の心中事件について聞き込みに来たんだよ」

「そのことだったら、私の所にも来たわよ」

「警察は明言しなかったが、どうやら波多野の心中を偽装だとおもっているらしいね」

「偽装？」

淳子は、キョトンとした表情をした。

「つまり、本当は心中ではなかったのではないかと疑っているらしい」

「まあ！　心中でなければ、何だというの」

「つまりべつの原因で死んだものを、だれかが心中らしく見せかけたということさ」

「よくわからないわ、べつの原因って何よ」

淳子は本当にわからない様子であった。

「きみの方に、波多野に恐喝でもされていたような事情はなかったのかね」

「どうして私が波多野に恐喝されなければならないのよ」

「それをぼくが聞いているんだよ。波多野はきみの懐刀といわれた男だ。槌田や辰巳ともたいそう親しかったというじゃないか」

「だからといって、それがどうして恐喝につながるの？　波多野は私が引き立ててやった男よ。恩に着ることがあっても、恐喝なんて、しっこないわよ」

「きみに対しては忠誠を装っていても、槌田や辰巳に対してはどうだったろうかね。波多野も不正入試に一枚嚙んでいたんじゃないのか」

「ちょっとあなた、いったい何をおっしゃりたいのよ」

淳子が眉を吊り上げた。

「べつに。きみが波多野の心中に無関係ならいいのさ」

「気になる言い方だわね。波多野は、ホステスと心中したんでしょう。それがどうして私に関係があるのよ」

「だから、その心中が偽装の疑いが強いといっただろう」

「偽装って、あなた、だれが……あなたまさか」

淳子は、ようやく英文の遠まわしの言葉の意味を悟ったらしく、顔色を変えた。

「顔の色が変ったけど、なにか心当たりでもあるのかい」

英文は意地悪く淳子の顔を覗き込んだ。

「あなたって、あきれたわ。私にそんな疑いをかけていたのね」

彼女は意志の力で顔色を戻して、英文に対い直った。

「べつに疑っていたわけじゃないさ。心配していただけだよ。関央総長夫人が、偽装心中などにからんでいたら一大事だからね」

「あなた！　めったなことを言わないでください。偽装心中の疑いがあるとすれば、疑われるのは、あなたのほうじゃないの」

「なんだって⁉」

英文は、聞き捨てならないといった表情で身構えた。

「だって、そうでしょう。あなたもたったいまおっしゃったように、波多野は私の懐刀だったのよ。彼に心中されて、私の勢力は確実に弱まったわ。波多野が死んで、失地を少し回復したのはあなたでしょ」

「ば、馬鹿な！　ぼくが偽装させた黒幕だなんて、言いがかりもはなはだしい」

英文は、突拍子もないしっぺ返しを食ってうろたえた。

「そうかしら。警察があなたの方へ行ったのは、あなたの疑いが強い証拠じゃないかしらね」

「曾根がほとんど相手をしたんだ」

「曾根は、あなたの腹心じゃない。同じ様なもんだわよ。とにかく、波多野の心中が偽装なら、あなたも決して無色ではないっていうことよ」

淳子に指摘されて、英文は唇を噛んだ。これまで淳子を攻撃すべき絶好の武器と信じていたものが、自分を傷つけるおそれのある両刃（もろは）の剣であることに気がついたのである。

「すると、あれはきみの仕掛けじゃなかったのか」

英文の口調は弱々しくなっていた。

「冗談じゃないわよ。私がそんな推理小説のもの真似をするはずがないじゃないの。馬鹿馬鹿しい。そんなくだらない妄想に耽（ふけ）る閑（ひま）はないのよ。いまは関央の浮沈の瀬戸際よ」

執行部、教授会、理事会合同の緊急全学集会は紛糾した。各派閥、各学部ごとのおもわくが入り乱れ、侃々諤々（かんかんがくがく）として意見がまとまらない。

「この際、関央の伝統ある名誉を守るために槌田、辰巳の両教授を即刻解職決議し、不正入学者は入学取消しをすべきである」という強硬意見を出したのは、学長、久坂守成（くさかもりしげ）を中心とする教授グループである。

それに対して、野路英文と淳子の暫時連合軍は、

「ことを荒立てると犠牲者は二人だけではすまない。この際できるだけ穏便にすませて世論を躱すのが、得策だ。全学の存立のために多少の悪に目をつむろう」

と主張して対立した。反（アンチ）連合軍の教授連にも脛に傷をもつ連中が多いので、おもいきった強硬論を貫けない。対立の底に弱気と困惑が澱んでいた。

3

関央大学不正入学事件の暴露は、膠着（こうちゃく）していた偽装心中の捜査に一つの突破口をあたえた。東調布署（ひがしちょうふ）では、槌田、辰巳両教授を呼んで事情を聴くことにした。

方角ちがいの警察署から呼び出された二人は、いきなり五月二十二日の夜から翌日の朝にかけてのアリバイを聞かれて、とまどいの表情を見せた。

「さあ、いきなりそんな以前のことを質ねられてもすぐにはおもいだせませんね。それ

がどんな関係があるのですか」

二人は、大学不正入学の事件に関して呼ばれたとおもっていたらしい。

「関係？　べつになにも関係ありませんよ。我々はただあなた方が五月二十二日夜から翌日にかけてどこで何をされていたか知りたいのです」

取調官は直線的に聞いてきた。

「なんだかアリバイ捜査のようですね。教えてください。我々にどんな嫌疑がかけられているのですか」

ようやく彼らは、不正入学の件に関して呼ばれたのではないことに気がついた様子である。

「五月二十三日朝、波多野精二氏が心中しましたね」

「ああ、そういえば、彼が心中したのは、そのころでしたな」

「波多野氏が心中した前後のお二人の行動をうかがいたいのです」

「どうしてそんなことを聞くのです？」

「申し上げましょう。我々は波多野氏の心中が偽装されたものではないかという疑いを抱いています。つまりべつの原因で死んだものを、だれかが心中らしく見せかけたのではないかとね」

取調官は一気に踏み込んだ。

「だれがそんな馬鹿なことをしたというのです。べつの原因で死んだものを心中らしく見せかける……あっ、まさかあなた方は！」

　彼らはようやく警察が自分たちの上に据えている容易ならざる嫌疑を悟った。

「そんな、ひどい疑いだ！　我々がどうしてそんな偽装をする必要があるのだ」

「ですから偽装ではないという証明をしていただきたい。五月二十二日の夜、だいたい午後五時ごろから翌朝にかけてのアリバイが証明できればよろしいのです」

「波多野が心中したのは、たしか日曜日の夜だったから家にいたとおもう」

「おもうではなくて、はっきりしたところを教えていただきたい」

「たしかに家にいましたよ。あの日曜日はゴルフにも旅行にも行かず、終日家にいた」

「それを証明できますか」

「家族がいっしょにいたよ」

「訪問者が来たとか、電話がかかってきたことはありませんでしたか」

「ないね」

「それでは残念ながらアリバイの証明にはなりませんな。ご家族の証言では、証拠価値が弱いのです」

「いったいどうしろと言うのだ。日曜日はだれだって家にいるのが普通だよ。日曜のアリバイなんて、ないのが当たり前だ」

「その通りです。しかしあなた方の場合、普通はあてはまらないのです。あなた方は、いま火を噴いている不正入学問題の渦中の人だ。そのあなた方ときわめて親しかった波多野氏が、自殺すべき理由が見当たらないのに心中をした。その他この心中には不可思議な状況が多いのです。波多野氏もこの度の不正入学に重要な配役をつとめていた疑いが強い。あなた方お二人とともにエル・ドラドの常連だったでしょう。失礼ながら、あなた方と波多野氏の正規の収入で通いきれる場所ではない。三人の常連の中の一人が不可解な心中をした。残ったお二人が、無色の立場に立てないのは、当然でしょう」

「我々は本当に関係ない。波多野が突然心中して、むしろ我々のほうが面喰っているくらいだ。それを我々の偽装だなんて、警察のおもいすごしだ」

「もし当夜のアリバイを申し立てられないなら、我々が教えてあげましょうか」

「それは、どういう意味かね」

なにかを含むような取調官の口調に、二人は不安げに身を構えた。

「中国料理を食べていたんでしょう」

「中国料理を？」

「自由が丘にある李世鳳の家で中国料理をね。会食メンバーは、あなた方と、李と波多野氏、心中パートナーのホステスの五名です。メンバーに多少の増加はあるとしても、この五名が最少人数ですね」

「なんのことかさっぱりわからないね。ぼくは五月二十二日はたしかに家にいたよ。それにぼくは中国料理は好きじゃないんだ。脂っこすぎてね」

「私も中国料理なんて、今年になってから食べたことはない。私は胃弱で、中国料理は苦手だからね」

両教授は主張した。

「五月二十二日午後、ロイヤルホテル内にある中国料理店鳳城苑から約五人前の中国料理を李の家に出前したことが確かめられています。鳳城苑は李が社長です。彼はエル・ドラドの真のオーナーでもあります」

「我々は李の家で中国料理なんて食べたことはない。李にエル・ドラドで紹介されたことはあったが、彼の自宅に行ったことなんかない」

「下手に隠し立てすると、あとで不利になりますよ」

「隠し立てなんかしていない。きみたちこそ、ありもしないことをデッチあげようとしているんだろう」

結局、アリバイは証明されぬまま、堂々めぐりをした。彼らが波多野の最後の晩餐のメンバーであることが証明されない以上、黒河内慎平の行方まで質ねられない。警察側も、両教授が李の家で中国料理を食べたというもう一歩の決め手を欠いたまま、第一回の対決はもの別れに終ったのである。

あい前後して、李世鳳も呼ばれて、五月二十二日鳳城苑からの出張料理について質問された。

「ああ、あの日ですか。久しぶりに家族と中国の料理を食べたくなって、店から取り寄せたのですよ。家ではいつも日本食を食べていますのでね。それにたまには店の料理を食べるのも経営者として、商品をモニターする意味で大切なのです」

「その料理を食べたのは、あなたとだれですか」

「もちろん家族ですよ。家内と二人の子供、それに女中、いやお手伝いと五人です」

「関央大学の槌田、辰巳教授、波多野資金室長などを招びませんでしたか」

「いいえ。私は自宅にめったに人を呼びません。たいてい外で接待をしています」

「関央のこの三人をご存じですか」

「もちろん知っています。エル・ドラドでよくお会いしましたし、私の子供も関央へ行っておりますから。しかし、子供は不正入学じゃありませんよ。ちゃんと正規の試験を受けて、表門から堂々と入っていますから、念のため」

李世鳳は、中国料理の栄養をそのままたくわえたようなつややかな表情で答えた。

結局、李世鳳の聞き込みからはなにも収穫を得られなかった。捜査員は、聞き込みを、李の家に出張料理した、店長の林東石と、料理長の張運輝にのばしたが、結果は同じであった。

しかし、李の部下である二人が、李と口裏を合わせることは、当然予想されていた。

「中国料理は脂っこくて嫌いだとさ」

「胃弱だとも言いやがった」

「いまに糖尿だなんて言い出すかもしれない」

「しかし、あの平然としたとぼけようはどうだ」

「李の家など行ったこともないと言った」

「どこにあるのかも知らないそうだよ」

「だが、弱ったことになったぞ。あの二人が五月二十二日夜、李の家で中国料理なんか食っていないと言い張り、李や林たちの言葉と合っていると、とりあえず、手がつけられない」

捜査員たちは、頭をかかえた。

しかし、その後の調べで、槌田と辰巳はあながち嘘をついていたのでもないことがわかった。大学の職員や学生の間を聞き込みにまわって、彼らがいずれも中国料理を好んでいないことがわかったのである。

ゼミのコンパでも、なるべく中国料理は避けてくれと、二人から言われていたそうである。

「波多野との最後の晩餐は、実際に彼らが食う必要はないんだ。中国料理が嫌いだということは、彼らの容疑を少しもうすめないね」

「そうだ。むしろ、常日頃嫌いだと公言している料理を波多野といっしょに食って、当然、自分たちに寄せられるべき嫌疑を少しでもうすめようとしたんだろう」

二人の中国料理に対する嫌忌は、かえって彼らの疑惑を深める結果となった。さらに彼らにとって不利益な事実が現われた。

それは五月二十二日夜、李の妻井川貞代と次女の昌子（まさこ）（日本国籍、関央大学仏文学科一年）は大学主催の大学祭運営委員親睦パーティに出席していたのである。両名とも帰宅したのは、午後九時ごろであったことが、同じ車で送って来た、近所の同大学祭委員によって確かめられた。パーティは、都心のホテルで行なわれ、立食形式であったが、十分な料理があったということであった。

少なくとも李の細君と、娘の一人は、五月二十二日夜の鳳城苑の出前を食べたメンバーではあり得ない。パーティではあまり食べずに帰宅してから食べなおした可能性がないでもないが、鳳城苑から、宮廷料理のフルコースを出前させるとは、大袈裟である。

それに、出前は、午後七時であったことがわかっている。この時間のずれは、李がパーティにかこつけて、妻と娘を追いはらったとも考えられる。

李には、あと大学三年の長男がいるが、こちらも留守であったかもしれない。たとえいたとしても広壮な李の邸の中で、自分の勉強部屋の中にでも閉じこもっていれば、同じ邸の一角でなにが行なわれているか、わからないだろう。

同じことは、妻と娘にも言える。彼らの帰宅して来た時間が、やや早いようであるが、李から重要な仕事の話をしているからと言われれば、構えて、近づかないようにするだろう。

ともあれ、五月二十二日夜、李世鳳の家でメンバー不明の会食が行なわれたことは、明らかになった。このメンバーについて、李も、鳳城苑の林も、張も嘘をついている。嘘をつく必要がないはずなのに、偽っているということは、その会食に後ろ暗いところのある証拠である。

波多野の最後の晩餐の場所は、いっきょに煮つまった。

「久保田さん、ぼくにはどうも引っかかるんですが」

「まったくこの事件は、引っかかることばかりだよ」

「いや、そういう総体的なことではありません」

「総体的でないというと、何だね」

久保田は、若い相棒の田端刑事の方に視線を向けた。李世鳳の家で最後の晩餐の取られた疑いが煮つまったとき、田端がいま一つすっきりしない表情で、久保田に話しかけた。

「槌田と辰巳は五月二十二日の夜、本当に李の家で中国料理を食ったのでしょうか」

「いまさら何を言いだすんだね。彼らがメンバーでなかったら、だれがいたと言うんだ」

「それはぼくにもわからないのですが、どうもぼくには槌田らが五月二十二日の夜に関しては、本当のことを言っているような気がしてきたのです」

「本当のこと？　すると、五月二十二日、槌田らは李の家にいなかったというのかね」

久保田は改まった目を田端に向けた。

「そうです。あの二人が中国料理は脂っこくて嫌いだとか、胃弱で中国料理は食べないと答えたとき、リアリティがありましたよ」

「本当にそうなのだからリアリティがあるだろう。しかし彼らが現実に中国料理を食べる必要はないんだ」

「さあ、それなんですがね。これから言葉巧みに睡眠薬を仕込んだ料理を食わせて偽装の心中をさせようという一味の中の二人が、まったく嫌いな料理の会食に加わったら、被害者に怪しまれないでしょうか」

「そんなに神経質に考えなくてもいいんじゃないかな。嫌いだといってもまったく食べないわけじゃあるまい。二口三口箸をつけたかもしれない」

「まあそういうこともあるでしょうけど、出前された料理は五人分、被害者の波多野と真佐子を除けば、犯人一味の会食者は三人です。その中の二人までが中国料理が嫌いとなると、やっぱり不自然ではありませんかね。まして波多野は同じ大学の職員だったから、槌田らの中国料理嫌いを知っていた公算大です」

「ぼくは中国料理の好き嫌いは、あまり影響ないとおもうがね」

「久保田さん、ぼくもべつに中国料理にこだわっているわけじゃないのです。ただこの二人の大学の先生を除いて考えてみたらどうでしょうか」

「槌田たちを除いて？」

「以前にぼくは、偽装心中をさせるなら、もっとそれらしい組み合わせを選ぶべきだと言ったでしょう」

「うん。きみの着眼から、真佐子も消されるべくして消されたという見方が出てきたんだ」

「そうです。この真佐子を李世鳳に結びつけられないでしょうか」

「李に？　すると、李が真佐子を心中を偽装して殺したというのかね」

「いや必ずしも真佐子だけでなく、波多野もです。つまり、二人は李にとって生きていられては都合の悪い人間だった」

「槌田と辰巳は、事件に関係ないのか」

「いやまったく無関係ということではなくて、これまで我々は、槌田らが主役で、李が場所や料理を提供して手伝ったと考えていました。この配役を逆転してみたらどうでしょう」

「槌田と辰巳は、従犯の位置か！」

久保田は、べつの視野を見かけていた。

「いまの段階では、まだ従犯とも決められませんよ。関央の不正入学事件の中心人物ですから、無色の立場におけないというだけです」

「波多野と真佐子が李世鳳に関わるとすれば、どんなことだろうか」

「さあそれはまだわかりません。梁山泊のようなエル・ドラドの黒幕ですから、おもいがけないつながりがあるかもしれませんね」

「波多野が関央の資金室長だったところから不正入学と結びつけてしまったが、あるいはべつのつながりかもしれないな」

「なんとも言えませんね」

「田端君、きみの着想は、たしかに一つの可能性だよ。関央の資金室長が心中したからといっても、必ずしも関央関係に動機があるとはかぎらない。まして、槌田らの不正入学の仲介と結びつけたのも、先入観だったかもしれない」

「李の方にも波多野と真佐子にいっしょに死んでもらわなければならなかった共通の理由があるかもしれません。そいつをこれから探してみましょう」

「李が、偽装心中の仕立人だとすると、黒河内慎平の蒸発も、こちらに引っかかってくるね」

「そういうことになりますね」

「田端君！」

久保田が、急に高い声を発した。

「どうしました」

「鳳城苑の出張料理車をおぼえているか」

「ああ、聞き込みに行ったとき、ちょうど目の前を走って行きましたね。マイクロバスを改造したような」

「それだよ。あの車の上に黒河内慎平が落ちて来たとしたらどうだね」

今度は、田端が驚く番である。

「運転席と、料理や食器を積むスペースを区切ってあったら、黒河内慎平がそこに落ちていても気がつかなかったかもしれない。あのマイクロバスは、いやにピカピカしていた。修理したてだったんじゃないかな」

「すると、あのマイクロバスで波多野と真佐子も運んで行ったのですか」

「マイクロバスの改造車なら、人間を運ぶにも手頃だろう。万一、途中で検問に引っかかっても、いちいち料理を積んだ場所まで調べない」

「早速、鳳城苑の出張料理車を調べてみましょう」

一つの着想は、さらに重大な着想を引っ張り出した。もしこれで鳳城苑の車の中から、波多野、真佐子、黒河内のだれか一人の遺留品でも発見されれば、事件はいっきに大詰めを迎えることになる。

4

ふたたび訪ねて来た刑事を、店長の林東石は渋い顔で迎えた。

「お宅の出前車（ぐるま）ですがね」

田端は、いきなり本題に入った。

「出張料理車が何か」

林は、正しく言い訂（なお）した。

「いまこちらにありますか」

「いえ、ちょうど出張中ですが、ある会社の社員親睦ガーデンパーティがありまして」

「すると村越さんもそちらの方に」

久保田は、この前協力的だったキャプテンの名をさりげなく出した。

「はい、さようでございます」

「あの出張車ですけどね、この間チラと拝見したのですが、新車のようでしたね。最近、入れ替えか、修理でもなさったのですか」

田端がストレートに質問をつづけた。

「はい。最近入れ替えたばかりでございます」

「それはいつですか」

「たしか、六月ごろです」

「六月ですと⁉　ところでそれまで使っていた古いほうの車は、いかがなさいましたか」

「そのう、古いほうは、もっていても仕方がないので廃車にしてしまいました」

店長は、止むを得ずといった口調で答えた。

「廃車に？　その古いほうの車は、何年ぐらい乗ったのですか」

「三年ほどです」

「三年？　まだ十分乗れたのではありませんか」

田端は、目を光らせた。相手の行動が推測したとおりの方向に向かっている。

「私が運転を誤りましてね、電柱にひどくぶつけてしまったのです。いきなり横丁から自転車に飛び出されて、避けきれなかったのです。ラジエーターがワヤになって、エンジンにひびが入ってしまいました。でもそのおかげで〝人身〟をおこさずにすみましたよ。だいぶ酷使したので、そろそろ替えようとおもっていた矢先だったので、おもいきって新車と入れ替えました」

「その事故をおこしたのは、正確にはいつのことですか」

「ちょっと待ってください。いまメモを見ますから。……五月二十四日になっていますね。時間は午後六時ごろでした」

「五月二十四日！」

田端は、林の目を見すえた。林はそれを特有の無表情で受けとめている。五月二十四日といえば、心中が発見された翌日ではないか。ここになにか作為はないだろうか。心中とマイクロバスの廃車があまりにも接近している。

「廃車にしたマイクロバスは、どうしました」

田端は、ともかく質問を進めた。

「屑鉄屋に払い下げましたよ」

「下取りに出さなかったのですか」

「あんなポンコツ、下取りにも出せませんよ。こちらから頭を下げて屑鉄屋にもっていってもらいました。いまごろはカーベキュウにされているでしょう」

林は、ダメを押すように言った。車を廃棄したいときは、所轄の陸運事務所に車検証とナンバープレートと共に廃車申請を出せば、登録が抹消される。人間の死亡届と同じである。これで車の戸籍、車籍が消える。あとは、下取りに出そうと、解体、焼却しようと自由である。

新車と買い替えるときは、これまで使っていた古い車を下取りに出して、新車の値段から差し引いてもらうのが普通である。それをしないで、直接屑鉄屋に払い下げるために、故意に電柱にぶつけてポンコツにしたのだ。いやまだ十分に動く車を廃車にするために、故意の事故をおこさなければならなかった。つまり、彼らにとって証拠物件たる車を始末するために事故を作為したのであろう。

「あなたが事故をおこしたとき目撃していた人はいますか」

田端は、比重をます失望に耐えて聞いた。

「さあ、あまり人通りのない道でしたからね。だからこそ安心して走っていたのですが」

「横丁から飛び出して来た自転車は、どうしましたか」

「私が電柱にぶつかってうろたえている間に、一目散に逃げてしまいましたよ」

「その場所はおぼえていますか」

「もちろんよくおぼえています。電柱だけでなく、街灯や道路の舗装や民家の石垣も壊したので、いちいちオーナーや管理者に弁償しましたから」

「車を払い下げた屑鉄業者は」

「これは知人にその方面の業者がいたので、引き取ってもらいました」

「知人に屑鉄業者がいたのですか」

田端は、絶望にとどめを刺されたような気がした。知人のスクラップ屋となれば、車のオーナーの意をうけて、原形をとどめぬまでに解体したか、焼却してしまったであろう。

車を探して、証拠資料を見つけようという折角のおもいつきは粉砕されてしまった。田端はあきらめきれずに、屑鉄業者の名前と所在地を聞いて追いかけて行った。しかし問題の車はとうにカーベキュウにされてしまった後であった。

電電公社、都の建設局、石垣のオーナーなどにも当たったが、たしかに林の申し立ての通りの事故があり、それぞれの施設の損傷分の損害賠償をうけていた。

なお、問題の出張料理車のメーカーであるT自動車をあたったところ、それは三年前に鳳城苑からの特別注文によって、同社の七×年型マイクロバスを改造したものであることがわかった。事故さえおこさなければ、十年は使える車であると同社は残念がっていた。

「久保田さん、これで李の容疑は煮つまりましたね」

「その通りだ。どう考えてもこの事故は臭いよ」

「現場を検分しましたが、たしかにそこには横丁があり、そこから自転車が飛び出して来て、躱しきれなかったときは、そのような事故をおこす可能性はあります。しかし、その横丁は、近くに住んでいる者でないと、そこから飛び出して来るという場所ではないのです。ところがいくら聞き込みをしても、近所に、該当日に車と衝突しそうになった自転車に乗っていた者はいないのです。恐くて事実を隠しているようにも見えない。事故の気配にすぐ飛び出して来た人に聞いても、そんな自転車は見かけなかったと言ってます。あの事故は、明らかにマイクロバスを始末するために作為したものですよ。やつらにとってマイクロバスがあってはまずかったんだ」

「マイクロバスがあるとまずいということは、それで、心中の二人のどちらかを運んだということだね」

「それから、黒河内慎平をどこかへ運んだということでもあります。おそらくマイクロバスの天蓋は、落ちてきた慎平によって突き破られるか、破損していたでしょう。そんな車を修理に出せば、すぐに疑われてしまう。捜査の手が伸びる前に、マイクロバスをこの地上から消してしまわなければならない。そして、五月二十四日には事故をおこして廃車届を出している。そのときにはまだ黒河内慎平の捜索願いすら出されていません」

「まことに電光石火の早業というべきだね。しかし、彼らは証拠を消したが、そのことによって、容疑を深めたね」

「まあそれだけが収穫といえば、いえないこともありませんが、容疑だけでは、李に手をつけられません」

「李が波多野と真佐子を消さなければならなかった理由はなんだろうか？」

「さあ」

「おれはね、二人が李にとって都合の悪いものを見たか、知ったかしたんじゃないかとおもうんだ」

「それは何でしょうか」

「崎山四郎という男な」

「はあ？」

「崎山は五月二十二日午後、鳳城苑でめしを食っている。しかも二十一、二日とロイヤルホテルに二泊している。こいつがどうも関係ありそうな気がしてならない。崎山は、自衛隊の諜報工作員らしい。彼は北K国工作員の疑い濃厚な李の身辺をうろうろしていたとしても、べつにおかしくはない。ただここでちょっと気になることがあるんだよ」

「何ですか、それは」

「前にきみにも話したろう。大槻敏明が、ほら真佐子の旦那が、この崎山と山谷でちょこちょこ接触をもっていた様子がある」

「何ですって⁉」

「どうだい、ここで環がつながっただろう。李のまわりを崎山がうろうろしている。崎山の行った先に真佐子の旦那の消息が残っている。李はエル・ドラドの黒幕で、関央の不正入学事件にもからんでいる。関係がないとおもわれていた李と真佐子の間が、崎山の登場によってつながるのだ」

「大槻敏明の消息は、その後不明なんでしょう」

「崎山が知っているかもしれない。とにかくこの崎山が、事件の鍵を握っているような気がするんだ」

「崎山は、どこにいるんでしょう」

「わからない。東西資料通信社が、彼のアジトらしいが、聞いたところで、素直に教えてくれるはずがないね」

「東西資料通信社を張ってみましょうか」

「張ってどうするね。きみは崎山の顔を知っているのか」

「いいえ」

「ぼくも知らない。知っていたところで、どうにもなるまい。だが、わずかだが活路が残っていないわけではない」

「活路？　どんな活路ですか」

「村越という鳳城苑のキャプテンだよ」

「ああ、出前の情報をくれた」

「あの男は協力的だよ。使いようによっては、我々の情報パイプになってくれるかもしれない」

「マイクロバスの調べでは、まったく役に立ちませんでしたよ」

「それは本当に知らなかったんだよ。マイクロバスは李の命取りだ。最側近しかその始末には携われなかった」

「村越がどんなパイプになってくれるんですか」

「崎山は、必ずまた鳳城苑に姿を現わす。それを教えてもらうんだ」

「しかし、村越も崎山を知らないでしょう」

「李に関していろいろと聞き込みをする人間が崎山だよ。やつは李の身辺を探っている」

「李の一味かもしれませんよ」

「李が北K国の工作員なら、自衛隊の諜報員の崎山が同じ穴の貉(むじな)ということは、まず考えられないね」

「なるほど」

「それからロイヤルホテルにも崎山が宿泊したら連絡してもらうように頼んでおこう。

崎山はその名前が我々に露(あら)われていることにまだ気がついていないだろうから、また同じ名義で泊るかもしれない」

「しかし、なんとも迂遠ですね」

「まだ李が本ボシと決まったわけじゃないよ。槌田と辰巳が真っ黒なことには変りはない。李は可能性の一つとして突っついてみるんだ」

5

鳳城苑の村越から意外な反応がきた。

「刑事さん、ちょっと気がついたことがあるのですが」

村越は、電話口でおずおずと言った。

「どんなことでもけっこうですよ」

久保田はすがるように言った。

いまはこの中国料理店のキャプテンだけが唯一のパイプである。

「いつぞや社長の家に出張した料理の件ですが」

「ああ、あの出前がどうかしましたか」

「食器が返ってこないのです」

「食器が返らない」

「北京コース五人前とどけたことはお話しいたしましたね。ところがその食器が戻されないので、店長に質ねたところ、社長が気に入ったとかで、そのまま社長宅においてきたというのです」

「それがどこかおかしいのですか」

「北京コースは私どもでも最高級の料理で、食器も数が限られています。それが五人分も急に欠けると、特注なので、すぐに補充がつきません。社長もそのことはご存じのはずなのに商売道具を私用に取り上げてしまうのは、おかしいとおもうのです」

「なるほど」

「社長宅のご家族は四人ですし、食器だけ揃えても、北京コースは家庭ではできません。それに社長は店の物を家に持っていったことはありませんので、いちおうお耳に入れておいたほうがよろしいとおもいまして」

「どうでしょう。食器を破損したということは考えられませんか」

「破損？　北京コース五人分をですか。湯碗（とうわん）、飯碗（はんわん）、海碗（かいわん）、大皿、受皿などは陶器ですから、破損するということもあるでしょうが、酒杯や酒壺（さかつぼ）や鍋類は、銀製です。そう簡単には、破損しません」

「その食器は、どのくらい数があるのですか」

「味碟（みちょう）という薬味入れや台付皿（だいつきざら）や匙子（ちりれんげ）なども入れて、北京コースは一人前（ワンセット）十五客あります。これを全部破損するなんて、考えられませんよ」

「いやあり得る場合もありますよ。たいへん貴重な情報を有難う」

久保田は、自ら言った「破損」という言葉がヒントになって〝返らざる食器〟の見当がついたのである。

出前した食器を積んだマイクロバスの上に黒河内慎平が墜落して来たのだ。人間一人の体重に三十メートルの加速度がついて、マイクロバスの天井を突き破り、荷台に飛込んで食器に激突した。陶器は粉砕され、銀や鉄の容器も変形したにちがいない。無傷のまま残ったものがあったとしても、不揃いになったセットを返せば怪しまれる。またそれらの食器に黒河内慎平の髪の毛一筋、血痕一滴が付着していても、万事休すである。おそらく慎平の死体とともに、その食器も廃棄したのであろう。

五月二十二日、李の家に出前した食器が、一個も戻ってこない事実は、黒河内慎平が心中事件に関わりをもっている強い裏づけになる。

だが、その食器の行方はまったくわかっていないのである。村越情報は、非常に有力な情況証拠をもたらしてくれたが、局面は一歩も前進しなかった。

立棺の死者

1

事件は膠着したまま、年が変った。一月十九日早朝、浅草署に年齢不詳の男の声の電話で、台東区清川二丁目の玉姫公園内に男が死んでいるという通報が寄せられた。

清川二丁目から旧都電通りをはさんだ日本堤一、二丁目にかけてがいわゆるドヤと呼ばれる簡易宿泊所が密集している山谷ドヤ街である。この〇・八四平方キロメートルの地域に二百軒を越えるドヤと、住民基本台帳から落ちこぼれた八千と推定される未登録人口が集中している。いわゆる山谷無宿が、一泊五百円前後のドヤで生活をし、その金もなくなるとドヤからも追い出されて、路上に〝排泄〟されていく。

一昨日から日本列島は強力なシベリヤ寒気団にすっぽりと包まれ、昨夜はこの冬の最低気温を記録していた。この厳寒の中では、健康な身体でも野宿は辛い。栄養失調と焼酎のガブ飲みでボロボロになった身体ではとてももたない。

浅草署を経由してこの通報をうけた山谷警部派出所（通称マンモス交番）では、さして驚かなかった。冬はこの地区に路上凍死者や餓死者が多い。冷えこみの厳しいあけ方、路上の死者は増える。まして不況風が一段と吹き募っている山谷は、就労機会が激減して、青カン組（路上流浪者）は増える一方であった。

彼らは、身を包むべき毛布もなく、冷たい路上に凍えながら夜をすごす。寒さしのぎに焚火（たきび）にあたりながら、コップ酒の回しのみをする。しかしその焚火にあたるにも最低十円は出さなければならない。隣に寝ていた男が朝になったら死んでいたという例も決して珍しくない。

「今朝は多いぞ」

とおもっていた矢先だったので、派出所警官は、その日の第一号死者の報（しら）せをきわめて無表情に聞いた。毎日死体に接しているので、人間が死んだという気がしなくなっていた。

事実、山谷では路上に寝転んでいる人間が多いので、たとえ死体が転がっていても生きているのか死んでいるのか見分けがつかない。通行人もしごく無関心に通りすぎて、声もかけない。

死者に馴れていても、通報をうけた以上、放っておくわけにはいかない。山谷ではちょっとしたことが暴動の導火線になる。

それに通報によると、死体にはどうも殺されたような痕跡があるという。「山谷の路上死」には多様な死因が考えられる。凍死、餓死、病死の他に乱酔したあげくのけんかで殺されたり、事故で死んだり、自殺があったり、原因不明の死者もある。

「電話で通報してきたとは、奇特なやつがいたもんだな」

現場に向かう途上で、警官はふとおもった。通報は浅草署に直接為されたので、通報者は十円を費(つか)ったはずである。山谷の日雇(アンコ)いにとっては、十円の電話代でも重要である。それで一回の焚火にありつける。

玉姫公園は、蓬萊(ほうらい)中学校の裏手にあたる。運動遊戯器具が一角にいくつか設けられている区立の児童公園であるが、ここがいつの間にか青カン組のたまり場のようになってしまった。山谷の路上死者の過半数はこの公園で発見されている。〝青カン天国〟のこの公園には、山谷無宿の吐いた血ヘドと死臭が沁みついているといってもよい。

警官が駆けつけたときは、まだ公園の朝市も立っておらず、朝の静寂の中に地表が白く凍(い)てついていた。公園の片隅にそこで夜明しをしたらしい数人の労働者が焚火を囲んで立ち話をしている。焚火のまわりにコップや空になった酒びんが散乱して、労働者たちの焚火のススで黒くなった顔の中に、酔いと睡眠不足で充血した目がドロンと腐りかけたように据わっていた。彼らは朝から、酔っていた。

「あんたたちか、電話したのは」

警官は、彼らに声をかけた。

「電話だって？　ポリ公に電話なんかしねえよ」

ほとんど空になった酒びんを片手につかんだ労動者が、おぼつかない足取りで警官の方へ寄ってきた。

「いま、ここで人が死んでいると電話してきたじゃないか」

「そんな電話知らねえな」

労動者は、警官の前でこれ見よがしに、酒をびんからラッパ飲みした。

「あんたたちは？」

警官は、焚火のまわりに残っている連中に聞いた。彼らも反感をこめた目を向けて、一様に首を振った。

警官と労動者は犬猿の仲である。社会から落ちこぼれたり逃避しているような者には、体制の擁護者のような警官は、不倶戴天（ふぐたいてん）の敵である。

特に冬期、労動者の唯一の〝暖房〟である焚火を見つけると、情け容赦なく水をかけて消してしまう警官が鬼のように見える。しかし警官にしてみれば、火災予防のためにも、火元責任者もいない無届けの焚火を黙過するわけにはいかないのである。

だが、いまは焚火を咎（とが）めに来たのではない。とにかく死体を探すのが最優先である。

「おかしいな、それじゃあ、だれが電話したんだろう」

警官は首を傾げながら、霜の降りた公園の中を見渡した。倒れている人間の姿も見えない。警官はともかく手分けして公園の敷地を隈なく検索することにした。

「おうい、いたぞう」

公園の隅にある公衆トイレットの方から、警官の相棒が呼んだ。

「便所の中で死んでいる。頭に撲(なぐ)られた痕がある」

発見者の警官が、やや興奮気味の声で叫んだ。

死者は、公衆トイレットの〝個室〟の中の壁に背中をもたれるようにしてうずくまっていた。ジャンパー、作業ズボン、地下足袋、頭にねじり鉢巻、典型的な労働者スタイルである。年齢は若そうである。後頭部がパクリと口を開いて、傷口から流れた血が鉢巻にドロリと固まっている。その部位はトイレットの中では撲れない。衣服は泥だらけであった。

「自力でここまで這って来て死んだんだろうか?」

発見した警官が首を傾げると、

「あ、崎山だ」とトイレットの出入口の方で声がした。焚火のまわりにいた労働者が、ただならぬ気配に寄って来ていた。

「あんたたち、この男知っているのかい」

警官が質ねると、

「知っているというほどじゃねえけれどよ。時々、見かける男だ。でもおれは関係ねえよ。おごってもらったことなんかねえぞ」

「おれもねえぞ」

関わり合いになるのを恐れての発言が裏目に出た。

「ほう、あんたたちこの男におごってもらったことがあるのか」

警官は、問わず語りに漏らした彼らの言葉を素早くとらえた。

「そんなことはないよ」

「じゃあどうして聞きもしないのにおごられたことなんかないと言ったんだ」

「かんべんしてくれよ、旦那。ヤンカラ一杯だけだよ」

「ポリ公」が「旦那」に昇格していた。

「おれは、飯とトン汁だけだ」

「あんたたち、この男がここにいたのに気がつかなかったのか」

「全然気がつかなかったね」

「便所へ行かなかったのか」

「便所なんかへ入らなくったってどこでだってできるからね」

事実、彼らは、所構わず排泄をする。山谷の象徴である福祉センターの中でも、ちゃんとしたトイレットがあるにもかかわらず、館内の隅に放尿の水たまりができるほどである。

「あんたたちは、夕べずっと公園にいたのか」

「いいや、明け方焚火が燃えてたんで寄って来たんだ」

「だれが焚火を燃やした？」

「知んねえな」

労動者たちは肩をすくめた。みな焚火のススと垢で真っ黒に汚れて地肌が見えない。衣服は、焚火で焦がしたらしい焼け焦げと泥で汚れきっている。額から血を流している者もいれば、唇が切れている者もいる。頭の毛が灰まみれになってちりちりに焼け焦げている者もいる、焚火のそばで眠り込んで焦がしてしまったのだろう。いやな咳をする者もいた。みな、半浮浪化した者ばかりであった。いずれの者も「山谷病」といわれる、アルコール性中毒症、胃潰瘍、肝臓障害、肺結核のどれかを、あるいは合併してかかえているのだろう。

そばへ寄ると酒のにおいとともに垢や体臭や糞尿の臭いが混合して、なんとも形容し難い異臭となって迫ってきた。

だが警官は彼らから顔を背けるわけにはいかなかった。

「ここへ来たのは何時ごろだ。それまではどこにいたんだね」

「時計なんかもってねえよ。センターの前で段ボールにくるまっていたんだけど、寒くってたまらねえんでこっちへ来たんだ」

「あんたたちの名前を言ってくれ。それから、日雇い手帳か、健康相談室の出した病状報告書でももっていたら見せてくれ」

「どうしてそんなもの見せなけりゃいけねえんだよ」

労動者たちの顔が険悪になった。

「このホトケは殺された疑いがあるからだよ」

「殺された？　おれたちが殺したって言うのかよ、やいっ」

酒びん男が、ほぼ空になった酒びんを振りかざした。

「そうは言ってないよ。あんたたちのそばでホトケが出たんだ。名前ぐらい教えてくれてもいいだろう」

警官は低姿勢に出た。

山谷で本名を名乗っている者は少ない。有名人や歴史上の人物の名前が圧倒的に多いが、それでもその偽名が本人の通り名として定着している。警官は、労動者の動きに対応できるように身がまえながら、同僚に本署へ連絡するように目くばせした。

2

本署から捜査員と鑑識係が駆けつけて来た。検視の結果、死因は頭蓋骨骨折、後頭部に鈍器の作用によって形成されたとみられる陥没骨折が認められた。死後経過は三〜六時間で、死亡時間は午前零時から午前三時ごろにかけてと推定された。推定年齢は三十前後、身長約百七十、筋骨型の身体である。

「この傷では、自力でここまで這って来たとは考えられないな」

「すると、犯人がかついできたのか」

「なんでこんな所へかつぎ込んだんだろう」

「死体の発見を遅らせるためだろう」

「公衆トイレットならば、どうせ見つかってしまうだろう」

「このトイレを利用する者はあまりいないそうだよ。まして〝個室〟の中だからな。見つけても、浮浪者が寒さしのぎにもぐり込んで寝ているとおもっただろう」

釈然としないところがあったが、いちおう納得して、現場一帯を検索した。しかし凶器とおぼしきものは見つけられなかった。

死体をさらに詳しく観察するために、写真を撮った後で、外へ運び出すと、白い紙片がその後に落ちていた。いままで死者が尻に敷いた形で見えなかったのである。

「何だ、これは」

捜査員が素早く拾い上げて、

「手紙だな。なんでこんなものが落ちていたんだろう」

封筒の表書きには、「東京都台東区清川二丁目三十×番地山谷ハウス内　大槻敏明様」とあり、差出人は、「秋田県北秋田郡樽が沢村大字牛飼字玉掛六―一　大槻真佐子」と記してある。封筒の中には便箋となにやら他の中身が入っている。

「ホトケがもってきたものか、それとも犯人が落としていったものか？」

捜査員の目が光った。封筒があまり汚れていないところから判断しても、トイレットの床に落とされてからさして時間が経過していないことがわかった。捜査員は重要な証拠資料として保存した。

死体と現場の観察が進行するにつれて、おかしな状況が浮かんできた。死者は、山谷の労動者スタイルをしていたが、身体は健康そのものであった。外表所見では、どこにも悪い所はなさそうである。栄養状態も良好で、〝山谷病〟に冒されているようには見えない。懐中には二万三千円弱の現金をもっている。これは山谷労動者としては大金である。

ということは、最近山谷に流れ込んで来たと考えられるのだが、近くに居合わせた労動者たちの話では、かなり以前から山谷に姿を現わしていて、労動者仲間では「崎山」という名でかなりの顔であった。

だが、崎山は、山谷の労動者の大半が厄介になる玉姫職安や山谷労働センターに来たことがない。日雇い手帳ももっていないし、センターの健康相談室や生活総合相談室にも援助を求めてきたことがなかった。民間の手配師にもついて行った形跡がない。そのくせ現に二万三千円も所持していたように、いつも懐中が暖かいらしくて、酒や飯をおごってもらった者が少なくない。十人に一人ぐらいの割でもぐり込んでいるという私服の警官でもない。

おごられた者が、気味悪がって、どこから金を得ているのかと質ねたら、自分には〝金づる〟があると答えたそうである。

山谷の朝は早い。午前六時をすぎると、センター前から泪橋(なみだばし)の交差点(こうさてん)に至る路上には、数百人のいわゆる〝立ちん坊〟が群をなしてたむろし、センターの斡旋する仕事や手配師がもってくる現金仕事の口にありつこうとしている。公園の中にも名物の朝市が立ちはじめている。

「ここで死んでいて、よく介抱泥(モガキ)に挘(むし)り取られなかったもんだな」

山谷では酔っぱらいや老人などを介抱する振りをして、金品を奪い取るモガキやダキツキという犯罪が横行する。朝方発見された凍死者を調べると、路上で眠っている間にモガキに身ぐるみ剝がれて死んだというケースもある。モガキに奪われた品が、すぐに朝市で売られていて、「山谷の泥棒市」などと呼ばれることもあるくらいである。

その市(いち)の膝元で、懐中に山谷としては大金を入れたまま死んでいたことが、奇蹟のように捜査員の目にはうつった。

現場の近くで焚火をしていた労働者は、一人一人事情を聴かれたが、いずれも公園内のトイレットに、「崎山」が死んでいたことに気がついていなかった。また崎山をかついで来て、そこに残していったような人間も印象にはない。

「そりゃあ公衆便所だからよ、何人か出たり入ったりしたかもしらねえが、そんなものいちいち見ちゃいねえよ」

長野県出身で「長野」と名乗る酒びん男が、みなの言葉をよく代弁していた。また彼らの中に電話で通報してきた者はいなかった。一夜を自分自身が生きのびることに精一杯の彼らは、たとえ見つけたとしても十円費して通報してくるはずがなかった。

労働者たちをあまり長く拘束して取り調べることはできない。ちょっとしたきっかけが彼らの不満に引火して、暴動に爆発する危険性がある。山谷の労働者の扱いは慎重に行なわなければならなかった。

崎山の死体は、司法解剖に付せられた。その結果、ほぼ検視による第一所見がうらづけられた。死因は金槌（かなづち）のような鈍器の作用による頭蓋骨骨折、死亡推定時間は一月十九日午前零時から午前三時ごろの間、被害者の生前の健康状態はきわめて良好で、いかなる疾病疾患も認められないというものである。

崎山という名前と身体特徴を、前歴者や指名手配者や家出人などの情報をファイルしてある警察庁のコンピューターに照会したが、該当者はない。

現場に残されていた唯一の手がかりは、秋田県から「大槻敏明」に宛ててきた手紙であった。便箋には次のような文章がいかにも女の筆蹟(ひっせき)らしい細いきれいな字でしたためられてあった。

――隠れん坊している間に出かけて行かれたあなたを探しつづける太一をなだめるのに一苦労でした。

出発されて一週間もしないのに、一年も経ったような気がいたします。太一のためにも、私たちのためにも、一日も早いお帰りをお待ちしております。出かけたばかりのあなたにこんなことを言ってはいけませんね。ところで隠れん坊にまぎれて、あなたに大切な〝お守り〟をさし上げるのを、すっかり忘れてしまいました。あなたがいらっしゃる間、毎夜慈んでくださった私の恥ずかしい所の毛です。恥ずかしさに耐えて送りますから、これを私の分身とおもってください。馴れない東京での生活は大変でしょうけれど、どうか頑張ってください。食べ物や水に注意されて、くれぐれも無理をなさらないように、収入はよくても、危険な仕事は避けてくださいね。

いつもいつもあなたのことだけを想っています。辛いときは私の毛をそっと撫(な)でてください。いつでもお傍(そば)におります。お帰りになるお正月を指折り数えて待っています。ほんとにほんとに早く帰って来てください。それではお元気で。

真佐子――

封筒の底を探ってみると、一つまみの体毛が出て来た。

「留守番の細君が、出稼ぎ中の夫に陰毛を送ってきたとは泣かせるな」

捜査員たちは手紙の文章と〝同封物〟に卑猥な想像をかきたてられるよりは、ホロリとさせられていた。

生活を支えるために、夫婦が一年の大半を別居して暮らす。馴れない都会での酷(きび)しい出稼ぎ暮らしの中で、妻の体毛はなによりの励ましであり、心の支えとなるだろう。

当然、崎山が手紙の宛名人と推測されて、秋田県の大槻家に照会がいった。

反応は意外な所からきた。

3

山谷の玉姫公園内で殺人事件発生の報を聞いたとき、久保田は、もしやという予感が胸に走った。被害者は崎山という労働者と聞いて、予感が絶望によって終止符を打たれた。

確かめるまでもなく、これは久保田らが追いかけている「崎山四郎」にまちがいあるまい。

崎山四郎は現在のところ、偽装心中事件の真相に至るための唯一の手がかりであった。

それが抹殺されてしまった。

「しかし、それだけ敵が焦ってきた証拠ではないでしょうか」

田端が慰め口調で言った。

「はたして、そのことのために消されたかどうかわからんがね。ま、とにかく確かめてみよう」

東調布署経由で白神左紀子と東西資料通信社にも連絡がいって、遺体を確認する運びとなった。

崎山四郎の死体は、解剖後縫合されて、浅草署の霊安室に安置されていた。身許不明の路上死者は、「行旅病人および行旅死亡人取扱法」に基づいて、区役所が処理するのであるが、崎山は犯罪に基因する死の疑いが濃厚であったので、警察の扱いになった。

労動者の他為死は、乱酔したあげくのけんか沙汰が多い。他為死と見えても、酔って地面に転倒して、脳内出血をおこしての死亡というようなケースもある。

労動者の死を扱いなれている管轄署としては、明らかに他殺の状況を呈していても、直ちに殺人事件として捜査を開始する情熱に欠けるところがあっても無理からぬところである。どうせまた悪酔いしてのけんか沙汰という考えが先行していた。

そこへおもいがけず、東調布署からの反響があった。ガイシャはどうやら東調布署が関わっている事案の関係人物らしいという。その事案は、いま世間の話題を集めている関央大学不正入学事件にも関連している模様である。そうなるとガイシャの死にも、単に労動者同士のけんかではかたづけられない複雑な背景があるかもしれない。

浅草署は緊張して久保田ら一行を迎えた。霊安室はコンクリートの床を剝き出しにしたガレージのような殺風景な部屋である。

棺の蓋が取り除けられた。まず左紀子が覗き込んで、

「ちがいます。義兄ではありません」と首を振った。

つづいて東西資料通信社の副社長が覗く。平沢吉哉と名乗った、五十前後の角張った顔の色黒の男で、初めから渋々という形で従いて来た。

「そうです。うちの崎山君です。本名は川崎芳郎といいます。いったいだれがこんなむごいことを」

と形ばかり顔を悲しげにくもらせた。

「それでは、お宅の社員の方にまちがいありませんね」

浅草署の山根という捜査員は念を押して、

「ところで、お宅の社員がどうして浮浪者のまねなんかして、山谷にいたのですか」

「私どもは社名のとおり資料蒐集の会社でございますので、いろいろと多方面に社員を派遣して、情報を集めているのです」

「山谷に、そんな情報があるのですか」

「もちろんですとも。山谷は大企業の共同飯場ですよ。景気の動向が山谷に最も忠実に反映します。山谷にはうちだけでなく、他の調査エージェントや興信所などから、かなりの調査マンが入り込んでいるはずです」

東西資料通信社の正体を知っている久保田は、平沢の言葉を黙って聞いていた。どんな情報か定かではないが、被害者がなにかの情報を集めていたことはたしかである。被害者は初めは北K国の工作員ではないかという噂があったのだが、自衛隊の秘密諜報機関員であれば、むしろ北K国とは対立する位置で諜報活動をしていたのであろう。これで李世鳳の身辺にちらちらしていた理由がうなずける。

――すると、崎山、いや川崎を殺害した者は……。

久保田の中でしだいに推理が脹（ふく）らんでいった。

川崎は独身で身寄りもないということで、平沢が遺体を引き取っていった。自衛隊としても外部に表沙汰にできない秘密部隊の隊員なので、その扱いには慎重を期しているようであった。もし川崎芳郎の死の背後に、K国、北K国、自衛隊の三巴（みつどもえ）の軍事諜報活動があれば、捜査はきわめて難航するだろう。

だが東西資料通信社では、川崎の死にまったく心当たりがないと言い張るばかりである。

同社が自衛隊の秘密軍事諜報工作部隊の出先機関ということは、警察の極秘情報であり、同社に否定されれば、その線からの追及はできなくなる。

東西資料通信社では、川崎芳郎は社員とはいうものの、調査物件毎(ごと)に契約して働いてもらう契約社員であるために、そのプライベートな生活に関してはまったくあずかり知らず、おそらく山谷で調査中に労動者にからまれたか、労動者同士のけんかに巻き込まれたのだろうと言う。要するに、あまり大袈裟に調べてもらいたくないという態度がありありとうかがわれる。

しかし、その死によって、自衛隊としては伏せておきたい彼の経歴が判明した。出生地は、山口県玖珂(くが)郡和木町(わきちょう)、地元の高校を卒業後、自衛隊に入り、中部方面隊第十三師団山口駐屯の普通科連隊に配属されていたが、後に陸上自衛隊工作学校に入学、同校の中軸的位置を占める「心理戦防護課程」略称CPI課程を学んだが、昭和五十×年、自衛隊を除隊、翌年、東西資料通信社に入社というものである。

川崎の在隊中の勤務成績および、工作学校の成績は優秀だったということであるが、除隊の理由については、詳(つまび)らかではない。

警察の資料によると、工作学校のCPI課程とは、スパイ教育のことであり、旧中野学校とアメリカのグリーンベレーを結合した秘密軍事諜報部隊の養成課程であることがわかっていた。ここの出身者にあたえられる任務は、二つに大別され、第一は「私服に変装しての駅、スラム街、公会堂、主要官公街、主要工場などにおける極左暴力分子の暴力行動に密着した特殊演習や、このような暴力行動に対する自衛隊の治安出動に際して、大衆行動や群衆の情報収集を行ない、群衆の中にレポをつくり、群衆の行動を意図する特定方向に誘導したり、意識的に挑発行動をとったりする特殊工作」である。

第二は、「本土防衛戦に際して小野田（おのだ）少尉のような残置諜者（ざんちちようしや）的な特殊部隊として潜行し、敵後方地域で民衆を巻き込んだゲリラ戦や心理攪乱（かくらん）をリードする」ものである。

川崎芳郎はこの工作学校CPI課程の卒業生によってつくられている筑波（つくば）グループのメンバーだったらしいが、確かめられていない。さらに工作学校の出身者だけでかためられている陸幕外班は、座間（ざま）基地内の小ペンタゴンと呼ばれる在日米陸軍司令部建物の二階にあり、米陸軍第五〇〇軍事情報部隊および第七〇四情報部隊と密接な関係をもっている。

川崎芳郎がこの陸幕外班の匿名班員であった状況は明らかであるが、それを真正面に振りかざせないところに、捜査陣の苦しいところがあった。

ともあれ、ここに川崎芳郎は他殺と断定され、浅草署に捜査本部が設けられた。本部を設置した事実が、警察側が単なる労動者の「けんか殺人」と見ていない証拠である。第一回の捜査会議には、東調布署から久保田らも参加した。

第一に問題とされたのは、例の〝手紙〟である。それがはたして被害者のものかあるいは犯人の遺留品であるか不明であったが、久保田より、被害者と大槻敏明の関わりを説明されて、大槻の遺留品とする見方が強くなった。それはそのまま、大槻の犯人としての容疑を濃縮するものであった。

「すると、大槻の動機は何だろう？」

当然、そこに会議の焦点が絞られてきた。

「川崎は大槻に近づいて、一定の成功報酬の約束の下になにかの仕事をさせた。ところが仕事をした後、川崎が約束どおりの報酬を支払わないので、大槻が怒ってと考えられないか」

「その仕事って何だ」

「久保田さんのほうの偽装心中だよ」

「大槻が偽装心中を工作したというのかい。心中の片割れは、大槻の細君だぜ。しかも自分の体毛を送るほどに大槻を愛していたらしい」

「それが一方通行だったとしたらどうだろう。大槻は、出稼ぎに行って消息を絶ってしまったというじゃないか。出稼ぎ先で新しい女ができて、田舎へ帰るのがいやになった。珍しいケースじゃない。新しい女とのハネムーン生活の最中に田舎から細君が追いかけて来た。なんとかしなければならないと焦っていたところに、偽装心中の話を持ちかけられた」

「自衛隊の秘密工作員がどうしてそんな偽装心中を演出するんだ」

「川崎は李世鳳の身辺にちらちらしていたというから、関央大学にも関わっていたかもしれない」

「川崎はまだ自衛隊の工作員と決まったわけじゃないよ」

「大槻の細君は、大槻の居場所を知らなかったんじゃないのか」

「大槻のほうが一方的に細君を見かけたかもしれない。とにかく細君は赤坂のナイトクラブにいたんだ」

「一方的に見かけたのなら、なにも殺す必要はないだろう」

「細君に捕まればどっちみち、トラブルが起きる。それに捕まらないまでも、細君に生きていられては新しい女と結婚できない。そこで川崎の話に乗って細君を……」

「どうせ殺さなければならない細君の手紙と体毛をどうして後生大事にかかえていたんだろうな」

「ちょっと待ちなさい」

黙って捜査員の発言を聞いていた署長が手をあげて制した。出席者の視線が集中する。

「まだ犯人は大槻と決まったわけじゃない。いわんや、大槻の動機を、東調布さんのほうの心中事件と結びつけるのは、飛躍しすぎる」

言われて捜査員は、気がついた。東調布署からあたえられたデータに少し引きずり込まれていたのである。

「それにしても犯人は、なぜ山谷で犯行を演じたのでしょうか。そしてなぜ公衆トイレットの中に死体を残したのか？」

　死体発見の通報に本署から現場に一番に駆けつけた、浅草署の山根刑事が口を開いた。

「それは、やはり山谷に死体を転がしておけば、犯行がまぎれやすいからだろう。現に東調布さんからの照会がなければ、我々も労動者のけんかとおもったところだ」

　署長が答えた。

「すると、山谷以外の場所で殺しておいて、現場まで運んできたかもしれませんね」

「その可能性もあるな」

「公衆トイレの中に死人をかつぎ込むのは、大変だったでしょうね」

「それほどでもあるまい、酔っぱらいに肩でも貸す振りをしながら、運び込めば。そんな光景は珍しくない。とにかくモガキの名所だからね」

　山根は、公衆トイレットの落書だらけの壁にもたれるようにして死んでいた川崎の姿をおもいだした。

　　わたしの屍体(したい)を地に寝かすな
　　おまえたちの死は
　　地に休むことができない

わたしの屍体は
立棺のなかにおさめて
直立させよ

地上にはわれわれの墓がない
地上にはわれわれの屍体をいれる墓がない
（田村隆一「立棺」『田村隆一詩集Ⅰ　四千の日と夜』所収）

——どこかでそんな詩を読んだことがあった。その詩は、まさに川崎の死にざまを詩ったようであった。犯人がその詩を知っていて、立棺におさめるようなつもりで、公衆トイレットの中へ運び込んだのだろうか。まさか！　しかし、トイレットを立棺に見立てるとは、いかにも山谷らしい。そのとき一つの想像が山根の脳裡を走った。

「公衆トイレへかつぎ込んだのは、モガキから防ぐためではないでしょうか」

「モガキから？」

「そうです。公園の目立つ場所に死体を捨てておけば、たちまちモガキの餌食にされてしまいます。あのトイレは労働者や地元の人間はめったに使いません。発見されるまでモガキに荒らされるおそれが少ない」

「なんのためにモガキから守るんだね」

自分が殺した被害者の死体がどうなろうと、かまわないはずである。

「つまりですね、犯人は、被害者を原状のまま我々に発見させたかった。モガキや第三者に死体を変更されると困る事情があったんじゃないでしょうか」

「よくわからないが、なんのために、死体を原状のまま発見させたかったのかね」

「死体というより、死体に付着していたものといったほうが正確かもしれません。つまり、この手紙ですよ。犯人はこの手紙を我々に発見させたかった。そのためにはモガキや風にさらわれそうな野外ではまずかったのです」

「じゃあ、きみは！」

署長が理解した目をした。会議場にざわめきがおきた。犯人が手紙を現場に故意に残した意図は明白である。犯人は、手紙の宛名人大槻敏明の遺留品をそこへ残したかった。大槻を犯人に仕立てようとしたのである。

すると、大槻は犯人ではないということになる。

「トイレの中で、しかも死体の尻に敷かせておけば、警察が発見するまで取られたり、風にさらわれたりする心配がありませんからね。それにトイレのもう一つの利点は、外からそれとなく見張っていて、だれかが入ろうとしたら、故障とかいま気分の悪くなった友人が使用中だとか口実を構えて、阻むことができることです」

「なるほどねえ。すると、電話で通報してきたやつが犯人か」

「たぶんそうでしょう。死体を運び込んだ後、ころあいを計って電話してきたのでしょう。山谷を選んだのは、大槻も山谷に居たことがあったからです」

しゃべっているうちに、山根の口調は確信に充ちてきた。

「そうだとすれば、いったいだれが大槻に罪を転嫁しようとしたんだろうな」

「そこまでは、私にわかりませんが、大槻の身辺を探れば、川崎が死んで、大槻が犯人になってくれると得をする人間がいるかもしれません」

「そのことについては、私にちょっと心当たりがあります」

久保田がようやく発言の機会をとらえた。署長がどうぞとうながす。

「川崎が生前しきりに興味をもっていた様子の李世鳳は、大槻の細君が勤めていたエル・ドラドの真のオーナーでもあります。李は大槻の細君の心中にも一役かっている状況が濃厚です。エル・ドラドが北K国工作員の日本基地であり、李が在日北K国工作員のボスであることは、わかっています。川崎が自衛隊の諜報機関員で、大槻を手先として密かに使っていたとすれば、川崎と大槻対李は対立関係にあったことになります。つまり、李は大槻夫婦に直接間接に関わりをもっている。こんな人間は、李以外にいませんよ」

「大槻が川崎のレポだったというのは、おもしろい見方ですが、なにか根拠があるのですか」

山根が質ねた。

「川崎が生前大槻に接近していたという噂から推測したのです。自衛隊の諜報機関員の任務にスラム街の工作があるでしょう。川崎はその方面の担当者じゃなかったんでしょうか」

「考えられますね。いずれにしても大槻を探し出すことが先決問題です」

山根の言葉が、会議の結論になった。久保田説によっても、大槻敏明は、依然としてこの犯罪の容疑者であった。大槻の消息は、山谷ハウスに一昨年十二月末ごろまで宿泊していたことがわかっているだけで、それ以後は不明であった。

犯行現場に落とされていた大槻敏明宛の手紙は、動かぬ証拠というべきである。大槻の容疑はマンション心中事件の工作にも関わっている。

ここに、殺人および死体遺棄の疑いで大槻敏明に対する逮捕状が発付され、全国に第一種指名手配の網が打たれた。同時に大槻の顔写真をのせたポスターが、全国警察署、派出所、駅、公衆浴場、その他の街頭に掲示された他、各新聞テレビで事件を報道した。

大槻が、この網を逃れ切れるとは、考えられなかった。

死の共稼ぎ

1

反応は指名手配して数日後に早くもきた。警視庁通信指令室に一一〇番経由で通報が入った。

「いまテレビ見たんだけどよ。あの山谷の労動者を殺したという容疑者ね、あれによく似た男が、近所のアパートに住んでいるよ」

若い男のくぐもったような声であった。

——そのアパートの住所を教えてください——

「世田谷区深沢(ふかさわ)二丁目八の××番地、青葉荘(あおばそう)という古ぼけたアパートだよ。時々風呂屋でいっしょになったんだ。住んでいる方角が同じで、たまたまそのアパートに入るのを見かけたんだ。まちがいない、テレビでうつっていた男だよ」

——あなたの住所とお名前は——

「そいつはかんべんしてください。警察に協力して、あとでお礼まいりされたくないもんね」

そこまで言って、電話は一方的に切られた。しかし、電話線の接続は保留されている。逆探知したところ、深沢二丁目の公衆電話であることがわかった。通報者は、電話でも言っていたとおり近くの住人なのであろう。

直ちに玉川署から捜査員が青葉荘に急行した。いまどき珍しい木造アパートである。入口から奥まで見通せる廊下があって、洗濯機、三輪車、下駄箱その他のガラクタがはみ出している。廊下をはさんで共用の流しと、各部屋のドアが並んでいる。廊下の突き当たりが共用トイレットになっている。

それとなく近所に聞いてみると、大槻は、廊下のいちばん奥の部屋に「大野」という名前で入居しているらしい。

訪問者もなく、ほとんど部屋の中に閉じこもっている。時折、夕方外出して夜遅く帰って来るそうである。近所づき合いもなく、住人と顔がたまに合っても、目をそらしてしまう。いつごろ入居して来たのか、定かではなく、何をしているのかもわからない。詳しいことは管理人に聞いてくれと、聞き込みに対して、冷淡であった。だが管理人は住んでおらず、大家の住所はだれも知らない。

アパートの住人には、まだテレビや新聞で気がついた者はいないらしい。ともかく人相、特徴は、ピタリと大槻に一致した。

「大槻にまちがいない。踏み込もう」

捜査員はうなずき合った。ノックになにげなくドアを開いた大槻は、逮捕状をしめされた瞬間、観念した様子であった。ガクリと肩を落としてその場にうずくまった。すでに自分が指名手配されていたことは知っていたらしい。

大槻の身柄は、とりあえず玉川署に連行された後、浅草署の方へ引致されることになった。

久保田から連絡をうけた左紀子は取るものも取りあえず、玉川署へ駆けつけて来た。

「お義兄(にい)さん！」

左紀子は、そこに別人のように憔悴(しょうすい)していたが、まぎれもない大槻敏明を見出していた。

「サキちゃん、ぼくじゃない！　ぼくがやったんじゃないんだ」

敏明は泣き声で訴えた。

「大槻敏明にまちがいありませんね」

玉川署の捜査員が聞いた。彼らは身許確認のために左紀子を呼び寄せたのである。

「お義兄さん、もし無実だったら、そのことを堂々と主張して」

左紀子は言った。そう言う以外になかった。だが敏明の態度ははなはだ弱気である。

逮捕された事実に打ちのめされているようであった。

敏明は、姉が心中したことを知っているのだろうか。たぶん知っているのだろう。しかし、もし知らなければ、殺人容疑で逮捕された直後、妻の死（しかも他の男と心中した）を伝えるのは、酷である。いずれ、警察から告げられるであろうが、少なくとも自分の口からは言いたくなかった。

「今日は、どうもご苦労様でした」

玉川署の捜査員が暗に帰れとうながした。久保田の目もいまはそうしたほうがよいと言っていた。


大槻敏明は、身柄を浅草署に移送されて、厳しい取調べをうけた。

――自分が指名手配されたことを知っていたか――

「知っていました」

――知っていて、なぜ出て来なかったか――

「恐かったのです。ただむやみやたらに」

――川崎芳郎をなぜ殺したんだ――

「ぼくは殺していません。無実なんだ」

――まあおいおい聞くとしよう。川崎とはいつどこでどのようにして知り合ったのかね——

「一昨年十月、出稼ぎに来て、しばらく最初の野丁場で働いていましたが、約束とだいぶ待遇がちがうので、苦情を言ったところクビにされてしまいました。それに代るよい仕事の口はなく、アブレがつづくうちに、持ち金も費い果たして、田舎へ帰るに帰れず困っているとき、川崎から声をかけられたのです。そして自分は情報収集会社の者だが、自分の仕事を手伝ってくれれば、日雇いの数倍の報酬をはらうというのです。田舎では家族が金をもって帰るのを待ちかねています。絶対に手ぶらでは帰れない。さりとてドヤに泊る金もなくなってしまった身では、どうしてよいかわからない。途方に暮れていた矢先だったので、一も二もなく飛びついてしまったのです」

——川崎の仕事とは、どんな仕事か——

「それが初めのうちはよくわかりませんでした。ある人間を見張ったり尾行したり、そんなことばかりやらされていました。ところがそのうちに川崎から見張りや尾行を命じられた人間が、すべて、シルクロード物産の社長、木暮正則という人物につながっていくことに気がつきました。間もなく、川崎から、木暮は本名李世鳳というK国人で、在日北K国スパイ団のボスだと教えられました。なぜ北K国のスパイを見張るのかと質ねると、李は日本の情報を集めているので、自分は日本政府筋のある機関からの依嘱をうけて、彼の行動を監視していると答えました。そして私も日本を守るために働いているのだと言うのです。私もそれを全面的に信じたわけではありませんが、川崎は約束どおりの金を支払ってくれたので、彼の命令のとおり、働いていました」

——どうして郷里の家族へ連絡をしなかったのか——

「川崎から、いっさいの連絡をすることを禁じられたのです。この仕事は、国家の機密にも属することなので、許可があるまでは田舎の家族はもちろんのこと、親戚、知己などへの連絡もいっさいしてはならない。それを破ったときは即座に契約を解除するだけでなく、その人たちにどんな迷惑が及ぶかわからないと言われました。私は金が欲しかったので、言われたとおりにしたのです」

——その川崎からなぜ離れたのか？——

「川崎は、李を誘拐して密かにK国へ連れていく計画を立てていました。その理由は私は知らされておりませんでしたが、K国は李から北K国の情報を取ろうとしていたのでしょう。計画は極秘裡に進められ、四月十三日の夜、李が大阪へ行ったとき、ホテルから誘拐することに、手筈(てはず)を決めておりました。ホテルから連れ出すと、福井県の日本海岸まで車で行ってそこから漁船でK国まで運ぶ予定でした。私の役目は漁船に引き渡すまでのエスコートでした。その計画実行が迫った数日前、私は川崎が、李がK国へ行ったら、まず生きては帰れないだろうとふと漏らした言葉を聞いてしまったのです。私は急に恐くなりました。以前から胡散くさいとおもっていたのですが、どうやら私はとんでもないスパイ同士の争いに巻き込まれてしまったとおもいました。金は欲しいけれど、人殺しの片棒までかつがされるのは、いやです。おもい悩んだ私は、ついに李の許を密かに訪れ、川崎の計画をすべて打ち明けてしまったのです。李は、私の話を聞くと、たいそう感謝して、私は李の生命を救ってくれたが、川崎にとっては裏切り者になる、川崎が知ったらどんな目にあわされるかわからないから、当分身を隠していたほうがよい、家族や知己は真っ先に目をつけられるだろうからこれまでどおり連絡しないように、私の安全は李が保障すると言って、青葉荘に連れて来たのです。古いアパートだが、住人はおおむね北K国系の人だから安心していてよいということでしたが、どうやら私をそこへ軟禁していたことが、いまになってわかりました。李は私を川崎の手から守ってくれると言いましたが、川崎を殺して、その犯人に私をでっちあげるために、李の勢力下のアパートに軟禁していたのです。いちおう私の行動は自由でしたが、どこへ行くにも護衛という名目で、アパートの住人のだれかが従いて来ました。だれもいないように見えても、だれかの目が常にどこからか光っていました。私がここに住んでいると、警察に通報した者がいるそうですが、それも李の配下の仕業にちがいありません。李以外に私の居所を知っている者はいないはずです。私が指名手配されたので、いよいよ犯人として突き出したのです」

——あんたの奥さんが他の男と心中したのは、知っているだろうな——

「李の許を訪れたとき、妻を見かけ、エル・ドラドに勤めに出ているのを知ってびっくりしました。私を探しに上京して来たのだろうとは、うすうす察しましたが、川崎から禁じられていたので、連絡をしたくともできませんでした。心中をしたのも李が工作をしたのだとおもいます」

――李がなぜ、あんたの奥さんの心中を工作したんだね――

「わかりません。しかし李が、家内の心中のパートナーの波多野といっしょにいるところを何度となく見ましたから、家内を道具にして心中を偽装したのだとおもいます。家内は他の男と心中するような女ではありません」

――たいそう自信があるようだが、李はあんたと奥さんが夫婦であることを知っていたのかね――

「知っていました。李に川崎から狙われていると報せて、李の許にかくまわれてから家内がエル・ドラドで働いていると話しましたから」

――李に寝返ってから、いや李にかくまわれてから、なぜ奥さんに連絡をしなかったんだ――

「李からも当分連絡をひかえるようにと言われたのです。ホステスだから、どこからか見られているかもしれない。そのうちに自分がそっと会わせてやると言われて。それが心中させられてしまったのです」

——奥さんが心中したときに、偽装のにおいを感じたか——

「いいえ、そのときは驚きと悲しみに打ちのめされていました」

——奥さんは他の男と心中するような女じゃないといま言っただろう——

「そのときは李の工作とはおもいませんでした。相手の男に無理矢理に仕掛けられたものにちがいないとおもったんです」

——それがいつから李の工作とおもうようになったんだね——

「いまです。李が私を警察へ密告したのです。李は我々夫婦を殺人の小道具に使ったのです。そのために妻を雇い、私をかくまったのです。李の許ではからずも出稼ぎ夫婦が〝共稼ぎ〟するようになった偶然を、李はほくそ笑みながら、自分の犯罪の道具に使ったのにちがいありません」

——李の犯罪ではない。あんたの犯罪だよ。あんたが川崎を殺したんだ——

「私は殺してなんかいない。李が殺ったんだ」

——李が犯人だという証拠があるのか——

「李と川崎は、敵対関係にあった」

——単に敵対関係にあったというだけでは殺した証拠にならんよ——

「私は、絶対に殺っていない。私には川崎を殺す理由がないんだ」

——じゃあこれは何なんだ⁉——

取調官は、これまで温存していた〝切り札〟を突きつけた。例の〝手紙〟である。いきなり胸に突きつけられた手紙に怪訝(けげん)の目を向けた大槻は、次に顔色を変えた。

——どうやら、見おぼえがありそうじゃないか——

「こ、これがどうしてここに？」

——気になるかね——

「これは家内からの手紙ですが、いつの間にか、どこかで失っていたのです」

——どこから出てきたか知りたいか——

「教えてください」

——川崎の殺された現場にあったんだよ——

「まさか！」

大槻は、のけぞるように腰を引いた。顔色が紙のように白くなっている。取調官はそれを演技と見ている。

——川崎が尻の下に敷いていたんだよ。あんたか川崎がもっていなければ、そんな所にあるはずがない。川崎が死ぬ前に、人の細君の手紙を尻に敷くはずがないだろう——

「李だ！　李の所で私が落とした手紙を、彼が川崎を殺して死体のそばに残していったのだ」

大槻は、新たな発見をしたように目を見開いて叫んだ。

――大槻！　悪あがきもいいかげんにしろ。この手紙の中にはあんたの奥さんの体の毛が入っているよ。あんたを追いかけて来て心中する前に、あんたの身を案じて送ってきたんだ。人の細君の毛が入った手紙をだれがもっているものかね。あんただけにご利益のある大事なお守りじゃないか――

「家内の毛が？」

大槻の表情が動いた。

――疑うなら自分で確かめたらどうだ。たがいの体の毛なんて、夫婦にとってこれほど実のあるお守りはない――

「刑事さん、本当に家内の毛といま言いましたか」

――まぎれもなく女性の体毛だね。もっとも、遺体は解剖して荼毘に付してしまったから、いまとなっては確かめられないが、血液型は一致している。あんたが見れば、自分の細君の毛だから、わかるだろう――

「それは家内の毛ではありません。いえ、その手紙に家内の毛が入っているはずはないのです」

血の気のなかった大槻の顔に、自信がよみがえっていた。

――おまえ、奥さんの手紙の文章を忘れてしまったのか。もう一度よく読みなおしてみろ。あなたの忘れていった私の体の毛を、恥ずかしいけれど同封しますと書いてあるじゃないか——

「刑事さん、その手紙の日付けを見てください」

——日付けだと？——

「十月二十八日となっているでしょう」

取調官は、封筒の消印日付けを確認して、

——日付けがどうかしたのか——

2

この山域は規模は大きくないが、原生林、カヤトの尾根、沢、峠、そして山麓にちりばめられた詩情豊かな温泉や由緒深い史蹟など山岳公園の魅力の要素のすべてを備えている。東京からのアプローチがよいということも、自然に飢えた都会人にとってこの上ない好条件となっている。

そのため休日ともなると、都会の汚濁の中に閉じこめられていた人々がどっと繰り出して来て、主要ハイキングコースや沢登りのルートは、行列ができるほどである。

しかし、それもガイドブックに記載された〝表通り〟だけであって、一歩コースからはずれると、自然が言葉どおりの静寂を保っている。

富士の裾にまつわりつくようにして形成されたこの山域は、相模（さがみ）平野の村落と微妙に入り組んでいる。山域の奥の方まで、人里が侵略している一方で、すでに人間の領域となった地域に未開の山域がその触手をさしのばしている。しかし自然の触手と見えた地域は、実は人間の貪婪な開発の中に取り残されただけにすぎず、いずれは、そのキャタピラーに蹂躙される運命にある。

だが、その自然と人里の境界あたりにある自然に、自然としての本当の素顔があるようである。それは「忘れられた自然」のナイーヴさともいえる。山の小動物のテリトリーであり、季節には山の幸も豊かである。

ここ一、二年、この静寂境に異変がおきた。休日となると、ハイカーともハンターともつかない人種が都会からやって来て、所かまわず掘りかえすのである。それも掘りっぱなしで彼らが去った後は、穴だらけになる。

この時ならぬ〝穴掘り公害〟に晒されて迷惑をうけたのは地元であった。穴掘りの目的は、このあたりに多い山芋にあった。別名自然薯と呼ばれ、日本原産の宿根性のつる性多年草である。芋と呼ばれる部分は、根と茎の中間的性質をもち、円柱形をしており、地中に深く自生している。果肉は白色で粘りがあり、強精食品として用いられる。この山域は山芋の宝庫であった。

これがいつの間にか都会人種に目をつけられて、穴掘り公害となった。山芋など、もともと地元の人間が時々滋養強壮の薬用にする程度で、ほとんど放置されていたものである。

ところが一種の流行のように山芋掘りが広まると、所きらわず掘りかえすために、山の他の植物まで損なってしまう。掘った後を元どおりに埋めておけば、翌年もまたその名のとおり自然に生えてくるのだが、掘りっぱなしにしておくものだから、せっかくの山の幸が一年で枯れてしまう。

神奈川県愛甲郡愛川町半原の住人武岡富次は、自分の家の近くの山林が心ない山芋掘りに荒らされるのが、がまんならなかった。しかし捕まえて穴を埋めるように言っても、おまえの土地ではあるまいに、大きなおせわだと開き直る。

そのため彼は地元の〝自衛手段〟として閑さえあれば、穴を見つけしだい自分で埋めたてるようにしていた。そんなことではとても公害に立ち向かえない一臂の力であったが、まったく手を束ねてなにもしないのよりはよい。

せめて自分だけは都会人の自然破壊に対するささやかな抵抗の証明をしていきたい。

山芋の収穫期は秋であるが、町から来る連中は季節におかまいなく掘り立てる。一月末の日曜日午後、武岡はスコップを肩にしてまた裏山へ入って行った。この裏山が、弘法大師が経巻をおさめたという伝説のある経ケ岳につづいている。

山へ入って少し行くと、上の方から、明らかに〝山芋掘り〟と知れる風体をした若い男の二人連れが下りて来た。収穫はなかったらしく手ぶらである。一人は怪我をしたと見え、手が血だらけであった。

「すみません、なにか包帯になるようなものを持ち合わせていませんか」

彼らは武岡を見かけると、ホッとしたように声をかけてきた。

「どうしたね」

かなり深い傷らしく、指先に応急に当てたハンカチが血でぐっしょり濡れている。

「この先の山の中で芋を掘っていたら、土の中から瀬戸物のかけらが出てきて、手を切ってしまったんです」

怪我をしたほうは、出血にびっくりしたのか真っ青になっている。

「そいつはいけねえな。黴菌(ばいきん)が入るといけないから、早く医者に手当てしてもらったほうがいいよ。とりあえずこれで血を止めておけや」

武岡は、汗拭きにもってきた新しい手拭いを差し出した。人の善い彼は、日ごろの怨みも忘れて、いちばん近い集落の診療所の場所を教えてやった。そして彼らが怪我をした地点を聞いた。そんな危険な場所を放置しておくと、また新たな怪我人が出るとおもったからである。

どうせ都会者がゴミの捨て場所に困って不法投棄したのであろう。

その場所は、すぐに探し当てられた。掘り返された土の色が新しい。かなり深く掘り進められていた。

「やっこさんたち、もう少しのところで芋にありつけたのにな」

武岡は、いまの連中と同じ怪我をしないように注意をしながら、穴の底へ下り立った。

たしかに土の中から陶器の破片らしいものが覗いている。

スコップの刃を土に当てて、少しずつ破片をかき出した。こんな所に捨てられたら、山の幸が迷惑する。

「おや、これは一つや二つじゃねえぞ」

かき出すほどに破片はいくらでも出て来る。たちまち、破片の山が穴の傍らにできた。原品（もと）は高価な品物だったらしい。美しい彩色を施された模様が、破片に入っている。不法投棄犯人の身許をしめすものが、いっしょに埋められているかもしれない。

「こんな所へ埋めやがって、とんでもねえ野郎だ」

武岡は、犯人を呪いながら、破片を掘り出した。

「あれ、これはどこもこわれていねえぞ」

スコップにかき出された陶器の一つをつまみ上げて、彼はびっくりした声をあげた。それは土に汚れているだけで完全無欠の皿であった。陶器の鑑識眼のない彼が見ても、一目でそこらに転がっているような安皿でないことがわかった。

武岡の義憤が不審に変った。さらに掘り進めると、いくらでも出てくる。皿、碗、象牙の箸、ちりれんげ、そして、銀製の壺までが発掘された。どうやら中国料理の食器らしいことは武岡にも推測できた。それも彼が口にするラーメンやチャーハンの如きに使う食器ではない。

「いったい、こりゃどうしたことだ」

武岡は小山のように盛り上げた食器の堆積を見て首をひねった。その五分の一は、完全な品である。不審を通り越して、気味が悪くなった。彼は自分の判断に余ったので、警察へ届け出ることにした。

3

突然、山谷の労動者殺害事件の捜査本部に呼ばれた李世鳳は、面喰ったおももちで出頭して来た。自分がどうしてこんな方角ちがいの警察から呼ばれたのか、見当がつかない様子である。

「本日は、わざわざお呼び立ていたしまして恐縮です。実は私どもの管内で発生した事件についてちょっとおうかがいしたいことがございまして」

取調官はおもむろに切り出した。

「いったいどんなことでしょう」

李世鳳は、風呂からあがりたてのような艶々した表情で応対した。

この野郎、とぼけやがって！　いまにその化けの皮を引ん剝いてやる——取調官は心

中の罵言をさりげなく抑えて、

「あなたは川崎芳郎という男をご存じですか。銀座の東西資料通信社という情報会社の社員ですが」

「いいえ」

李の表情にはまったくなんの動きも見えない。

「それでは崎山四郎は?」

「知りませんなあ、その人がどうかしたのですか」

「あなたの経営する鳳城苑をよく利用していた人ですがね」

「ああ鳳城苑のお客、しかし、私は、店は店長まかせで出ていませんのでね、お得意の顔を知らんのですよ」

「ほう、知らない。それでは大槻敏明という名前は?」

「おおつき?　何者ですか」

「ほう大槻敏明も知らない。夫婦であなたの所で〝共稼ぎ〟していたはずですよ」

「夫婦で、はてそんな社員がいたかな」

李は、大仰に額に手を当てた。

「大槻敏明はあなたの奥さんの所有名義になっている深沢の青葉荘に住んでいた。また、敏明の細君の真佐子は、エル・ドラドで働いていました。関央大学の資金室長と心中した女です」

「ああ、あの女ですか。エル・ドラドは家内に経営をまかせておりますのでね、その従業員にどんな人間がいるのか、私は知らないのです。青葉荘なんてアパートは家内が道楽でやっているもので、私は全然知りません。そこの店子と、エル・ドラドのホステスが夫婦であろうとなかろうと、私には関係ないことです」

「なるほど、するとあなたは、川崎芳郎も崎山四郎も大槻敏明夫婦も知らないと言うのですね」

「知りません」

李の否定には自信があった。それだけ捜査陣に対するみくびりがある。

「実は崎山四郎こと川崎芳郎が先日殺害されましてね。山谷の公園の公衆トイレの中で死体となって発見されたのです」

「ほう、それはそれは。しかし、それが私にどんな関わりがあるので」

「川崎芳郎の死体の下にこの手紙が残っていたのです」

「大槻敏明、差出人は大槻真佐子、いまの夫婦ですな」

「そうです。ところでその宛名人の大槻敏明が、その手紙をあなたの所で落としたと言っているのですよ」

「大槻が、私の所で？　そんな馬鹿な！　私は大槻という男を全然知らんのですよ」

声が少し高くなっているが、表情はまったく動かない。

「まあ、よろしいでしょう。それはこれからおいおい証明していきます。それでは大槻はこの手紙を仮にXの所へ落としたとします。Xが大槻に罪を着せるために、川崎芳郎の死体のそばに手紙を故意に残していった」

「ちょっと待ってください。どうしてXが落としたと決めるのですか、大槻本人が落としたかもしれないじゃありませんか」

「大槻は、手紙の落とし主になり得ないのですよ」

「なぜ？」

「大槻は、その手紙をもっていなかったからです」

「どうしてそう言い切れるのです。大槻がどこかで手紙を失ったと嘘をついているかもしれないでしょう」

「失ったとすれば、Xの許でしかあり得ない」

「私は、Xに縁もゆかりもないが、そんなことで疑われてはXが可哀想ですな。ましてXが外国人なら、国際問題に発展しかねない」

Xに縁もゆかりもないと言いながら、敢えて自分をXに仮託するような李の口調が、彼の自信のほどをしめすものであった。

「そのへんは我々も慎重に行動しております。ここに二通の手紙があります。いずれも大槻真佐子より、夫の敏明に宛てたものです。一通は一昨年十月二十六日、他の一通は同月二十八日の日付けになっております。ちょっと内容を読んでください。いやいやご関係ないことはよくわかっておりますから、一つ捜査にご協力いただくということでお読みください。あ、いずれの封筒にも〝同封物〟が入っておりますから、便箋だけ、注意して引き出してください」

李が、渋々という形で便箋を引き出して目を落とした。取調官は、その中の一通の内容はすでに李が熟知しているとにらんでいるが、李の表情からは、うかがい知れない。

李にとって未知のはずの十月二十六日付けの手紙の内容は次のようなものである。

——一昨日出した手紙は、すでにお手許に届きましたでしょうか。私は、手紙を出してから、大変な忘れ物をしたことに気がつきました。私は自分のことばかり考えていて、あなたがもう一つ欲しがっているにちがいないものを忘れてしまったのです。ここに遅ればせながら、太一の髪の毛をお送りします。太一は毎日元気にとびまわっていますからご安心ください。お正月になると、お父が隠れん坊から姿を現わすと本当に信じております。どうかお正月には必ず帰って来てくださいね。それまではこの髪の毛を太一とおもってください。それから私の恥ずかしい所の毛といっしょにしないでくださいね。それでは一日も早いお帰りを、太一とおばあちゃんと私の三人で待ちかねています。お身体くれぐれも大切に。

真佐子――

「いかがです」

取調官は、李が読み終った気配を悟って、覗き込んだ。

「泣かせる手紙ですね。子供の髪の毛を送るなんて。しかし、それが私になにか？」

「手紙の日付けに注意してください。一通が十月二十六日、他の一通が同月二十八日です」

「そのようですな」

「便箋と封筒の日付けを比べてください」

「なんのことか、いっこうにわからないが」

「あなたほどシャープな方がわかりませんか。十月二十六日、つまり第一の手紙のほうに、〝一昨日出した手紙云々〟の文章があるでしょう。ところが二番めの手紙は二十八日付けになっている」

「…………」

「真佐子は二通しか夫宛に手紙を出していません。つまり、この二通の手紙は、封筒と便箋が交互に入れ替っているのですよ。二十六日付けの封筒に二十八日の便箋が、二十八日付けの封筒に二十六日の便箋がね」

あっという驚きの色が初めて李の鉄面皮に動いた。取調官はすかさず、

「十月二十六日の封筒の中には、大槻真佐子の体毛が、そして十月二十八日には、その子供の髪の毛が入っていた。ところが大槻敏明は、それぞれの便箋をべつの封筒に入れちがえてしまったのです。つまり十月二十六日の封筒には、真佐子の体毛と二十八日付けの便箋が、二十八日の封筒の中には、子供の髪と二十六日付けの便箋が入っていたはずなのです。ところが……」

取調官は、ここでおもい入れよろしく、李の面を凝視した。李はすでに先刻のわずかな動揺から立ち直っていた。

「……ところが、これを見てください」

取調官は、二人をへだてたテーブルの上に、白紙を敷いて、二通の封筒の中身を距離をおいて取り出した。どちらも一つまみほどの赤茶けた縮れ毛である。

「見ただけで、同じ部位の同じ毛とわかるでしょう。検査の結果、血液型、色素数などから同一女性の体毛と認められました」

この意味がわかるかと言うように、取調官は李の顔に視線を当てながら、

「これは明らかにおかしい。十月二十八日付けの封筒の中には、子供の髪の毛が入っていなければならない。ところが二通ともに同じ女性の体毛が入っていた。これはいったいどういうことでしょう?」

「私に聞かれても、答えようがありませんね」

だが、一瞬、李の身体がゆらりと揺れたのを取調官の目は見逃さなかった。練達の取調官には獲物を確実に網に追い込んでいる感触が伝わってくる。

「それでは私のほうからご説明しましょう。大槻は、Xの許で十月二十八日付けの手紙を落とした。その中には子供の髪が入っていた。落としたはずみにか、Xが封筒の中身を覗き込んだときにか、とにかく髪の毛を落としてしまった。髪の毛は風にさらわれて飛んでいったかしたのでしょう。Xはそこで入れちがっている二十六日の便箋を読んで、てっきり同封物は、真佐子の体毛だとおもってしまった。そして真佐子の体からそれを採取して、封筒に入れて、川崎の死体のそばに落としてきたのです。つまり、真佐子の体毛を手に入れられる者が、Xということになります」

「なかなかおもしろいお話ですが、大槻真佐子がエル・ドラドに勤めていたという理由だけで、私が彼女の体毛を取ったと疑っているんじゃないでしょうな。そうだ、それに彼女が心中したのは、昨年の五月ごろだったでしょう。川崎とやらが死んだのは、今年になってからじゃありませんか。死んだ女の体毛をどうやってXは手に入れたのです」

「川崎が今年になってから死んだと、どうして知ったのです」

「そんな報道をどこかで見聞きしたのを、いまおもいだしたのです。たしか山谷の労動者が公衆便所の中で死んでいた事件でしょう」

「よくおもいだしてくれましたね。それではおもいだしついでにXは五月二十三日の真佐子の心中以前に、体毛を採取したとは考えられませんか」

「なんのために、そんなことを？」

「Xが大槻敏明の手紙を拾って、いずれなにかに利用するつもりでですよ。そのころからXの胸には川崎を殺す計画があったかもしれない」

「なかなかたくましい想像力をもっていらっしゃる。しかし、女性の体毛なんて、簡単には〝採取〟できませんよ、特殊な関係でもないかぎり。私は家内の経営している店の女には手をつけません。それほど女には餓えておらん」

「いや必ずしも、特殊な関係になくとも採取できる場合があります」

「ほう、それはまたどんな？」

「大槻真佐子が心中したときです。もし彼女の心中が偽装であれば、その工作を施した者は、いくらでも欲しいだけ彼女の体毛を採取できたはずです」

「大槻真佐子が偽装心中、いったいどこからそんなたわけた妄想を引っ張り出したのです」

「妄想じゃありません。事実です。大槻真佐子と波多野精二は殺されたのです。犯人があとから心中を偽装したのです」

「まあ、彼らの心中が偽装であろうと、本物であろうと、あるいはまた無理心中であろうと、私には関係ないことですがね」

「関係はあります」

取調官はピシリと言った。

「関係がある？　それは聞き捨てになりませんね。いったいどんな根拠があって、そんないいがかりをつけるのですか」

返答しだいによってはただではすまさぬという決意を眉宇に見せて、李は構えを新たにした。

「これを見てもらいましょうか」

取調官は、陶器の破片のようなものを、李の前においた。皿や、丼の破片のようである。

「何ですか、これは」

「見たとおり、皿や丼のかけらです。中国料理の食器ですよ」

「中国料理！」

李の顔が歪んだ。なにかおもい当たることがあった様子である。意志の力をもってしても抑えつけられない激しいショックに、李は初めて大きな動揺を見せた。

「どうやら心当たりがおありのご様子ですな。そのはずです。この食器のかけらは、すべて鳳城苑のものです。みな鳳凰のマークが入っていますね。中には満足な形を残したものもある。まさかご自分の店のマークを忘れてしまったわけではありますまい」

李はショックが大きくてものも言えないらしい。

「この食器、どこから出てきたとおもいます？　丹沢山中で、山芋掘りに行った人が、芋のかわりに掘り出したのです。だれがいったい埋めたのか。しかもまだ使える食器がたくさんあった。ここにもってきたのは、ほんの一部ですが、全部掘り出して調べたところ、鳳城苑の北京コースという最高級コースの五人分の食器だということがわかりました。料理も最高級だが、食器も、メーカーに特注した最高級品です。しかもそれは五月二十二日夜、李さん、あなたのお宅に出前したまま、まだ返されていない食器であることが、確かめられたのです。あなた、どうして、その夜の出前の食器をこんなにこわしてしまったのですか。そしてなぜ丹沢の山中なんかに、満足な食器までいっしょにして捨てに行ったのですか」

「そ、そんな、食器なんてたくさんある。どうしてその中から五月二十二日に私の家に出前したものだと決められるのかね」

李は、必死に抵抗していたが、いまや断末魔のあがきのように見えた。

「ほう、五月二十二日に出前した食器ではなにか都合の悪い事情でもあるのですかな」

無駄な抵抗は、ますます立場を悪くしたようである。取調官はいよいよとどめの一撃を加えようとしていた。

「それにあんたと波多野の指紋が仲良くついているんだよ。調べたところ、あんたは五月二十二日以外は前後三か月以上、鳳城苑で飯を食っていない。二十二日以前の指紋は、食器洗いによって消えているだろうし、二十二日以後では、波多野の指紋は押せない。
波多野は五月二十二日に中国料理を食っている。胃袋の中にあった食べ物は同日鳳城苑があんたの家に出前した料理とピタリと一致している。丹沢山中に捨てた食器を使ってあんたと波多野がいっしょに中国料理を食べられたのは五月二十二日以外にはあり得ない。その夜波多野は、大槻真佐子と心中した。真佐子は、これから心中するというのに最後の晩餐を波多野といっしょにしていない。二人は最後の情交も行なっていない。どちらにも自殺しなければならない理由などない。こんな心中ってあるものか。二人の心中が偽装であることは明らかだ。一方、あんたは、波多野と五月二十二日いっしょに中国料理など食っていないと言いながら、その日出前させた料理の食器に、あんたと波多野の指紋がべたべたついている。なぜそんな嘘をついたんだ。すなわち、偽装心中させるために嘘をつかなければならなかったんだ。あんたが偽装の演出者なら、いくらでも大槻真佐子に接触できたわけだ。彼女の体毛を欲しいだけ採取できる位置にいたということだ。どうだ、なにか言い開きすることがあるか」

4

李世鳳は犯行を自供した。

「私は、北K国の工作員です。国籍はK国ですが、北K国に両親と妻子がおります。井川貞代とは重婚した形になっておりますが、日本人との結婚に際して、本国の戸籍がないと偽って、陳述書と宣誓書に記入するだけで手続きをすませました。

私は日本における北K国工作員の拠点とされておりました。私は、いつの間にか日本政府の情報機関やK国情報部に知られる存在になってしまいました。そしてK国情報部と川崎芳郎が協力して私をK国へ誘拐する計画が密かにできていたのです。その目的は、私から北K国の情報を取ることと、北K国工作員の拠点たる私を取り除いて、その活動を封じこめることにあったようです。その計画を事前に私に漏らしてくれたのが、大槻敏明です。大槻は、殺人の片棒をかつぐのが嫌だと言ってましたが、真意は計画を私に漏らしてまとまった金をもらいたかったのです。

私は大槻に金をあたえ、私の保護の下におきました。大槻を川崎の手に返すと、大槻が裏切ったことを彼らが悟り、別の計画を立ててしまう。そうなると、こちらの乗ずる隙がなくなるからです。

こうして、彼らの第一次誘拐計画は躱しました。私を誘拐する手筈になっていた四月十三日、私は〝急病〟になって大阪行きを取り止め、代りの人間(ダミー)を差し向けて敵の出方を見ました。私たちの意図は、日本の情報機関が内政干渉ともいうべき、K国情報部の東側工作員誘拐計画に加担している事実を暴露することにありました。しかし、敵もさる者で、我々の囮を見破ったらしく、当日行動をおこしませんでした。こういう計画は一度挫折すると、なかなか再度の行動をおこし難いものです。我々はしばらく両すくみの状態に陥りました」

――波多野と真佐子をなぜ偽装心中させたのか？――

「大槻敏明が私の誘拐計画を売るために、私の許を密かに訪れて来たとき、私の車にいっしょに乗っているところを、たまたま交差点で隣合わせたタクシーに乗っていた波多野と真佐子に見られてしまったのです。すぐ隣だったので、ごまかしようのない出会いでした。

川崎らに先んじるために、大槻が私といっしょにいたことは、絶対に伏せなければなりませんでした。しかし真佐子は、夫を探すために上京して来たので、早速、大槻に会わせてくれと言って来ました。出会ったとき、大槻が反応を見せてしまったので、人まちがいではごまかせませんでした。大槻を消せば、計画が漏れたことを川崎に悟られます。このとき真佐子の運命は決まりました。しかし真佐子だけ消せば、当然波多野が怪しみます。当時波多野は、槌田と辰巳と貞代が組んで不正入学の大量斡旋をやっていたのを嗅ぎつけて、自分にも一枚かませろとしつこく要求していました。大学は我々にとって最大の情報蒐集源であり、工作効果の大きい所です。槌田と辰巳が欲の皮だけで動いていたのに対して、波多野は辣腕であっただけに、私の正体をほぼ正確に見抜いて、不正入学による利益はカモフラージュで、真の狙いは、関央の工作にあるのだろうと恐喝してきました。彼の住んでいたマンションも、槌田、辰巳、その他後ろ暗いところのある教授連を恐喝して買ったものです。もともと波多野には恐喝の才能があり、私がやらなくとも、早晩だれかに消される運命にありました。ここに、波多野と真佐子の偽装心中の設計図は引かれたのです。

五月二十二日、波多野と真佐子をそれぞれべつに私の家へ誘い込みました」

――二人をどのようにして誘い出したのか――

「波多野には、槌田、辰巳、真佐子と私の五人で、私の家で食事をしながら今後の相談をしようと誘いました。また真佐子には、大槻に会わせてやると言うと喜んでやって来ました。その際、いずれにもこれは秘密の会合だから、私の家へ来ることは口外しないようにと言い含めておきました。波多野は不正入学の同じ穴の貉の会議に加わる意識がありますから、だれにも漏らす気遣いはありません。真佐子にも大槻はある秘密情報会社で働いているので、家族におおっぴらに会えないのだと言って、それぞれに車を迎えにやり、二十二日の夕方前後して秘密裡に私の家へ連れ込みました。

心中らしく見せかけるためには、真佐子にも同じ料理を食べさせたかったのですが、大槻が来ていないと、彼女が怪しむので、睡眠薬入りジュースを飲ませて、別室に寝かせておきました。

大槻が落とした手紙を覗いたとき、中の毛を失ってしまいましたので、そのとき、後でなにかに利用するつもりで、眠っている真佐子から採取して、手紙の中に〝補充〟しておきました。その時点では手紙を何に利用しようというはっきりした意図はありませんでしたが、文面に見合う中身がないとおかしいので、補充しておいたのです。

波多野は、その後で連れ込みました。槌田と辰巳は急な用事で来られなくなったが、ちょうどいい機会だから、真佐子を自由にしてしまえ、これが波多野を正式に仲間に迎え入れるにあたっての我々のプレゼントだと言って、彼女の寝姿を見せてやると、波多野はすっかりその気になって、〝戦(モノ)〟の前の腹ごしらえとばかり、自分の運命も知らず食い意地を存分に発揮しました。料理の中に仕込んだ薬効で間もなく眠り込んだ波多野を、真佐子といっしょに、鳳城苑の出張料理車に乗せて彼の住居へかつぎ込んで心中らしく装ったのです。すでに素地ができていたので、その工作はスムーズに運びました」

――その工作は一人でやったのではないだろう――

「部下は事情を知らずに手伝いました。部下には責任はありません。もし部下の名前を言わなければならないのであれば、これ以上の供述は黙秘します」

聞かなくともおおかたの当たりのついていた取調官は、

――工作中、鳳城苑の車に黒河内慎平氏が墜落してきただろう――

「現場が暗かったので、初めは気がつきませんでした。走り出してから車の屋根になにかが落ちているのに気がついたのです。黒河内氏の身体は、墜落の加速度で車の屋根に半身突き刺さったような形になっていました。そのため屋根の破損は内に閉じこめられた形になって、破片もほとんど周囲に飛び散りませんでした。私は仰天しましたが、なぜ黒河内慎平氏が車に飛び込んで来たのかわかりませんでした。黒河内氏ということも、咄嗟にはわかりませんでした。とにかく屋根に人間を突き立てたまま走れません。そこまでだれにも怪しまれずに走って来たのも僥倖(ぎょうこう)でした。

車内に横たえてみると、すでに死んでおりました。そのとき初めて、黒河内慎平氏であることに気がついたのです。心中の工作中に彼がマンションの上から車の上に墜落して来た状況がわかりましたが、いまさら、彼の死体を戻しに現場へ戻れません。かといって、その辺に死体を転がして逃げれば、心中の発生した時間帯に密かに駐車場へ出入りした車の存在が露われて、偽装が露顕してしまいます。黒河内氏の死体には、車の屋根の塗料沫(とりょうまつ)や、鳳城苑の食器の破片が食い込んでいるかもしれません。そこで止むを得ず、黒河内氏の死体を隠すことにしたのです。いったん自宅へ戻って、死体と食器を私の車に積み換えてから運びました」

——死体を隠した場所は、どこか——

「墜落のショックでこわれた食器を埋めた場所からあまり離れていない丹沢の山中です。以前によくコジュケイを射ちに行って土地カンがありました」

――川崎をなぜ、どのようにして殺したのか――

「川崎は、偽装心中の真相をほぼ正確に突きとめてきました。彼は侮るべからざる敵でした。彼は大槻の裏切りとその妻の心中を結びつけて偽装を見破ったのです。そしてそれを黙秘する代りに北K国工作機関の組織図を売り渡すように求めてきました。そんなことをすれば、私は生きていられません。幸い、偽装心中の一件は、私との取引の餌にするために川崎一人の胸におさめていたようでした。どのみち川崎は我々にとって、生かしてはおけない最もうるさい敵でした。川崎とK国情報部の癒着を暴くために、川崎を葬り、K国情報部の出方を見る意図もありました。

この川崎の排除に、ようやく妻の心中を怪しみはじめた大槻を利用すれば、まさにこの上ない〝廃物利用〟です。たまたま保存しておいた、大槻の妻からの手紙を、そのために利用したのです。一月十八日夜、ドヤ街工作に山谷へ潜入した川崎を密かに尾行して、午前三時ごろ玉姫公園のはずれで金槌で殴打して殺害しました。公園の一角で労働者が何人か酒を飲みながら焚火をしていましたが、みな泥酔しており、なにが起きたか気づきませんでした。殺害後、公衆トイレットの中に死体を運び込んだのは、ご推察のとおり、大槻を犯人に仕立て上げるための手紙を風にさらわれないためです。殺害後の始末を終えてから、警察に通報しました。まさか、手紙の封筒と便箋が入れ替っているとは知りませんでした。私がすべてを自供する気になったのは、北K国に残した両親がすでに死亡し、妻もすでに他の男と再婚していたことが最近わかったからです。私は、北K国においては、すでに死亡した者とみなされていたのです。私にはすでに祖国はありません。祖国のために守るべき利益も秘密もないのです。いまは、日本の妻子が私にとっては大切です。このたびのことは、まったく妻子に関わりがありません。また私に〝北K国の妻子〟があったことは、どうか貞代や子供たちには伏せておいてください」

翌日、李世鳳の案内で、丹沢山中から、黒河内慎平の死体が掘り出された。半ば白骨化した死体の解剖によって、死因は墜落ショックによる頭蓋骨骨折、内臓挫傷、および全身打撲と認定された。

ここに、マンション偽装心中事件とビル王行方不明事件は、いっきょに解決を見たのである。

失墜したとどめ

1

　関央大学総長選挙は、わずかな票差で野路英文が再任された。立候補者は野路英文、淳子夫婦と、大学や各学部から推された六名であったが、本命候補は、英文と淳子の二人である。大学史上稀に見る〝夫婦選挙戦〟となったが、淳子がこれまで務めていた理事長の後釜にかつぎ出そうとした東西電鉄社長沢本忠彦が、関央大学の不正入学事件の暴露に嫌気がさしたとみえて、理事長就任を急に渋りだしたために、これが淳子派にとってマイナスの材料になった。

　沢本の後楯（うしろだて）の有無は、関央の今後の支配権に大きく影響する。ともかく英文は、おもわざる不祥事件が、怪我の功名となってことなきを得た。

　総長選後第一回の教授会で槌田、辰巳両教授は懲戒解雇を決議された。ここに全学もめにもめた関央大学不正入学事件は、いちおうの終止符を打たれたのである。

だが、当事者たちにとっては、事件はまだ尾を引いていた。

2

二月十七日午前二時ごろ、渋谷区代官山町のマンションで一つの事件が発生した。

女は、夜の勤めから帰宅して来ると、だれもいないはずの自分の部屋の窓に灯がついているのを見て、眉をしかめた。

——またあいつが来ている——

女は、深夜の勤めに疲れた身体を、熱いシャワーを使って自分一人の空間の中で憩めたかった。すでに魅力の失せた男の愚痴を聞きながら、またサービスさせられるのはかなわない。この時間だと、泊っていくことになるだろう。

まったくとんでもない男に部屋のキイを預けたものだわといまにして後悔している。いっそのこと、このまま部屋へ帰らず、どこかのホテルへ行ってしまおうかとおもった。

しかし、今夜すっぽかしても、また明日の夜やって来る。来れば必ず、昨夜はどこへ泊ったかとねちねち追及される。べつにだれにも拘束されている身体ではないが、これまでの関わりから、相手の男には女を〝独占〟している意識がある。

一日のばしにのばしても躱しきれる相手ではない。女はあきらめて、部屋へ入ることにした。男は、女の足音を耳敏く聞きつけて、待ちかねたようにドアを開いた。

「遅かったね」

男は、精一杯の愛想笑いを浮かべて、女を迎えた。

「あら、いらしてたの」

女は、知っていながら、素っ気ない声で言った。

「ああ、夕方からずっとね」

「まあ、お店に来てくだされぱよかったのに」

女は故意に痛い所を突いてやった。

「きみも意外と意地が悪いね、もう行けるはずがないじゃないか。関央はやめたんだよ」

「やめたって、いっこうにかまわないわよ。うちはふりの人でも大歓迎するわ」

「そんな意地悪言うもんじゃないよ。いまは無収入の浪人だよ。もうコンプもきかないしね。だからこうやってきみの家で待っていたんじゃないか」

男は、賤しげにもみ手をした。関央の有力教授として羽振りをきかしていたころは、中年の渋みと、人生を積極的に生きる男の熱っぽいエネルギーを感じさせられたものだが、こうしてその羽振りを捞り取られた姿は、いやらしさだけが拡大されている。

自慢にしていた濃い太い眉は、だらしなくたれさがり、目は充血して、縁に少し目やにがたまっている。常に他人の目を意識して意志的に引きしめていた唇は、コイサン族のように下唇が突き出されて、黄色い歯を覗かせている。

いつも一筋の乱れもなく整髪していた髪が乱れて、隠されていた地肌が露出していた。

――男って、〝現役〟から引き離されると、こうも速やかにだめになってしまうものかしら――

女は、男の変貌というよりは、衰耗にあきれるおもいであった。

「疲れたわ。とにかくシャワーでも使わせてよ」

女は、男を邪険に振りはらうようにして家の中へ入った。

「やあこれは気がつかなくってごめん。ゆっくり疲れをシャワーで落とすといい。ところで、きみ、お腹の状態はどうだい。寿司を買ってきてあるんだが」

「いま、お腹いっぱいよ。帰りがけにお客さんにご馳走になったの」

女は、ニベもなく言うと、浴室へ入った。関央で飛ぶ鳥を落とす勢いだった花形教授が、デパートの食品売場あたりで、できあいの寿司を買っている侘しい構図を想像して女は、本当にこのへんがこの男と別れる潮時だとおもった。

しかし、腐れ縁ながら、数年つづいてきた仲なので、一方的に引導を渡しても、なかなか相手が応じてくれないだろう。まして、男は、いまや女のひも的存在に急速に成り下りつつある。

女はシャワーを使いながら、男を捨てる算段をおもいめぐらした。

「ああ、今日は疲れたわ。もうぐったりよ」

女は、浴室から出ると、ネグリジェに着かえながら、予防線を張った。

この一言で、男の出鼻をかなり挫(くじ)いている。

「早く寝(やす)んだほうがいい」

男は口先だけは殊勝に言った。

「あなた、こんな遅くまでこんな所にいて、奥さんの方はいいの？」

女は、それとなく聞いた。

「ふん、あんなやつ。事件が表沙汰になってから、子供を連れてサトへ帰ってしまったんだよ」

「あらあら、それはお気の毒ね」

と女は同情する振りをしながらも、これは下手をすると、このままずっとおいてくれと言われかねないとおもった。

「まったく夫婦なんていっても、薄情なもんだよ。あいつめ、おれと結婚したんじゃなくて、大学教授と結婚したんだと、臆面もなくぬかしやがった」

「お気の毒ね、電気消すわよ」

口先だけの合い槌を打ちながら、ネグリジェに着かえた女は、さっさとベッドにもぐり込んでいた。

「もう寝るのかい」

早く寝めと言ったばかりの男が、不満気に言葉を滞らせた。

「疲れているのよ」

「ぼくたち、一週間ぶりだよ」

「あら、二、三日前に逢ったばかりだとおもっていたわ」

「今日で六日めだよ。先週の土曜日に逢ったきりだ。きみも冷たいなあ」

「ここのところ忙しい日がつづいているのよ」

「きみの勤めがたいへんなことはわかるがね、今夜、ぼくが来ることは、連絡しておいたはずだ」

「あら、そうだったかしら」

「ぼくが来ることを知っていながら、客とつき合っていたのか」

下手に出ていた男の口調が詰問調になった。

「お客に誘われたら仕方ないでしょ」

「どうせ、おれはもう客じゃないからね」

「あなたは身内でしょ。ご自分でもそう言ってたじゃないの」

「身内だったら、一週間ぶりだよ、な、いいじゃないか」

男は、女の体に強引に手をかけた。女からの一週間の禁断と、背を向けられかけている焦りが、男の欲望を膨張させ、その動きを粗暴にしていた。

「私、疲れているって言ったでしょ」

女が、男の手をはらいのけた。

「疲れていても、あのことはべつだろう」

男は、未練たらしく女の体にすり寄って来た。

「なによう、いい年して、盛りのついた犬みたいに。私、そんなの嫌いよ」

いったん嫌とおもい込むと、男の言動のすべてが、嫌悪の的となる。

「なんだと⁉」

男の声が尖った。

「そんなにしたければ、奥さんを追いかけて行きなさいよ」

「おまえ、浮気してきたな」

男の声が猜疑に充ちた。

「それどういうこと？」

女が開き直った。

「一週間もご無沙汰していて、そんなにぼくを避けるのはおかしい。他所で発散してきたな。今夜はだれといっしょにいたんだ」

「おかしなことを聞かれるわね。私、あなたの女房でもないし、養われてもいないわよ。

あなたから拘束される筋合いはないわ。浮気なんて言われると、まるで私があなたのなにかみたいじゃないの」

「いまの言葉は悪かった。取り消すよ。だから許してくれ」

「どうでもいいから、本当にもう寝(やす)ませて」

女は、男に背を向けてベッドに横になった。男は、仕方なさそうにその背後にそっと身体を滑り込ませた。これまでの腐れ縁の延長で、ダブルベッドのスペースに寝ることまで拒否できない。二人は同じベッドに身体を並べながら二本の棒のように心身を硬くしていた。それは白けた硬直である。どちらもたがいを意識しながら、接点がずれている。男が欲望を熱く脹らませるほどに女の心身は、冷たく凝固していく。違和感の中で欲望と冷却がうながされ、男女の接点をますますずらしていく。

突然、女が激しく身体をよじって、

「しつこいわねえ」

と怒気を含んだ声で罵った。

「頼む、おねがいだ。このままではとても眠れないよ」

男の声は、懇願調になった。なりふりかまわず女に需めるといった体である。

「いやと言ったら、いやよ。そんなに言うんなら帰って。ここは私の家よ」

「まゆみ」

「この際、はっきり言わせてもらうわ。あなたとのおつき合いは終ったのよ。もうあなたは資格を失ったのよ。私の体はお金がかかるの。これまでおつき合いしてきたのが、せめてもの私のアフターサービスってわけよ」

「きみは、ぼくを愛していないのか」

「シラケちゃうのよ、そういうせりふを言われると。もう私たち、愛だの恋だのなんて言ってる年齢じゃないでしょう。私たちおたがいにおとな同士だとおもっていたんだけどなあ」

女は、やれやれと言うように、ベッドに横たわったまま肩をすくめた。

「それじゃあ、いままでぼくとつき合ってきたのは何だったのだ」

「ビジネスよ、ビジネス。あなただってそのつもりだったんでしょう。私はあなたからリベートをもらう。あなたは私の体を楽しみ、エル・ドラドで只のおいしいお酒を飲んだ。ギブアンドテイクのビジネスだったのよ。それが終ったのよ。だからこれでバイバイしましょうよ、きれいさっぱりと」

「まゆみ、きみという女は」

「私は、初めからこういう女よ。あなたからたくさんリベートをいただいたことは感謝してるわ。このマンションを買えたのもそのおかげよ。でも、私だってそれに見合う分のことはしてあげたはずよ。さあもうわかったでしょ。講義はおしまい。私は明日があるの、あなたのような浪人さんとちがうのよ」

「言わせておけば、勝手なことを……」

男の形相が変っていることに女が気づいたときは、遅かった。男の手が、女の首にかかった。なにをすると咎めようとした声が出ない。凄まじい力でぐいぐいと絞められた。呼吸がつまり、意識が遠のきかかる。このままでは殺される。自衛本能が、常ならば考えられないような力を女に出させた。

全身の力を振り絞って男の身体を突き飛ばした。男の身体はベッドから床にもんどり打って落ちていた。女は身体の自由を取り戻していた。恐怖が目ざめた。ベッドからはね起きると、廊下に飛び出して、マンション全館に響きわたるような声で、「人殺し！助けて」と叫んでいた。

人の起き出して来る気配がした。さすが無関心のマンションの住人も、その悲鳴を聞きつけては、黙過できなかったらしい。

槌田はベッドから落ちたはずみに後頭部を激しく床に打ちつけてしばらく起き上がれない。

人の集まって来る気配を聞きながら、槌田国広は、これで自分の失墜した名誉に、完全なとどめを刺されたことを悟った。

死媒蝶

1

李世鳳の起訴まであと数日を残すのみとなったとき、白神左紀子の許に久保田刑事が訪ねて来た。

「この度はたいへんご苦労様でした。おかげで姉を殺した犯人も逮(つか)まり、姉もさぞ喜んでいてくれるでしょう」

左紀子は、いそいそと久保田を迎えた。

「これであなたも、東京へ出て来た甲斐(かい)がありましたね」

久保田は柔和な目を向けて言った。

「私なんか、なんのお役にも立てなくて。ただお邪魔ばかりしていましたわ」

「いやいや、あなたの働きで不正入学が摘発できたのですよ」

「義兄(あに)は、どういうことになるのでしょう」

「お義兄さんは、なんの罪も犯していません。事情を聴かれるだけで、田舎へ帰れますよ。ところであなたはどうします。犯人は逮まったたし、もう東京に居る必要もなくなったでしょう。お義兄さんといっしょに帰郷なされますか」

どうやら久保田は、それを望んでいるらしい。もしかすると、郷里の両親から、早く左紀子を帰すようにと、頼まれてきたのかもしれない。

「私、まだ当分、東京にいるつもりです」

黒河内慎平は故意に突き落とされた疑いが認められて、和正が目下取調べをうけていた。事態はまさに左紀子の狙う方角に向かって動いている。

その後、左紀子と入江の間には一大進展があった。もはや入江とは絶対に離れられない間柄になっていた。入江が〝天下〟を取る日は近い。入江の天下は、そのまま、自分の天下である。まばゆい陽光が全身に当たりかけているときに、北の奥のうす暗い風土へなんか、おかしくって帰って行けない。

「ご両親が悲しがりますよ」

「そのうちに両親にもこちらへ来てもらいますわ」

天下を取れば、両親を文化と物質文明の中央へ呼んでいくらでも安楽な生活をさせてやれる。私の新しい未来がはじまろうとしているんだわ。できればそのことをこの心優しげな刑事に知らせてやりたかった。

「エル・ドラドのような所は、未婚のお嬢さんがいつまでもいる場所ではありません。収入は減っても、田舎のご両親の許へ帰られて、早くいいお婿さんを見つけたほうがいいとおもうがなあ」

　久保田は、優しく諭すように言った。彼は、左紀子がエル・ドラドの高収入と、一見華美な生活に眩惑(げんわく)されて、田舎へ帰りたがらないのだとおもっているらしい。

　左紀子は、とうとう黙秘し通せなくなった。

「実は、私、婚約したんです」

「ほう、婚約を？　それはそれは」

　久保田の小さな目が素直な驚きを浮かべて、

「それで、相手はどこの人ですか」

「入江さんです」

「入江⁉」

　束の間、久保田の目の色が曇った。だが心の高揚していた左紀子には、その曇りの底にあるものを見届けられなかった。

「いろいろご心配をかけましたけど、私たちもう離れられなくなってしまったのです。遅くともこの秋にはお式をあげるつもりです。久保田さんもぜひ出席してくださいね」

「おやめなさい」

有頂天に冷水をかけるような久保田の単刀直入の言葉が、左紀子には咄嗟に理解できなかった。

「入江との結婚はおやめになったほうがいい。いや彼と結婚してはいけない」

久保田は改めて言いなおした。

「そ、そ、それはなぜ」

左紀子は久保田の意外な干渉に言葉が渋滞した。

「入江は殺人者です」

「さつじんしゃ？」

「彼が黒河内慎平氏を殺したことが明らかになったのですよ」

「そ、そんなことが、嘘だわ！」

左紀子は、久保田が悪意の中傷をしているとおもった。

「嘘じゃありません。黒河内慎平氏はたしかに入江が殺したのです。認知こそされていないが、彼の申し立てどおりなら、彼は実の父を殺したのだ」

「そんな恐ろしいことが！　なにか証拠があるのですか」

「もちろん、証拠はあります」

「そんな証拠なんてあるはずないわ！」

「黒河内慎平氏の身体からカンアオイが発芽しかけていたのです。カンアオイの種子が慎平氏の身体に付着していたのですよ。あのカンアオイは、人工的に受粉したもので、着果率（ちゃっかりつ）が高まっていたのです。早熟て（ませて）いて、種子がこぼれ落ちたのですね。それが入江の身体に中継されて、慎平氏の身体に移されたのです。

よくおもいだしてください。カンアオイは、五月二十二日夕刻に届けられた。それを受け取ったのは、入江です。入江はそのとき慎平氏に見せようとしたが、ちょうどリハビリの温水浴中で、その後和正が訪ねて来たので、入江がずっと預かっていた。そのうち慎平氏と和正が争っている気配を聞きつけたので、入江はカンアオイの鉢を持って慎平氏の居室に入っていった。そして、そこで異変を見つけた。室内にいるはずの慎平氏の姿がなく、窓際に和正が茫然とたたずんでいた。彼は室内の様子と、和正の言動から咄嗟に事態を察して窓ぎわへ駆け寄ったところ、すでに慎平氏の姿はどこにも認められず、地上は暗くてなにも見えなかったと言っている。いいですか、ここのところをよく注意してください。入江の言葉によれば、彼は慎平氏の身体にまったく接触していない。カンアオイの鉢を持って室内へ入ったときは、すでに慎平氏は墜落した後なのです。カンアオイの種子が、慎平氏の身体に付着するはずがない」

「カンアオイが夕方届けられてから、慎平氏が落ちるまで何時間もあったんでしょう。その間にいくらでも種の付く機会はあったはずです」

刻々と増してくる絶望の比重に逆らうように左紀子は言った。

「それがないのです。リハビリの温水浴から出た後は、慎平氏は和正と会っていた。その間入江は慎平氏に近づいていない」

「でも、でもどうして入江さんが入っていったとき、すでに墜落していた慎平氏にカンアオイの種が付いたのです」

左紀子は喘ぎながら反駁した。高まる絶望の水位に溺死寸前のところで、彼女はかすかな希望のわらにすがっていた。

「慎平氏は、まだ落ちていなかったのです」

「落ちていなかった⁉」

左紀子の眼前で閃光がほとばしったような気がした。

「そうです、まだ落ちていなかった。慎平氏の居室の窓の外には、外観装飾用の手摺が取りつけられてありますが、和正が父を窓から突き落としたと誤信して茫然自失していたときは、慎平氏はまだその手摺にわずかなバランスで引っかかっていたのです。入江はそれを見ると、咄嗟に意志を固めて突き落としてから和正を地上へ行かせ、自分は一九番してから悠々と下りて行ったのです」

「でもどうしてそんな恐ろしいことを？」

それを聞いたのは、左紀子が屈服した証拠であった。

「いろいろと動機は考えられますが、最も大きな動機は、すでに語っています。つまり、慎平氏の財産の乗取りです。慎平氏が死に、和正がその犯人になれば、入江が遺産を独占できる。入江は、慎平氏の死後認知を求める訴えを提起するつもりだったのでしょう。おそらく父子関係を証明するはっきりした証拠をもっているはずです。

彼はそういう計算を、まったく予想もしなかったアクシデントに際会して咄嗟に弾き、冷酷無比に実の父親を突き落としたのです。完全犯罪と巨大な遺産の独占が、たった一触の指の力で達成されたのです。入江には、人を殺したという意識すらなかったでしょう。それを覆したのが、カンアオイの種子だったのですよ。しかし、彼にとって不幸中の幸いは、慎平氏に生前認知されていなかったことです。もし認知されていれば、入江は尊属殺人罪として、死刑または無期懲役に処せられるところでした」

左紀子は、久保田のとどめの言葉を、絶望感の底で聞いていた。やはりだめだった。入江と手を携えて、明るい日の光の方へ飛び上がろうとした努力は虚しく、一時、燦々と射し込んで来るように見えたまばゆい光は、一場の夢でしかなかった。

そのとき、下腹部でなにかがビクリと動いた。それは内臓が震えたような感触であった。それが、入江との間に宿った幼い生命が初めてその音信を母体に伝えてきたものと悟ったとき、左紀子の絶望は、しっかりと固定されたのである。

2

入江稔の自供。

「会長の部屋から呼ばれたようにおもったので、部屋へ入って行くと、会長の姿が見えず、社長が窓ぎわに突っ立って茫然としていました。私は会長はどうしたのかと社長にたずねると、つい手に力が入りすぎて落ちたというので、アクシデントがあったのを悟りました。窓辺に近寄ってみると、会長が手摺に引っかかって気を失っていました。私は咄嗟の判断でこの機会を利用しようとおもいました。黒河内慎平は私の実父にちがいありませんが、少しも愛情などありませんでした。慎平も私を子供だなどとかけらもおもっていませんでした。私などは、おもむくままに放出した性欲の予期せざる結果にすぎません。私をそばに呼び寄せたのは、他人を雇うよりは、安く使えるからです。私は慎平から給料らしい給料はもらっていませんでした。母は、私を妊娠した後、捨てられて、私を女手一つで育て上げる間、慎平に対する呪詛(じゅそ)を吐きつづけました。母が生活費を稼ぐために、男と部屋で寝ている間、冬の寒い夜風の中にうずくまって私は母と私を捨てた父親に対する憎しみをじっと温めていました。その憎悪を熱源にして生きてきたようなものです。その憎しみの対象が、私の手の届く所で気を失っている。その下には三十メートルの垂直の空間がある。しかも、彼をその場所に置いた和正は、地上に突き落としたと信じている。いや、和正はたしかに父親を突き落とした。ただ、慎平の身体がちょっと空中で道草を食っただけなのです。私は、和正の突き落とした力にほんの一押し加えて、彼の行為を完成させてやりました。まさか、そのとき、カンアオイの種子が、慎平の身体に付着したとはおもいませんでした。カンアオイの鉢植は、窓を覗く前に、部屋の中のテーブルの上に置いたのですが、種子だけが、私に中継されて、慎平の身体に移ったのでしょう。

慎平の死体が消えたのは、私にとって異次元の怪奇現象としか考えられませんでした。それが同じ夜に発生した偽装心中事件に関わって、その犯人にどこかに死体を隠されたと推理したのは、後のことです。

慎平の死体さえ見つけ出せば、和正を父殺しの罪で告発できます。和正は相続権を欠い、その後で、死後認知の訴えをおこせば、黒河内家の財産は、私のものになります。それこそ、母と私を捨てた慎平に対する絶好の復讐になります。それをたった数粒のカンアオイの種が……あのとき私が、カンアオイさえ持っていなければ……」

入江稔は、殺人罪で東京地検から起訴された。尊属殺人罪における「尊属」は法律上のものを意味するので、彼は実の父親を殺しながら、「普通殺人」で裁かれるのである。

入江の公判がはじまったとき、左紀子は、帰郷の途についていた。入江との間に宿った幼い生命は中絶した。入江が刑を終えて帰って来るまで、待っている意志はなかった。どの程度の量刑になるかわからないが、入江の行為は悪質である。和正には、争いの勢いが余ってのことで父を殺害しようとする意志はなかったが、入江稔の場合には明らかに殺意が認められた。かなりの重刑は免れまい。

いま左紀子は、女のゴールデンエイジにある。いつ帰るともわからない男を待って、短い花の命を空費できない。

入江が背負った莫大な財産の相続権が消えてみれば、彼も平凡な男にすぎない。入江とともに見た一場の夢から醒めた後は、入江の魅力も消えた。

公判を傍聴に行く意志はない。これから左紀子が一刻も早くしなければならないことは入江と見た夢を忘れることである。

若い身体は、入江の残していった生命をかき落とした傷から速やかに回復するだろう。身じろぎをした拍子に下腹部に垂直の軽い痛みが走った。掻爬手術の後の痛みであるが、日毎にうすらいでいる。

「私も少し、虫がよすぎたかもしれないわね」

左紀子は独りごちて、うすく笑った。彼女はこの一年ほど、大都会と戦ってきた。戦いは結局彼女の敗北に終ってしまったが、左紀子には深刻な敗北感はなかった。

車窓にはすでに北国の風物が映っていた。

3

「李世鳳め、わりあい、素直に自供しましたね」

黒河内慎平の死体も発掘されて、李世鳳は殺人および死体遺棄で起訴され、事件は裁判所に係属した。だが、田端は、どこか釈然としない表情であった。

「うん、おれもそれに引っかかっているんだよ。たしかに、封筒と便箋の矛盾や、鳳城苑の食器の指紋は、逃れられぬ証拠ではあるがね。北K国工作員の在日ボスともあろうものが、まるで前非を悔いた死刑囚のように、懺悔(ざんげ)をした。もともと、国の命令で犯した罪であって、個人的な動機による殺人ではない。また川崎に偽装心中を見破られたといっても、逃れられぬ証拠を握られたわけじゃない。突っぱねればすむことで、なにも殺す必要はなかっただろう。もしかすると李は犠牲山羊(スケープゴート)にされたんじゃないかな」

「スケープゴートに?」

「そうだよ。彼の北K国における人質は死んだ。ということは、李に対する北K国の拘束力はなくなったか、あるいは、うすれたはずだ。北K国では李の忠誠(ロイヤリティ)に疑いをもってきて、ボスをすげ替えようとしたのではないだろうか」

「すると、川崎を殺したのも李ではないと?」

「李かもしれないし、李ではなかったかもしれない。スパイ同士の暗闘となると、捜一(そういち)

係の手に余るからね。公安や外事がさらに探っているだろう。とりあえず波多野、真佐子、川崎殺しと、黒河内慎平の死体遺棄で起訴されたが、これからの捜査によって、どんな化け物が芋づる式に引っ張り出されて来るかわからないよ」

「スパイと不正入学と財産相続を狙った犯罪が一点に交叉したために、ややこしいことになりましたね。とにかくこんがらがった事件だった」

「しかし、こんがらがっていたから解決したともいえるよ。黒河内慎平が鳳城苑の出前車の上に墜落しなかったならば、偽装心中事件は解けなかっただろう。また偽装心中がなければ、川崎殺しの決め手はつかめなかった」

「そういえば、そうですね。真佐子の体毛と、鳳城苑の食器の指紋がなかったならば、李を追いつめられなかった」

「おもえば、死体を〝出前〟した車の上に、べつの死体が降ってきたという話も皮肉だね」

「日本の軍事諜報機関がK国情報部に手を貸して、北K国工作員をK国へ誘拐しようという計画が事実あったとすれば、大事（おおごと）ですね」

「田端君、それだよ」

「それというと？」

「いまやっと、李のスケープゴートの意味がわかったよ」

「どういうことですか」

「川崎殺しを、李が自供すれば、日本諜報機関と、K国情報部の癒着が明るみに出る。日本にそんな諜報機関があったということだけでも政府は窮地に陥るだろう。ましてや、K国情報部に手を貸して、内政干渉にも等しい北K国工作員誘拐を計画していた事実が明るみに出たら、政府の命取りにもなりかねない。川崎殺しの奥には、スパイ同士のもっと大きなかけひきが隠されていたのかもしれない」

「すると、李はどのみち自首するつもりだったというのですか」

「犯人はだれを仕立ててもかまわない。要は日本とK国の両情報機関の癒着を明るみに出せばよいのだからね」

「大槻の手紙も囮だったと？」

「大槻は李の手中にあったのだから、手紙に細工をするのは難しくはなかったとおもうよ。しかし彼らとしては、そこまでは考えなかっただろう。やつらの意図は日本とK国の癒着を露わすところにあるのだから、生き証人たる大槻敏明を〝第一犯人〟に据えていたのだろう。そのための偽手（にせ）がかりとして手紙を残しておいたのだが、中身の矛盾から、仕掛けを見破られて、李が捕まってしまった。一味にとって李が犯人になってもいっこうにさしつかえない。そろそろスパイとしては薹（とう）がたちすぎていた李の交替を考えていた北K国工作機関は李をスケープゴートに仕立てた」

「冷たいもんですね」

「おれの臆測だよ。しかしスパイ問題がからんでいるとなると、この公判は長引くぞ」

「考えてみると、大槻夫婦は気の毒ですね。出稼ぎに行ったまま消息を絶った夫を探しに妻が追って来て、ようやく夫の姿を探し当てたために殺されてしまったんですから」

「そば杖を食った犠牲としては、大きすぎる」

「大槻とあの妹が再婚すれば、いちばん円くおさまるのですが」

「いやあの二人は再婚しないね」

久保田は断定調に言った。

「それはまたなぜ？」

「大槻は細君のおもかげを忘れかねているし、あの妹のほうは、東京の毒に汚染されすぎた」

久保田の柔和な目が、ふといたましげにうるんだ。

4

芽吹いたばかりの自然林だが、密度が濃いために、緑が重なって揺れている。みずみずしい若葉をかき分けて行くと、ふと自分が緑の炎の中にとらえられたようなめまいを覚える。長い冬を耐えて、ようやく発芽したエネルギーが、樹葉に弾み立ち、樹間にあふれ、谷間に内攻した圧力となって、迫って来るようであった。
風に嬲られて樹葉がいっせいに騒めき立つ。艶々した若葉に日の光が弾んで、光を含んださざ波のように、きらめいている。風が光り、樹葉が光り、森林全体が緑の山火事になったようである。火熱のかわりに光を乗せた風は、山腹と谷間に内閉された新生のエネルギーが捌け口を求めて駆けめぐるように盛大な青嵐を巻きおこす。青い風に乗って、遅咲きの桜の花びらが降りこぼれる。

突然、緑の海の中に、黄色い小舟が漂った。小舟は頼りなげにひらひらと舞いながら、波濤に突き上げられ、青い嵐に攫われていった。

それは緑の大海にともされた一点の黄色い灯のように見えた。少年は小舟の通過した方角を茫然として見送っていた。

「まさか」立ちすくんだまま、少年はつぶやいた。まるで奇蹟でも見せられたように信じられない。少年が茫然としている間に、黄色い小舟は、かなり遠方へ行ってしまった。かすかな一点は、緑の波間に呑まれかけている。

少年は我に返ると、黄色い小舟を猛然と追いかけた。ナラ、クリ、クヌギの混生林の縁を伝って、黄色い小舟は漂っている。そこは〝蝶道〟になっているらしい。少年は間もなく黄色い小舟に追いついた。

「まちがいない。ギフチョウがこんな所にいるなんて」

捕虫網を構えた少年は、おもわず目をこすった。そこに少年は、〝幻の揚羽〟を見ていた。それはギフチョウと呼ばれるアゲハチョウ科のチョウである。開張五十〜五十五ミリメートルの黄色の地に太い黒縞のある美しい蝶で、このあたりではめったに見かけない。事実、少年はこのあたりによく昆虫採集に来るが、ギフチョウに見えたのは、いまが初めてである。

後羽の内縁角に赤い紋があり、外縁に沿う黒条中に青い紋があるところはキアゲハに似ているが、黄色い縞に特徴がある。

「やっぱりギフチョウだ」

次に少年の胸に猛烈な興奮が衝き上げてきた。ギフチョウを捕まえていったら、クラスの者はびっくりするだろう。おそらく素直に信じてもらえないにちがいない。口惜しがって〝業者〟から買ったんだろうなんて言うやつがいるかもしれない。

でも少年は、いままぎれもないギフチョウを目の前にしていた。少年はそろそろとギフチョウの方角へ捕虫網を差しのばした。いまにも捕まえられそうで、なかなかいいタイミングがつかめない。一瞬の振りそこねによってこの宝物を逃がしてはならない。

ギフチョウは、少年のすぐ眼前を、捕まえてくれと言うようにゆっくり舞うかとおもうと、さっと遠のいてしまう。少年は蝶に翻弄されているような気がした。しかしここで焦ってはならない。

飛翔中の蝶を捕えるのは、難しい。そのうちにきっと羽を休める。そのときがチャンスだ。ギフチョウが足許の草に近づいた。そろそろ疲れてきた様子である。少年は生唾をゴクリと飲んだ。ついにギフチョウが草の葉の上にとまった。チャンス到来と、捕虫網を構えた少年は、いままさにそれを振り下ろそうとして、手許に狂いが生じた。

草にとまったはずのギフチョウが数匹に増えて空間を乱舞している。いやもっといる。十数匹はいるかもしれない。ギフチョウの集団であった。少年は、もはや興奮を抑えきれず、捕虫網をめちゃめちゃに振りまわしていた。

少年がギフチョウの集団を見つけた林縁（りんえん）は、数年前に黒河内慎平の死体が埋められていたあたりである。そして、死体が発掘された後にこの近くには珍しい植物が自生（？）してきた。ハート型の葉を地表に二枚出し、樹林の下の湿地帯にひっそりと生えている。その葉はちょっとシクラメンに似ていて、地図紋様の白斑（しろふ）が入っている。ウマノスズクサ科のカンアオイであった。

そのカンアオイの種子が黒河内慎平の死体によって運ばれてきたのか、あるいは他の媒体によって、この地へ来たのかわからない。だが黒河内慎平の死体が発見される以前は、このあたりにカンアオイを見かけなかったことはたしかである。

カンアオイは、ふつう株分けで増やすが、実生（みしょう）もできる。虫の少ない時期に花を開くので、人工受粉させると着果率がよくなる。萼の開いた日に、他の花の花粉を筆先にすくい取って萼の開口から見える柱頭につける。成熟すると果実がくずれる。種子を湿ったミズゴケの上に播いておくと、翌春に芽を出す。

ギフチョウは、このカンアオイを食草にして育つ。カンアオイの若葉の裏面に卵を産みつけ、幼虫はこの葉を食って育ち、六月ころ落葉や石の下で蛹となる。その年の夏秋冬を過ごして、翌春羽化する。カンアオイとギフチョウは切っても切れない仲なのであった。

だが、ギフチョウの美しさに魅せられた少年は、彼女らが美しい容姿となってこの世に現われるまでの生活史を知らない。ましてやギフチョウが命の糧としてきた食草の根源を探ろうとする意志や興味などない。

いまあでやかに春の空間を舞っているギフチョウが、死によって媒介されたかもしれないと少年に告げるのは、酷であろう。満開の桜とともに、その艶麗な容姿を現わすこの蝶は、よみがえった自然の喜びの象徴である。ギフチョウは、いまこそ、長く醜く、かつ危険に晒された幼虫と蛹の時代を耐えた報酬として、日の光と緑の飽和する空間に喜びの群舞を舞っている。そこには生のエネルギーが氾濫している。死を予感させる影すらない。

ギフチョウの上に桜の花びらが降りかかってきた。少年の構えた捕虫網の危険から逃れて、ギフチョウは、降りかかる花びらの濃い密度の方角に向かって、自らも花びらの一点のようになって舞っていた。

解説

池上冬樹

いやあ面白い。相変わらず強烈な謎があり、予想外の事件が次々に起きて、意外な交錯をとげて、思いもしない核心へと到達する。どうすればこのような驚きにみちた物語を生み出すことができるのだろうかと考えてしまう。本書が生まれるときのエッセイも読んだが、まったく発想が異なるのである（この件は後述）。

物語はまず、先鋭的な農業経営に挑んだものの結果がだせず、出稼ぎにいかざるをえない男と妻の場面からはじまる。息子とかくれんぼ遊びしている間に家を出るのだが、男は東京に出てから連絡をたつ。妻は心配になり、妹から金を借りて探しに上京する。

そして舞台は移り、日本有数のビルグループの会長黒河内慎平と息子で社長の和正が、些細（ささい）なことから口論となる場面になる。暴君の会長はお手伝いの女から生まれた社長を毛嫌いして、激情から息子の首をしめようとするが、息子も必死で抵抗してついに会長をマンション十階から突き落とす。秘書の入江にはあやまって会長が落ちたといい、警察に電話するものの、墜落したはずの会長の死体がどこにもなかった。忽然と消えたのだ。

一方、同じマンションの三階の一室で、関央大学統括本部資金室長の波多野と赤坂のナイトクラブのホステス大槻真佐子が心中死体となって発見される。真佐子は、農業の再生に夢をたくした大槻敏明の妻であり、行方をたった夫を探していたはずだった。

姉が心中するはずがないと妹の左紀子は思い、真相を探るため上京し、姉が働いていた高級クラブに潜入する。やがて左紀子は有名私立大学の不正入試に端を発する大がかりな陰謀が隠されているのを知るのだが……。

死体消滅と心中事件。全く脈絡もない二つの事件がどのように結びつくのか？　という興味で読んでいくわけだが、このあたりの謎解きの面白さはさすがは森村誠一である。多数の人物を出入りさせ、二つの事件の真相をめぐって、一切の混乱もなく、なめらかにスリリングに語っていき、不正入試や教育界の腐敗のみならず近隣の国との謀略をめぐるスパイ戦ものぞかせて、いちだんとスケールがアップしていく。社会派ミステリの雄、森村誠一の面目躍如だろう。

ミステリとして十二分に面白いが、興味深いのは根底に流れるテーマである。一言でいうなら、貧困だ。家族と病気と貧困は、明治以降の日本文学の三大テーマといわれてきたが、さすがにバブルがあり、バブルがはじけても貧困はテーマにならないと思っていたのだが、非正規雇用問題などがあり、ここ十年、貧困こそもっとも注目されるテーマになった。ノンフィクションライターの野村進さんに「いまもっとも注目を浴びるテーマは何なのか?」ときいたことがあるのだが、「『日本の貧困』というのが、最近の流行りですね」と答えてくれた(以下、二〇二〇年十二月「山形小説家・ライター講座」より)。「〝日本三大ドヤ街〟というのがあって、東京の山谷と、横浜の寿町と、大阪のあいりん地区、いわゆる釜ヶ崎、その三カ所ですが、これらについての本が立て続けに出版されています。貧困がリアルなものになってきたから、じゃあ最底辺の貧困はどんなものなんだろう、ということなんでしょうね」

本書『死媒蝶』の後半では、その山谷が犯罪醸成の現場として出てくる。本書は一九七八年に「小説現代」に連載されて、同じ年に単行本となり、以後文庫化を繰り返し、本書で六次(六番目)の文庫化となる。現代の読者からすると冒頭の出稼ぎや農業に関する部分に違和感を覚えるかもしれない。出稼ぎにいく農業従事者は見かけなくなったし、そもそも農業自体、若者たちが進んでとびつく業種となり、一年中経営することができるからだが(四十年でようやく好転したことになる)、でも根底にある貧困はかわらない。理想に燃える青年たちが現実の壁にぶつかり、夢破れて貧しい生活におちいる時代に入ってしまった。出稼ぎならぬアルバイトの掛け持ちをしている人間も多くいるだろう。作品の根底に流れている時代の気分は同じといっていい。

手紙の中に体毛を入れる話も、現代の読者には古めかしいかもしれない。でも愛する人への思いはかわらない。この体毛を入れる話は、出兵する兵士のお守り（おもに弾避(よ)け）として陰毛を入れていたことが土台だろう。もちろん本書にあるように離れていてもいつもそばにいたいという愛の表現としても使われた。

余談になるが、いまや戦争文学の現代の古典といっていい、ティム・オブライエンの『本当の戦争の話をしよう』（翻訳は村上春樹。文春文庫）に「ストッキング」という短篇がある。ベトナム戦争に従軍した兵士ドビンズが任務につく前に、最愛の女性のパンティーストッキングをとりだして匂いをかぎながら恭しく首にまくので小隊全員が馬鹿にしていたのだが、不思議と弾にあたらず、地雷を踏んでも不発となり、そのうち小隊全員が縁起を担ぐようになり、男のストッキングを有り難がることになる。ところが、ドビンズのアメリカにいる恋人は別の男性を好きになり、ドビンズはふられることになる。ストッキングが捨てられるのではないかとみな不安に思ったが、「まあいいや」「俺はまだ彼女を愛しているんだもの、御利益は消えちゃいないさ」と呟(つぶや)くので、「我々はそれを聞いてみんなすごくほっとした」となる。

たかが陰毛一本、たかがパンティーストッキング。たとえどんなに馬鹿げたものでも

（行為でも）、そこに真摯な思いがある。馬鹿げたものに小隊全体が一喜一憂することに驚くかもしれないが、戦場とはそういうものなのである。理不尽さと残酷さが横溢する戦場で頼れるものは、自らを愛する者の思いがつまったものなのである。しかも、さすが森村誠一だと感心するのは、その手紙と陰毛の扱いにもひねりがあり、真犯人へと到達する仕掛けが施されている点だろう。

そして、最初にふれた発想である。「森村誠一公式サイト」で『死媒蝶』に著者解説を寄せている。

「自然界には一見、結びつかないような二者の共生関係がある。例えば桑と蚕、イソギンチャクとヤドカリ、ワニとワニ千鳥のように、両者が利益を受け合って生きている。一方が利益を受け、一方が害を受ける関係は寄生と言う。蝶の女王、岐阜蝶が寒葵を食草として育つことを知って、この作品の構想が生まれた。共生、寄生いずれにしても、この両者は切っても切れない関係にある。この関係が完全犯罪を崩壊に導く。

少年時代、満開の桜と共に、その美しい容姿を現わす岐阜蝶に魅せられた私は、補虫網を持って追いかけている間に、彼女らが命の糧としている寒葵の存在を知った。寒葵のあるところ、必ず岐阜蝶がいると見当をつけて探したが、実際に寒葵を食べるのは美しい岐阜蝶ではなく、その醜い幼虫であった。幻滅すると同時に、この物語の卵が着床したのであるから、やはり一種の共生関係と言えよう。」

読後にこの解説を読めば、ラストの少年が目にする情景が脳裏にやきつくことだろう。森村誠一がもつ叙情性が美しく表現されたエピローグであり忘れがたい場面だ。

ここで語られている寒葵は真犯人を指示する上で重要な役割をもつが、それにしても死体消滅と心中事件という強烈な謎の発想の源が、岐阜蝶というのも凄(すご)い。美というものが醜いものから成り立つというのも、また。

この解説とエピローグを読んで、作者が訴える共生とは違った文脈になるけれど、僕はふと吉野弘の「生命は」という詩を思い出した。

「生命は／自分自身だけでは完結できないように／つくられているらしい／花も／めしべとおしべが揃(そろ)っているだけでは／不充分で／虫や風が訪れて／めしべとおしべを仲立ちする／生命は／その中に欠如を抱き／それを他者から満たしてもらうのだ」

生命はそのなかに欠如を抱き、それを他者から満たしてもらうのだ、という字句がきわめて印象深い。解説の冒頭で、貧困がテーマのひとつになっているといったが、比喩的にも、僕らは最初から何かが欠如して生まれてきて、虫や風の助けで欠如を満たしているのではないか。虫や風が善的なものであれば問題がないが、悪的なものであれば本書の人物たちのような目にあう。

いずれにしろ、繰り返しになるが、本書は面白い。死体消滅と心中事件を巧みにつないだ本格ミステリ、不正入試や腐敗した教育の現場を捉えた社会派ミステリ、さらに隣国の不安定な政治状況をもりこんだ謀略小説の側面もあり、盛り沢山で飽きることがない。作者が最後に、岐阜蝶と寒葵を通して語る共生の不思議な仕組み（僕にいわせると「生命はそのなかに欠如を抱いて生きる」）というテーマも新鮮である。ぜひ読まれるといいだろう。

（いけがみ・ふゆき　文芸評論家）

本書は、一九八七年一月、角川文庫として刊行されました。

単行本　一九七八年九月、講談社刊

※作品の世界観や発表された時代性を重視し、用語等を原則として執筆当時のままとしています。作品中にある尊属殺人（刑法二〇〇条）罪は、平成七年（一九九五年）の法改正により削除されました。この作品はフィクションであり、実在の個人・団体・事件・地名などとは一切関係ありません。

森村誠一の本

復讐の花期　君に白い羽根を返せ

新婚旅行で妻が暴力団にレイプされた。妻に卑怯者と言われた男は、病で余命半年と知り復讐に立ち上がる。平凡な会社員が人生のけじめとして命がけの闘いに挑む。長編ミステリー。

凍土の狩人

浪人中の息子の性処理の為、病院院長夫妻は女性を誘拐したが誤って殺害。隠蔽画策中、なぜか死体が消え……。性、金銭、名誉。現代の満たされない者達の欲望を描く都会派ミステリー。

集英社文庫

森村誠一の本

悪の戴冠式

タクシーの忘れ物二千万円を、次に乗車した男たちが奪い運転手を殺害！ 落とし主のＯＬも謎の転落死を遂げた。彼女の保険金査定を担当した査定員が不審を抱き……。長編推理。

社賊

名門ホテル社長誘拐事件発生。社長はその後、無事に救出されるも、犯人からの執拗な脅迫が始まる。巨大企業に巣食う悪と対峙する男の孤独な闘いを描く長編社会派ミステリー。

集英社文庫

死媒蝶（しばいちょう）

2021年4月25日　第1刷　　定価はカバーに表示してあります。

著　者　森村誠一（もりむらせいいち）

発行者　徳永　真

発行所　株式会社 集英社
東京都千代田区一ツ橋2-5-10　〒101-8050
電話　【編集部】03-3230-6095
【読者係】03-3230-6080
【販売部】03-3230-6393（書店専用）

印　刷　中央精版印刷株式会社　株式会社美松堂

製　本　中央精版印刷株式会社

フォーマットデザイン　アリヤマデザインストア　　マークデザイン　居山浩二

ISBN978-4-08-744236-6 C0193